Il segreto della regina di Cipro

In copertina: *Ritratto di Caterina Cornaro*,
Tiziano Vecellio, 1542, Galleria degli Uffizi, Firenze

A mia sorella Viana

«Lo tems vai e ven e vire
Per jorns, per mes e per ans,
Et eu, las no.n sai que dire,
C'ades es us mos talans.
Ades es us e no.s muda,
C'una.n volh e.n ai volguda,
Don anc non aic jauzimen.

Bernard de Ventadorn

Il tempo viene e va
per giorni mesi e anni,
e ahimè! non so che dire,
che uno è il mio affanno.
Immutato è il mio desio,
di lei che volli e voglio
che mai non diemmi gioia.

1. Londra

I manifesti della Brexit ormai avevano invaso la città. Matt alzò un braccio per chiamare un taxi, ma lo lasciò cadere, irritato da un enorme manifesto con “Leave”, attaccato proprio davanti a casa sua. Lo avrebbe strappato con le sue mani, se avesse potuto. Decise di avviarsi a piedi verso l’ufficio, l’aria fresca del mattino gli avrebbe placato l’animo. Mancavano più di due mesi al 23 giugno, ma ormai non si parlava d’altro. La campagna elettorale era incandescente. I giornali, le radio, le tivù non facevano che ospitare dibattiti pro o contro, persino in famiglia le discussioni_erano continue. I suoi genitori non facevano altro che organizzare cene per convincere i loro amici e conoscenti, di fatto già convinti, a restare in Europa. Matt non credeva che avrebbe vinto la Brexit, ma in fondo al suo animo si annidava un brivido di timore, cosa avrebbe fatto se l’Inghilterra fosse veramente uscita dall’Europa?
Squillò il cellulare. Era miss Melania Griffin, la segretaria di Morgan.
- Matt: tragedia, catastrofe! Mister Baker è stato ucciso e il quadro rubato, vai subito a Moore street, Morgan è già là! -
- Ma come, quando? l’ho visto ieri sera! -
- Infatti, è stato ucciso questa notte, non so ancora i particolari. Morgan è partito a razzo e ha detto di chiamarti. Sbrigati, appena so qualcosa ti richiamo. -
Matt era rimasto col telefono in mano, incredulo su ciò che aveva sentito. Aveva appena incontrato mister Wilfred Baker al party che quello aveva dato, la sera

prima, per festeggiare l'avvenuta autenticazione del suo preziosissimo quadro di Giorgione.
Matt considerò che avrebbe perso troppo tempo a tornare sui suoi passi e prendere la metro, così continuò ad attraversare Hyde park. Alcune babysitter che portavano a spasso dei bimbi in carrozzina si erano fermate a guardare quel ragazzo, alto uno e novanta, coi capelli castani ricci e lunghi quel tanto da incorniciagli il volto, le sopracciglia folte, gli occhi grandi, le labbra carnose, che dopo aver messo via il cellulare si era guadato intorno con aria interrogativa. Una girò il carrozzino per guardarlo meglio. Matt, con jeans, camicia bianca e una giacca grigia non passava inosservato. La ragazza pensò che poteva non essere inglese, ma di origine mediterranea, forse spagnolo o italiano.
E infatti non si sbagliava, per quanto nato a Londra, l'aspetto e il carattere di Matt erano più vicini a quelli della madre italiana, piuttosto che a quelli del padre inglese, al quale invece assomigliava il fratello.
Mentre camminava a lunghi passi squillò di nuovo il cellulare.
Era casa Sinclair, la telefonata che aspettava dal mattino.
La segretaria di Lady Marion gli disse che aveva ascoltato il messaggio che le aveva lasciato la sera prima. Purtroppo Lady Marion era all'estero e non sapeva quando sarebbe ritornata. Ovviamente si guardò bene dal lasciargli un recapito telefonico. Matt rimase stizzito. Le scuse per negargli di parlare con Marion cambiavano ogni volta, doveva ammettere che avevano una bella fantasia. Adesso Marion era a Nizza in vacanza col bambino. Quel bambino, che lui non aveva ancora visto e che, temeva o sperava (non lo sapeva neanche lui) fosse suo.

Aveva conosciuto Marion giusto un anno prima, in maggio, mentre indagava sulla morte di lord Sinclair, il marito di lei, ucciso a Zanzibar.
Era stata la sua prima indagine su un omicidio, oltretutto in un paese lontanissimo, con lingua, usi e costumi particolari. Owen era sicuro di essere stato l'unico ad aver capito come si erano svolti realmente i fatti. Purtroppo la sua ipotesi era stata considerata giusta solo dall'ispettore di Stone Town, Newere, mentre il suo capo, mister Morgan, aveva preferito i risultati ufficiali. Durante l'indagine aveva incontrato lady Marion e fra loro era scoppiata la passione. Almeno così pensava Matt, che si era innamorato di lei, pur dubitando del suo coinvolgimento nell'assasinio del marito. O proprio per questo: il detective non rimane sempre affascinato dalla dark lady?
Al suo ritorno, aveva saputo che lei, incinta del marito, si era ritirata in Svizzera per portare avanti una gravidanza difficile, in una clinica specializzata. In seguito era stato informato che Marion aveva avuto, in data imprecisata, un bel maschietto, che era tornata a Londra solo pochi giorni per poi ripartire, ogni volta per una destinazione diversa. Insomma Matt aveva capito benissimo che lei non voleva rivederlo, ma continuava ad insistere, perché il dubbio che il bambino fosse il suo e non di lord Sinclair, unito alla rabbia di essere stato, forse, solo usato, continuava a tormentarlo.
Il telefono era inesorabile quel giorno: suonò di nuovo. Era Morgan, il suo capo.
- Owen, che fine ha fatto?
- Sarò lì a minuti - rispose lui non specificando altro.
Si trovava a piedi al centro del parco, non gli restava che correre. Così cominciò ad attraversare i prati con la sua

lunga falcata, cercando una scusa valida per essere andato a piedi e non con un mezzo.
Gli ci vollero comunque venti minuti per arrivare, sudato e trafelato, in Moore street, dove Morgan lo aspettava impaziente.
Vide l'auto di Morgan, una BMW, parcheggiata sulla strada, poco prima di due auto della polizia, messe per traverso e che ostruivano metà carreggiata. Scese e si avvicinò alla casa. Un poliziotto gli intimò subito di allontanarsi, dovette mostrare il proprio tesserino e poi far chiamare Morgan per riuscire ad entrare. William Morgan era rosso in faccia, quasi come la sera precedente al party, ma stavolta era per l'emozione o, forse, la rabbia.
Neanche dodici ore prima erano tutti insieme nello stesso luogo, a mangiare tartine con salmone e caviale, sorseggiando un ottimo champagne. L'immagine era ancora impressa nella mente di Matt, che aveva davanti agli occhi il viso cavallino di mister Baker, mentre addentava un panino coi cetriolini sottaceto. Ne sentiva quasi l'odore, ed ecco che invece si trovava lì, davanti alla palazzina bianca e rossa, a occuparsi di morti e assassini. Il suo capo non gli chiese nulla, ma subito lo introdusse nell'appartamento, dove vari agenti della scientifica si stavano apprestando a fare il loro lavoro.
- Lui è con me - esordì Morgan, rivolto ad un agente.
- Due minuti - rispose quello.
Morgan lo chiamò dentro: - Owen vieni, vieni a vedere la scena.
Il maggiordomo, in pigiama, era riverso per terra, con un piccolo foro in fronte, da cui era uscito un filo di sangue che macchiava un tappeto persiano dai disegni azzurri. L'espressione dell'uomo aveva un che di stupore, aveva

perso una pantofola e stava con le braccia aperte, come un Cristo in croce.

- E mister Baker? - chiese Owen

- E' di sopra. Hanno preso il quadro.

E gli indicò da lontano il salone, dalla cui porta spalancata si vedeva bene il muro di fronte con la ricca cornice dorata vuota, sulla parete dove prima aveva campeggiato uno splendido Giorgione.

- Il critico, Mister Bertolani? L'ha avvertito?

- Gli ho parlato io personalmente. Per poco non gli veniva un infarto, poveretto, e pensare che eravamo tutti così soddisfatti ieri sera.

Matt ripensò alla cena, alla tavola di persone allegre che festeggiava l'autenticazione da parte di Bertolani del quadro di Giorgione. Mancava solo un ultimo esame radiografico, che era stato prenotato fra due giorni, ma già il maggiore critico di Giorgione si era espresso favorevolmente all'attribuzione e quindi la sera precedente mister Baker aveva voluto invitare alcuni amici per celebrare l'avvenimento. Ora ciò che era appena successo apriva una marea di interrogativi su tutto quanto.

Morgan gli volse uno sguardo di intesa: - Hai preso nota? Osserva bene, poi raggiungimi in ufficio, ci sarà da fare.

Matt si stupì: c'era già Scotland Yard a occuparsi del caso, certo gli ispettori non avrebbero permesso nessuna interferenza, va bene che Morgan era amico del morto, ma cosa voleva fare: indagare per conto suo?

Mentre tutte queste domande si affollavano nella sua testa, Matt, cercando di rendersi il meno ingombrante possibile, mosse alcuni passi all'interno della casa, guardato malissimo dagli uomini della scientifica, che gli indicavano chiaramente dove non andare, praticamente dappertutto, dopo che l'ispettore di turno aveva fatto loro cenno di lasciarlo entrare. Gli agenti erano di pessimo umore, il party della sera prima aveva riempito la casa di impronte digitali e di scarpe, impossibile distinguere quelle di un ipotetico assassino fra tutti quegli ospiti. Anche il tenente Walsh scuoteva il suo grosso testone leggendo la lista degli ospiti: gli sarebbe toccato interrogare più di trenta persone, che probabilmente non c'entravano nulla, ma questa era la prassi.

Morgan in genere otteneva di poter collaborare con la polizia, dov'era conosciuto e stimato, ma appena andato via lui, Owen si sentì subito un intruso. Nella camera da letto mister Baker giaceva in pigiama, vicino alla porta del bagno, anche lui aveva un piccolo foro in fronte. Nella stanza, dalle tenui tinte beige, si muovevano come fantasmi nello loro tute bianche gli uomini della scientifica. Matt colse alcune frasi: troppe impronte, troppa gente. Scese le scale e trovò il detective Henry Walsh che fissava la cornice vuota del quadro.

- Be, almeno il movente è chiaro.

In quel momento un agente della scientifica gli portò un bossolo.

- Ah, un calibro nove, e direi una Glock 17, il suo bossolo è inconfondibile: guardi l'impronta rettangolare lasciata sull'innesco. Certo un buon tiratore, solo due colpi e tutti e due centrati in pieno.

- Comunque da distanza molto ravvicinata

- Ha ragione anche lei, Owen. Ma chi può volere un quadro invendibile come questo? Non è già troppo famoso per poter essere esposto in qualsiasi parte del mondo?

- Un appassionato di Giorgione. Uno che vuole tenerlo solo per sé?

- Staremo a vedere. Comunque Owen lei è fra i trenta invitati al party di ieri sera, capirà che è necessario che interroghiamo anche lei. Si presenti martedì alle nove a Scotland Yard, e chieda direttamente di me.
- Certamente - Rispose Owen, poi dopo aver preso nota di vari particolari, uscì per recarsi in ufficio da Morgan.

Miss Melania Griffin salì sulla Piccadilly, aveva comprato due arance alla stazione di Gloucester e teneva il sacchetto di carta con due dita, delicatamente, ma poi lo cacciò in borsa, temendo che la folla che la spingeva da ogni parte glielo facesse cadere. Scese a Green Park e prese la Jubilee fino a Willesden Green. Si incamminò sopra pensiero verso casa in Sidmouth Parade. Quando salì le scale vide due lattine di coca e una carta di patatine sulle scale. Non c'era modo di far capire ai suoi vicini come comportarsi. Sul pianerottolo del secondo piano trovò Kamal, il suo vicino marocchino, che fumava sulle scale e la salutò: - Assalam Alaikum.
-Si, sì, salam …lo sai che non dovresti fumare sulle scale! - rispose Melania, che cominciò a tossire mentre saliva. Appena entrata le corse incontro Micia, una gattina dal pelo rosso che lei amava moltissimo.
-Ciao bella, ecco, ecco la pappa - le disse, mentre ancora con la giacca e la borsa le versava dei croccantini nella ciotola.
Si spogliò, mise su il bollitore, prese le due arance e le mise nella fruttiera. Le aveva appena sistemate che suonò il campanello. Aprì la porta e sorrise a Kusum, che significa fiore, la sua amica indiana. Era un piccolo rito quotidiano a cui non avrebbe rinunciato nessuna delle due: una bella tazza di tè rosso, caldo e profumato, dopo il lavoro. Due serate molto diverse si prospettavano per ognuna di loro. Per Kusum Kapoor la

giornata era ancora a metà: doveva preparare la cena, accogliere il marito, cenare tutti insieme, mettere a letto i bambini, poi rigovernare e, infine, preparare le lezioni o correggere i compiti per il giorno dopo. Per Melania invece la giornata era finita, restava una breve cena, poi ricerche sul pc e infine un bel film in tv o in streaming. Le sue serate erano solitarie. Proprio la differenza di aspettative rendeva quel breve momento prezioso per le due donne.

- Allora ci sono novità? - chiese Kusum, squadrando e soppesando l'amica con un'occhiata critica, mentre appoggiava sul tavolo di cucina due grossi muffin ai mirtilli. Kusum indossava un kurti pajamas di cotone verde. La casacca era adorna di piccoli fiori gialli, mentre i pantaloni erano in tinta unita. Il cambiarsi d'abito faceva parte dei riti fondamentali di Kusum. Al lavoro portava tailleur scuri e scarpe coi tacchi, ma appena rientrava in casa le piaceva tornare ai colori vivaci della sua India, sciogliersi i capelli e indossare abiti tradizionali e calde pantofole. Sosteneva che questo l'aiutava a mantenere il suo equilibrio interiore.

Era convinta che Melania fosse troppo magra, per cui cercava di portarle sempre qualche cosa di buono da mangiare: una fetta di torta, dei biscotti appena sfornati, o muffin al cioccolato o alla frutta, come in quel caso. Melania era piuttosto golosa, cosa che in realtà si scontrava con i suoi problemi alimentari, quindi cedeva volentieri ai dolcetti di Kusum. Quello che l'amica non sapeva era che, dopo averli mangiati, Melania era capace di fare un'ora di corsa sul tapis roulant per smaltirli. Di fatto, nonostante le attenzioni di Kusum, la ragazza restava sempre magra come un'acciuga.

- Certo che ci sono novità - rispose Melania mentre versava l'acqua bollente nella teiera - La compagnia di assicurazioni ha assunto Morgan per cercare il quadro.
- Figurati! Quel quadro non sarà già più in Inghilterra! Sarà nella magione di qualche ricchissimo emiro in Oman o in Kuwait…
- In effetti la pensa così anche Morgan, ma il quadro era assicurato per cinque milioni di sterline e l'assicurazione non ha molta voglia di sganciarle, soprattutto tenendo conto che non c'era stata la prova definitiva che il quadro fosse autentico, mancavano le prove di laboratorio. Un conto è il parere di un critico, per quanto famoso e bravo nel suo campo, un altro sono le analisi scientifiche della tela e altre indagini particolari sui colori che non erano ancora state fatte. Così i capi dell'assicurazione si sono rivolti a noi per trovare il quadro.
- E quindi come intendete procedere?
- Noi? Matt vorrai dire. Morgan ha deciso di mandare lui, ma prima bisognerà fare una vasta ricerca sui mercanti d'arte, quelli con pochi scrupoli, insomma non so neanche io da dove potrebbe cominciare. Sarà peggio che cercare un ago in un pagliaio!
I muffin e il tè erano finiti, Kusum guardò l'ora e salutò l'amica, doveva correre a casa a preparare la cena. Melania la accompagnò alla porta, poi accese il pc, lo sistemò davanti al tapis roulant e cominciò a correre. Cercò prima di tutto Giorgione e notizie sulla sua pittura. Quando trovò la parola tonalismo fece una ricerca particolare. "Il tonalismo consiste nell'applicazione di venature di colore sovrapposto, tutte tono su tono, con le quali si ottengono risultati di grande plasticità, soprattutto per quanto riguarda l'incarnato dei soggetti rappresentati. La tecnica del tonalismo è stata

elaborata da Giorgione, Tiziano e alcuni altri pittori tardorinascimentali, per lo più veneti, che si basarono sulla rivoluzionaria tecnica pittorica dello sfumato introdotta precedentemente da Leonardo. Lo sfumato, quindi, mostra caratteristiche simili alla pittura tonale e fu rivoluzionario proprio per il fatto che attraverso questa tecnica Leonardo eliminò le inverosimili linee di contorno che venivano utilizzate nella pittura precedente per delineare oggetti e soggetti. Questa tecnica, applicata ai paesaggi, prende il nome di "prospettiva dei perdimenti", e consiste nello sfocare il paesaggio man mano che si allontana prospetticamente dal piano dello spettatore, in modo da renderlo più verosimile". Ecco la prospettiva dei perdimenti, ma in senso letterale, quella che avevano loro di ritrovare il dipinto.

Matt, dopo aver accettato l'incarico, aveva subito preso appuntamento con Giovanni Bertolani, il critico venuto da Venezia, il più famoso esperto di Giorgione. Gli aveva dato appuntamento nel suo albergo, il Corus Hyde Park Hotel, che si trovava dalla parte opposta di Summer place. Owen ancora una volta aveva deciso si andare a piedi, camminare gli schiariva le idee.
Invece quando fu al parco vide le solite governanti che portavano a spasso i bambini nelle carrozzine: il figlio di Marion era diventata un'ossessione. Matt, guardando le carrozzine coi piccoli paffuti che dormivano o osservavano il mondo con grandi occhi tondi pieni di stupore, si ripeteva che lui era un detective, che diamine, avrebbe scoperto la verità, prima o poi.
Giunto al Corus Hyde Park hotel, trovò Bertolani che l'aspettava nell'ampio atrio, seduto in una comoda poltroncina rossa, dietro a due bianche e slanciate

colonne corinzie, che, a coppie, ornavano tutto l'ampio atrio dell'hotel.
Bertolani, un italiano sui sessanta anni, coi capelli brizzolati, era un uomo di media statura, magro. Appena vide Owen si alzò e gli andò incontro, tendendogli la mano. A Matt sembrò che fosse invecchiato dalla sera prima, il suo viso si era ingrigito e grosse occhiaie cerchiavano gli occhi azzurri. Il critico lo invitò a sedersi e gli offrì un caffè. Owen accettò volentieri e, mentre il cameriere si allontanava con l'ordinazione, tirò fuori un notes con i suoi appunti e stava per iniziare con le domande, quando Bertolani lo precedette:
- Che tragedia! Che orrore! E la prima volta che mi trovo coinvolto in un delitto, come credo succeda alla maggior parte della gente, sono ancora sconvolto per quello che è accaduto. Mi creda mister Owen, so che la gente è disposta a far tutto per i soldi, ma nel mondo dell'arte in genere ci si limita ai furti. Questi omicidi mi toccano nel profondo, non c'è capolavoro che valga la vita di un uomo!
- Sono pienamente d'accordo con lei, se penso che solo ieri sera eravamo tutti a cena insieme, mi sembra assurda questa situazione, esattamente come a lei, anzi mi scuso per l'intrusione, ma vorrei capire qualcosa di più sul dipinto rubato.
- Quanto tempo ha? Ci vorrebbero ore, ma per fortuna lei è già un intenditore, quindi non so cosa potrei aggiungere a quello che abbiamo già detto solo ieri sera. Ah non mi ci faccia pensare, anche quel povero maggiordomo, come si chiamava?
- George, George Webb, aveva sessantacinque anni, lavorava per mister Baker da vent'anni, aveva una moglie e due figli. Già grandi almeno.
- Che cosa orribile comunque!

Nel frattempo un cameriere aveva portato il caffè. Bertolani mise latte e due zollette di zucchero.
nel suo e ne bevve qualche sorso. La bevanda calda lo calmò un poco.
- Dunque cosa vorrebbe sapere signor Owen?
Consultando il suo notes Matt rispose:
- Vorrei sapere qualcosa in più sull'autenticazione del dipinto. Ne avevamo già parlato ieri a cena, ma vorrei approfondire su quali criteri si bassa la sua analisi.
- Ah ecco…beh come può immaginare ci vogliono anni di studi per poter esprimere un giudizio. Comunque diciamo che si può iniziare procedendo dalle fonti: la prima testimonianza di un dipinto con questo tema è di Marcantonio Michieli, del 1525, nella "Notizia d'opere del disegno", in cui dice di aver visto il quadro nella casa di Taddeo Contarini, un mercante di Venezia che aveva interessi per l'occulto e per l'alchimia. Secondo il Michieli quel dipinto rappresenterebbe tre filosofi, due in piedi e uno seduto. Secondo altri le tre età della vita, poiché il primo è più anziano e quello seduto è il più giovane. Questo quadro, come lei saprà, è al Kunthistorisches Museum a Vienna. Quello rubato invece - e qui Bertolani, si fermò e bevve una lunga sorsata di caffè, facendo un cenno con la mano, come a dire cosa inaudita, mentre in realtà Matt era rimasto colpito dalla facilità con cui aveva pronunciato il nome del museo - potrebbe essere la copia fatta dallo stesso autore per la regina Caterina Cornaro, come lei avrà letto nel mio libro. In effetti l'averlo ritrovato nella casa di mister Baker mi aveva dato una grandissima soddisfazione. Erano anni che io avevo supposto l'esistenza di tale dipinto, ma lo credevo definitivamente perso.

In realtà Matt non aveva affatto letto la monografia del critico su Giorgione, ma sapeva che in esso lo studioso sosteneva di aver trovato nella biblioteca Marciana di Venezia una lettera della regina di Cipro in cui incaricava Giorgione di realizzare anche per lei un quadro coi tre filosofi. Aveva appena incaricato miss Melania di procurargli il libro.
Matt ascoltava Bertolani con attenzione. Provava una grande stima per quello studioso, di cui aveva letto altri saggi, e ne apprezzava anche l'eleganza e lo stile. Il critico vestiva Armani, tutta la sua persona, compresa una lieve fragranza muschiata che aveva sentito quando si era avvicinato per stingergli la mano, emanava buon gusto e classe. Il minimo che ci si possa aspettare da un critico d'arte. Ma Bertolani aveva anche un certo calore, parlava con schiettezza, non sembrava supponente e a Matt era apparso una persona gradevole già dalla sera del party.
- Ma - aveva continuato il critico - anch'io stavo aspettando con ansia gli esami di laboratorio, il dipinto doveva essere trasferito proprio il giorno in cui è stato rubato -
- E infatti - replicò Owen - non le sembra strano questo? Un ladro non avrebbe preferito rubarlo dopo che era stato dichiarato autentico?
- Ah non creda che non ci abbia pensato anche io. Ovviamente sì, a meno che il ladro fosse uno sprovveduto e avesse letto i giornali che parlavano dello straordinario rinvenimento di quest'opera e anche della mia favorevole attribuzione a Giorgione, e però lei sa benissimo che il mio parere non era definitivo, a meno che…
E qui si fermò, finì il suo caffè e aggiunse: - A meno che il quadro non fosse stato commissionato da qualcuno

che lo voleva a tutti i costi e quindi è stato rubato prima di essere trasferito al laboratorio, dove, immagino, sarebbe stato più difficile organizzare un furto.
- Già - disse Owen - il laboratorio. Ci andrò nel pomeriggio.
- Sarà una visita che l'appassionerà, mi creda, coi nuovi strumenti di indagine è praticamente impossibile falsificare un dipinto. Guardi, non solo sono dispiaciuto per questo orribile e assurdo delitto, ma anche per la scomparsa del dipinto: sono io il primo che avrei voluto la prova certa delle mie intuizioni. Più ci penso più la situazione mi sembra strana, fuori dalle "regole" - disse, virgolettando nell'aria - se mi consente. Senta - e gli allungò un biglietto da visita - la prego mi tenga informato sulle sue ricerche. E ora mi scusi, ma ho un altro appuntamento, però se ha qualcosa da chiedermi non si periti di chiamarmi, sono a sua completa disposizione.
Nel dire questo si alzò e lo accompagnò all'uscita, dove lo salutò calorosamente. Matt, in effetti, avrebbe avuto ancora molte domande da fargli, ma rimandò ad un prossimo incontro. Anche lui doveva affrettarsi se voleva arrivare puntuale al laboratorio. Prese la metro a Lancaster Gate e scese a Holborn station, per recarsi velocemente a piedi in Chancery lane 22, dove era l'Art Test Laboratory, che effettuava le analisi delle opere d'arte.

L'edifico era una palazzina con moderne pareti in cristallo che riflettevano le vetrine del palazzo di fronte: un classico negozio di abbigliamento maschile, Ede and Ravenscroft. Nella porta d'entrata Matt vide, riflesse, camicie azzurrine e cravatte regimental. Ad accoglierlo venne un giovane in camice bianco, di media statura, con

capelli biondi cortissimi e occhi enormi, ingigantiti da due spesse lenti in una montatura scura.
- Matt Owen della Morgan e Morgan - si presentò Matt.
- Dean Hughes. L'aspettavamo. Mi segua.
Owen lo seguì in ascensore, arrivarono al terzo piano dell'edificio, entrarono in un ampio salone luminoso, dove su grandi tavoli erano chine tre persone in camice bianco, due donne e un uomo. Una donna aveva in mano un piccolo tampone e lo passava lievemente a piccoli colpetti, su un dipinto raffigurante una natura morta che, a colpo d'occhio, doveva essere del seicento. L'uomo aveva una grossa lente di ingrandimento e osservava attentamente la croquelure di un dipinto su tavola, raffigurante una Madonna con bambino. L'altra donna passava un pennellino piccolissimo, che intingeva in un liquido, su un paesaggio rupestre, forse dell'ottocento. I tre erano in camice bianco, con guanti di plastica nelle mani. Sui banconi lungo le pareti vari macchinari. Tutto sembrava lindo e antisettico, avrebbe potuto essere una sala operatoria, se sui tavoli, invece di quadri, ci fossero stati esseri umani. Ughes fece indossare un camice anche a Owen, poi, parlando a bassa voce, gli disse:
- Dunque mi dica.
- Lei sa che il quadro rubato doveva essere portato qui.
- Certamente, lo aspettavamo per oggi. Era già stato tutto approntato. Una grossa perdita.
- Io vorrei sapere a quali prove sarebbe stato sottoposto il dipinto.
- A quelle di routine. Venga che le mostro.
Lasciarono l'ampio salone, dove i tecnici non avevano neanche alzato lo sguardo all'arrivo di Owen e passarono in un corridoio dove si affacciavano varie stanze, tutte

occupate da persone al lavoro. Hughes le apriva e mostrava a Owen i macchinari per un breve attimo.
- Come gli altri dipinti il Giorgione sarebbe stato sottoposto a vari test. Dall'analisi con la lente di ingrandimento, alla luce di Wood, ai raggi infrarossi e alla luce ultravioletta. Per le tavole di legno c'è anche lo studio della datazione con la dendrocronologia, ma questo non è il nostro caso. Ovviamente abbiamo il laboratorio di pigmentografia e i raggi x. Mi avevano detto che lei era un esperto d'arte - Aggiunse Hughes, che evidentemente aveva fretta e si aspettava che Owen conoscesse la materia.
- Sì, ma vorrei approfondire alcuni aspetti prettamente tecnici - rispose piccato Matt - Vorrei capire per esempio perché lo avreste sottoposto anche alla luce di Wood.
- Come lei sa tra i metodi di esame la fluorescenza all'ultravioletto è uno dei più diffusi. Questa tecnica è usata nella fase di accertamento dello stato di degrado di un'opera e nella verifica dell'esistenza e dell'estensione delle parti non originali di un tessuto pittorico. Non sempre è facile stabilire quanto di ciò che è visibile sulla superficie di un dipinto sia originale e quanto invece sia stato aggiunto in seguito.
Hughes aveva introdotto Owen in un piccolo studio, le cui pareti erano completamente occupate da una libreria che conteneva decine di volumi. Un piccolo scrittoio col pc e due sedie completavano l'arredamento. Gli scaffali erano interrotti solo da una finestra, coperta da una corta tendina beige. Rispetto allo spazio e alla luce del salone, il luogo era piuttosto soffocante e angusto.
- Con la luce di Wood proiettando un fascio di raggi UV sulla superficie di un dipinto si possono osservare alcune parti di esso che si illuminano, mentre altre rimangono scure. Questo è dovuto al fenomeno fisico della

flourescenza ultravioletta nel campo del visibile. E'una tecnica che si usa essenzialmente quando si suppone ci siano stati rimaneggiamenti nel tempo - obiettò Owen, per fargli capire che se ne intendeva quanto lui.
- Infatti. Con questo esame è più facile differenziare le ridipinture dalla pittura originale: i materiali sovrapposti, essendo meno antichi, risultano più scuri. Con l'invecchiamento si formano fra leganti e pigmenti delle reazioni chimiche che rendono questi composti più fluorescenti, mentre le reintegrazioni pittoriche più recenti appaiono come macchie opache.
A Matt Hughes era risultato antipatico al primo impatto. Quella saccenteria gli dava fastidio, lo avrebbe volentieri mandato al diavolo, ma forse valeva la pena sopportarlo ancora qualche minuto, semmai avesse potuto dirgli qualcosa di utile per le indagini.
- E quindi pensavate ci fossero varie mani anche nel dipinto di Giorgione? – replicò Owen.
- Non è detto, forse. Prima avremmo osservato la craquelure, la tela, la composizione chimica dei colori...
- In definitiva lei che ne pensa? Per quale motivo un ladro dovrebbe rubare un dipinto così famoso prima della sua totale certificazione? Si sarà fatto un'idea?
- E lei no?
- Certamente, stiamo valutando varie ipotesi sul possibile movente del furto di un quadro che, oggi come oggi, appare invendibile, ma mi interessa la sua opinione.
Hughes si alzò, andò alla finestra, alzò la tendina e stette qualche minuto a guardar fuori, un minuscolo cortile interno che si affacciava sull'altra parete del palazzo.
- Mah! Difficile a dirsi, Bertolani è un famosissimo critico, aveva pubblicato già dieci anni fa un libro su Giorgione, sicuramente è un'autorità. La sua autenticazione ha un grande valore. Le nostre prove di

laboratorio avrebbero aggiunto solo la ciliegina sulla torta, d'altro canto prima di metterlo all'asta da Christie's il proprietario voleva avere tutte le carte in regola. Io dubito sinceramente che Bertolani possa essersi sbagliato. Hanno ucciso due persone per averlo, se fosse un falso non avrebbe senso.
- Quindi lei esclude categoricamente che il quadro possa essere un falso, anche se non lo aveva esaminato?
- Non ho detto questo - rispose Hughes, avvicinandosi a Owen, che si alzò a sua volta – potrebbe anche essere un'ottima imitazione, ma veramente un capolavoro se ha ingannato Bertolani, però a questo punto non capirei perché sia stato rubato. - nel dire questo aveva aperto la porta e invitato Matt a seguirlo.
-Mi scusi sa, ma ho un altro appuntamento fra dieci minuti…
- Oh, certo, grazie per il tempo che mi ha dedicato. Se avessi bisogno posso chiamarla?
- Sicuro, sono a sua disposizione, anche Scotland Yard è già venuta a interrogarci. Ormai qui non si riesce più a lavorare.
Hughes aveva fretta e non vedeva l'ora che se ne andasse, il laboratorio era stato invaso dai poliziotti, dai giornalisti, ora anche questo investigatore privato ci godeva a fagli perdere tempo. Si sforzava di essere gentile, ma il suo sorriso era gelido e praticamente scortò Matt all'uscita e lo liquidò con una stretta di mano e un'occhiata che gli diceva: non torni a disturbarmi!

Miss Melania stava già per lasciare l'ufficio quando entrò trafelato Matt. Appena lo vide, come sempre, il cuore fece le capriole. Matt si era buttato di traverso su una poltroncina nera davanti alla sua scrivania.

- Ho bisogno di ragionare con qualcuno. Morgan è uscito?
- No, ti sta aspettando.
- Hai trovato il libro?
- Sì, eccolo.
- Hai fatto le ricerche?
- Sì, quasi finite, le stampo e ve le porto.
Melania gli porse un grosso volume con un sospiro e lo guardò fino a quando si richiuse la porta dietro le spalle.
Matt entrò nello studio di Morgan e gli riferì i due colloqui avuti in giornata.
- C'è qualcosa in questa storia che non quadra - disse Morgan, guardando la bacheca in cui miss Melania aveva già attaccato la foto del quadro in mezzo alle foto di tutte le persone legate a questa storia.
Matt prese i suoi appunti e cominciò a scorrerli. Avrebbe voluto accendersi una sigaretta, ma sapeva che era proibitissimo in ufficio, anche se aveva scoperto che Morgan, a fine giornata, si concedeva segretamente un sigaro.
- Quello che riguarda questo quadro è strano. Dunque Giorgione ha dipinto una tela, ora al Kunsthistorisches Museum di Vienna, dal titolo "I tre filosofi".
- Ha cominciato proprio dall'inizio eh?
Owen si irrigidì - E 'sempre il modo migliore. Tenga - e gli porse il libro di Bertolani - qui ci sono un sacco di notizie interessanti.
Morgan prese in mano il grosso volume ricco di tavole illustrate: la monografia del critico si presentava come un lavoro notevole e accurato. Melania aveva inserito un foglietto nella pagina in cui si parlava del dipinto.
- Il dipinto è tra i pochi ricordati dal Michiel - lesse Morgan a voce alta - "In casa de M.Taddeo Contarino, 1525. La tela a oglio delli tre phylosophi nel paese, dui

riti ed uno sentado che contempla li raggi solari cum quel saxo finto cusì mirabilmente, fu cominciata da Zorzo da Castelfranco, et finita da Sebastiano Veneziano". Bene e questo dove ci porta? Quel quadro è a Vienna e non è stato rubato.
- Sì, ma vada oltre.
Nel libro c'era un intero capitolo di 50 pagine dedicato al quadro.
- Non vorrà che lo legga ora, mi riassuma lei brevemente.
Owen non aveva letto il libro, ma si era appuntato varie notizie, perciò, bluffando, continuò a leggere sul notes.
- Il primo problema che riguarda il dipinto è l'interpretazione riguardo ai tre personaggi: nel testo lei ne troverà varie, alcuni dicono che sono i re Magi, altri le tre età dell'uomo, altri Marco Aurelio con due filosofi.
- Owen questo è molto interessante, ma quel quadro è a Vienna, cosa mi dice di questo che era qui a Londra?
In quell'istante bussò miss Melania, che entrò con dei fogli in mano.
- Perfetto – continuò Owen - ora possiamo farci un'idea completa. Dunque nella monografia che ha in mano Bertolani sostiene che ci sono altre due versioni del quadro: una fatta dal pittore olandese David Teniers nel 1600, e un'altra fatta dallo steso Giorgione per la regina Caterina Cornaro. Questa copia era andata dispersa e dovrebbe essere quella che hanno rubato.
- Ecco - intervenne miss Melania - del quadro, dopo la morte di Caterina, si perdono le tracce. Riappare improvvisamente nel 1945. E'stato il padre di mister Baker, allora con le truppe inglesi che risalivano l'Italia, a trovarlo: è scritto nel libro.

- Il libro è sintetico, in realtà ieri sera a cena mister Baker ci ha raccontato ampiamente come sono andati i fatti. Li riassuma lei Owen per miss Melania.
- Già, questo ricordo era una dei più importanti della famiglia. Dunque il giovane Wilfred Baker si trovava con le truppe che risalivano la penisola, si era in aprile, nei giorni della liberazione. Pare quindi che il giovane soldato, andato in avanscoperta con un suo compagno, si sia imbattuto in un conflitto a fuoco fra due partigiani e tre fascisti in fuga. La breve battaglia fu durissima, si lottava per la propria sopravvivenza, non si facevano prigionieri. Alla fine sopravvissero solo Baker e uno dei partigiani, che per ricompensarlo del suo aiuto lo aveva condotto ad una antica villa veneta, dove, arrotolata fra tanti oggetti, c'era la tela di Giorgione. Nessuno dei due immaginava la sua importanza, era solo un bel dipinto che il giovane italiano aveva visto e voluto dare all'inglese per ringraziarlo. Baker l'aveva portata a casa, dove l'aveva esposta nel salone. Ma fino alla sua morte non aveva mai voluto né sottoporla ad una qualsiasi autenticazione, né venderla. Ora invecé il figlio, dopo aver letto il libro di Bertolani, si era convinto che il quadro perduto fosse il suo. Da qui la storia la sappiamo. Il critico viene e autentica la tela, ne viene annunciata la vendita all'asta, tutti i musei e i collezionisti sono in attesa… e il quadro viene rubato.
- Uccidendo due persone però! - aggiunse Owen - E' il modus operandi che mi lascia perplesso. In genere i ladri d'arte non sono anche assassini.
- Calma, calma. Noi non siamo Scotland Yard e non stiamo indagando sull'omicidio, anche se a latere potrebbe venire fuori qualcosa. Il nostro committente è l'assicurazione, che vuole semplicemente trovare il quadro prima di essere obbligata a pagare una cifra

esorbitante. E noi il quadro dobbiamo cercare, abbiamo un mese di tempo.
Matt emise un fischio.
- Un mese? ma è chiaramente impossibile! ha presente il Caravaggio rubato a Palermo nel 1969, la famosa Natività con san Lorenzo e san Francesco? sono anni che lo cercano!
- A noi non importa, abbiamo accettato questo incarico e questi sono i tempi. L'assicurazione non bada a spese. Io ho piena fiducia in lei Owen, faccia ciò che ritiene più opportuno, ma si muova! Purtroppo devo lasciarvi, sono stato convocato a Scotland Yard, dove spero di ottenere qualche informazione, oltre a fornire la mia testimonianza sul party. Conoscevo tutte le persone invitate, penso che sarà un incontro lungo. Lei quando è stato convocato Owen?
- Domani mattina alle nove.
- Bene - aggiunse - mi spiace ma devo lasciarvi. Mi auguro che usciate da questa stanza con un piano adeguato che mi sottoporrete domattina. Non badi a spese, miss Melània ha facoltà di pagarle i conti di aerei e hotel… immaginerà anche lei che il quadro non sia più a Londra no? -
- Sì, certo, è molto probabile.
Morgan chiuse la porta e uscì lasciando i due a guardarsi in faccia nell'ufficio.
- Da dove pensi di cominciare? - chiese Melania felice di questo momento di intimità inaspettato con Matt.
- Comincerò dai miei informatori, a Londra, poi andrò a Parigi, se è il caso, anche là conosco qualcuno che può darmi delle indicazioni. Certo non penso che sarà semplice, anzi la ritengo una missione impossibile!
- Ah, allora ti ci vorrebbe tutta la squadra di Tom Cruise.

- Ma io non sono lui, tu però sei brava come Luther Stickell, sei un'hacker eccezionale, conto moltissimo su di te.
Melania lo guardava come un dolce proibito, ma sapeva, purtroppo, che con Matt non c'era speranza. Troppe volte lui le aveva confidato i suoi amori, spiegandole chiaramente da quale tipo di donna fosse attratto, tutta curve, sensuale, bellissima. Il che era anche un po' banale, a pensarci, tutti gli uomini desiderano donne così. Ma era soprattutto il modo in cui la guardava che le aveva fatto perdere ogni speranza. Matt la guardava attraverso, come se il suo corpo non ci fosse stato, come se vedesse un vaso, un mobile. E questo sì era davvero umiliante.
Ciononostante Melania non poteva fare a meno di amarlo, quando lui entrava in una stanza era come se accendessero la luce, e per quanto lei cercasse di soffocare questo sentimento, continuava a provare le stesse emozioni.
- Comunque credo che per riuscire a concludere qualcosa dobbiamo almeno fare un'ipotesi, se no rischiamo di perdere un sacco di tempo prezioso.
- Cioè?
- Matt si alzò, si avvicinò alla foto del dipinto e la fissò, come se guardandola fissamente avesse potuto strapparle il suo segreto.
- E' evidente che questo quadro è desiderato, bramato direi, da un collezionista che lo vuole tutto per sé e non pensa di venderlo. Questo, come il Caravaggio, sono opere invendibili, almeno non pubblicamente.
- Oppure come per il Caravaggio si potrebbe pensare ad un ricatto, un tentativo di estorsione - Aggiunse Melania indicando la foto sulla bacheca.

- Potrebbe esserci qualcosa nella storia del quadro che non sappiamo, un vecchio proprietario che lo rivoleva?
- Dal 1945? Avrà 90 anni o sarà già morto, comunque nel libro di Bertolani si dice che dalla morte di Caterina non si hanno più tracce del quadro.
- Ma siamo poi sicuri che Giorgione l'abbia dipinto? sbuffò Melania - le sue congetture si basano su questa lettera della signora di Asolo che ha trovato Bertolani - prese il libro al segno e cominciò a leggere.

" *Illustrissimo messere, il dipinto in cui ritraeste la mia persona mi è sempre dinanzi agli occhi, e come io vi vedo tutta la vostra maestria e perizia nell'imitare la natura et puranco nel penetrare nei recessi del cuore , perlocché nell'immagine riflessa io ravviso anche il sentire che in quelli giorni di gioia, dilettevoli per la compagnia e lo spirito lieto dei nostri conversari, comeché tutta la primavera colle sue gioie e colori e magnificenze, penetrasse nei nostri cuori dalli occhi, e ci colmasse di ogni dolcezza e serenità, così mi nacque subitaneamente, appena lo vidi in casa di messere Taddeo Contarini, il desiderio di possedere io puranco il dipinto delli tre Savi, che io immagino fussi di grandissima ispirazione e diletto, per i nostri conversari attuali, imperocchè avvinti dalle dispute sullo amore e le sue innumerevoli ricchezze e pene e tormenti, nelle quali ogni animo amante, si dee essere perduto almeno una volta nella vita, io ritengo di ravvisare, nello stare delli tre filosofi compostamente in dialogo tra loro, negli atti e nei volti pieni di compassata virtù e saggezza, un modo, ovverossia maniera, di disputare con animo sereno e lontano da ogni disputa, ma con quella pacatezza e calma che permette ad ogni umano parlare di raggiungere vieppiù profondità e verità nella ricerca del bene, che è il fine di ogni suddetta ricerca. Pertanto io vi invito caldamente a mettervi all'opra e a creare anco per la mia persona e per il diletto delli amici miei, un dipinto simile al precedente, nello quale ravvisando tanta saggezza e onestade di atti, noi possiamo godere della vista di cotale immagine e trarne ispirazione e conforto. Vostra Caterina, regina di Cipro e ora signora di Asolo*".

- E questa è la lettera che confermerebbe l'esistenza di un'altra copia dello stesso dipinto. Quello che ipotizzava Bertolani, ma non è detto che sia quello di mister Baker – aggiunse Owen.

- C'è una lunga lettera di Caterina in fondo al libro, dove racconta tutta la sua vita. Poverina, è stata sacrificata per l'onore della sua famiglia.

- A quei tempi molte vite erano così, la ragion di stato o quelle della famiglia condizionavano completamente le esistenze delle ragazze nobili.

2. Parigi

Eccellentissimo Messere,

voi certamente sapete che io nacqui addì venticinque novembre dell'anno del Signore 1454, in quello bello palazzo che la mia famiglia possiede in San Cassiano, sulla riva del Canal Grande. La qual cosa mi rende a tutti gli effetti cittadina della gloriosa repubblica di Venezia, la quale è stata e sarà causa delli miei onori e delle mie disgrazie. Ma, imperocché io fui sempre suddita fedele della Serenissima e figlia ubbidiente delli miei genitori, e sorella umile delli miei fratelli e devota consorte del mio sposo, e sebbene che io fussi e sono la regina di Cipro, nondimanco l'affetto e il rispetto figliale e puranco la fedeltà alla Repubblica, tutte codeste cose hanno condizionato e condizionano tuttora la mia vita e le scelte che io, volente o nolente, fui costretta a prendere. Dunque quando io nacqui li miei genitori vollero impormi il nome di Santa Caterina di Alessandria, datosi chè è la Santa che si venera in quel giorno. Quando io nacqui avea già tre sorelle, Violante, Cornelia e Regina. E doppo di me nacquero ancora Giorgio, Bianca, Zilia e Agnese. Giorgio, l'unico maschio, era il pupillo delli miei genitori e di tutte noi sorelle.

Matt scese dal metro alla fermata di Saint Sulpice. La chiesa, col doppio colonnato ionico nella facciata e le due torri, sfidava il cielo azzurro di maggio. O forse la percepiva così Owen, memore degli intrighi del Codice da Vinci. L'aria era frizzante, Matt si alzò il bavero della giacca, poi si avviò a passi svelti verso rue Racine. Qui, proprio di fronte al raffinato ristorante Bouillon Racine, c'era il negozio d'antiquariato di Juliette. Prima di entrare

Matt gettò uno sguardo perplesso al mezzobusto marmoreo di Garibaldi, improbabile compagno di un vaso da portata e una brocca bianca e azzurra di Sèvres e ad un delizioso quadretto, un paesaggio ottocentesco di scuola inglese. Dentro l'ambiente era elegante e luminoso, pochi elementi creavano un'atmosfera raffinata: una credenza Luigi XVI in noce, con intarsi in radica con sopra un orologio sempre Luigi XVI, in marmo bianco con fregi in bronzo dorato, un tavolo ovale Luigi Filippo, due specchiere gemelle di fattura italiana. In una di queste vide riflessa Juliette che lo scorgeva, e sorridendo gli andava incontro.
-Oh… mon petit chou! - disse abbracciandolo - Qual buon vento ti porta qui? - continuò poi in italiano, la lingua madre di entrambi - Affari eh?
La donna si era allontanata e lo squadrava dall'alto in basso, come a valutarlo. Indossava una gonna plissettata a fantasia marrone e beige, con una blusa beige, aveva un caschetto castano rischiarato da colpi di sole e due occhietti azzurri vispi e attenti, a cui non sfuggiva nulla.
- Sì certo, sono qui per lavoro, una questione complessa, che poi ti dirò. So che tu sai sempre tutto… ma è anche per il piacere di vederti.
Juliette fece un cenno di saluto al marito, un uomo alto, capelli grigi, che in fondo al negozio stava parlando con un cliente, si infilò una giacca, afferrò la borsa, prese sottobraccio Matt e lo condusse fuori.
L'aria era rinfrescata ulteriormente, il sole era stato coperto da veloci nuvole grigie e c'era un venticello che faceva rabbrividire.
- Allora raccontami. Però se non ti dispiace dovresti seguirmi in un posto, ho un appuntamento, non ti dico niente, ma vedrai che ti piacerà. Ma prima di ogni cosa dimmi come sta tua madre.

Matt le fece il resoconto completo di madre, padre e fratello e le chiese a sua volta dei suoi figli. Terminati i convenevoli d'obbligo, le raccontò la storia del Giorgione.
Intanto erano scesi per boulevard Saint Michel, avevano attraversato l'omonimo ponte, Notre Dame sullo sfondo, la Senna sotto di loro. I palazzi che riassumevano la storia scorrevano davanti ai loro occhi. Quando veniva a Parigi Matt si sentiva immerso pienamente nel flusso del tempo. Era come se tutta la storia di Francia e la sua letteratura gli si riversassero addosso contemporaneamente. Non c'era angolo, scorcio, visione che non gli rammentasse qualcosa. Era una full immersion nel passato che in parte lo esaltava e dall'altra lo stordiva.
Si avviarono verso il Marais.
- Ho seguito anch'io questa storia, molto, molto strana a dire il vero. Il problema più complesso è capire perché hanno rubato il quadro prima degli esami che ne avrebbero garantito l'autenticità.
- Infatti, mia cara Juliette, come sempre hai colto il punto cruciale. Rimane comunque un quadro invendibile, anche con una autenticazione un po' dubbia.
Giunsero in rue du Temple, dov'era la sede dell'ordine dei Templari. Al numero 17 c'era un negozio di cioccolata: Edwuart chocolatier.
-Ecco, ho un appuntamento qui, vedrai che ti piacerà, è per una degustazione di cioccolato di un mio amico italiano, non potevo mancare. Ma durerà poco, poi andremo a pranzo e avremo agio di parlare con calma.
Li accolse il padrone, un quarantenne con baffi e pizzetto e un cappello nero a tesa larga in testa. Dentro era un profluvio di colori e odori che emanavano le praline, le stecche, i cioccolatini di ogni forma. Nel

mezzo del negozio erano state poste una decina di sedie, già tutte occupate, un ragazzo ne aggiunse due per Matt e Juliette, e poco dopo entrò il presentatore, con un vestito di lino bianco, che iniziò ad illustrare i prodotti. Nel frattempo una ragazza girava col vassoio, offrendo le varie prelibatezze. Si trattava di prodotti particolari: cioccolata al sale.

- Buongiorno e grazie a tutti voi di essere qui - esordì - vi ricordo che una degustazione di cioccolato è un'esperienza sensoriale che va gustata con calma e mente sgombra. Adesso prendete il primo cioccolatino, un classico fondente con la menta. Però ora l'aggiunta del sale dolce di Cervia (il sale che ha meno cloruri amari, come il solfato di magnesio, di potassio e di calcio) aumenta la sapidità del cioccolato fondente, senza nulla togliere alla sua dolcezza. Quindi spezzate il cioccolatino in due e assaporate la prima metà, cercando di cogliere la presenza del sale.

Matt chiuse gli occhi ed eseguì, era stato a degustazioni di vini, ma di cioccolato mai, ed era curioso. Sentì sotto i denti l'impressione di finissimi granuli di sale: ma era vero o solo suggestione?

- Ora assaggiate la seconda parte e fatevi prendere dalla freschezza della menta e dalla cremosità del ripieno.

A Matt l'unione di cioccolato e menta era sempre piaciuta, mentre assaporava il suo bon bon, unito alla sensazione di verde, prati, frescura, ebbe una rapida e fuggevole intuizione. Per un attimo gli era parso di entrare dentro al problema del Giorgione, ma era stato così rapido che gli rimase solo un vuoto lievemente angoscioso.

Cercò di ripetere la stessa esperienza con gli altri prodotti, ma nessuno gli suscitò quella luce che gli aveva acceso la menta.

La degustazione finì con un bicchiere di passito, Matt non ne aveva nessuna voglia, poggiò solo le labbra, anche se il sommelier aveva ribadito, cosa che san tutti, che col dolce ci vuole il vino dolce. Sarà, pensava Matt, ma io preferisco il brut.
Uscirono che era l'una passata, a Matt quei cinque cioccolatini avevano solleticato l'appetito. Propose a Juliette di andare a pranzo insieme, così avrebbero avuto modo di parlare con calma.
- Però stavolta scelgo io, tu mi hai portato ad assaggiare cioccolata, ma io ho voglia di soupe à l'oignon, e so anche dove vorrei andare: da le Zimmer in place du Chatelet.
- Ma da qui c'è un bel pezzo di strada, io non ho mica le tue gambe.
- Prendiamo il metrò e vedrai che in dieci minuti saremo lì.
Salirono a Temple e scesero a Hotel de Ville, da lì si avviarono a piedi.
A le Zimmer Matt c'era stato anni fa con la sua prima fidanzata Elisabeth, e aveva trovato il cibo buono e l'atmosfera romantica. I tendaggi e le sedie di un rosso intenso, gli stucchi e gli specchi dorati, davano al luogo un che di fin de siècle tanto che ci si sarebbe aspettati di vedere Toulouse Lautrec che disegnava sui tovaglioli o spuntare all'improvviso ballerine scatenate in un cancan. Almeno così lo avevano vissuto lui ed Elisabeth allora, oggi con Juliette Matt continuò ad apprezzarne lo stile, ma si rese conto, con nostalgia, che la magia era passata.
La soupe à l'oignon però era calda e buona.
- Sai non pensavo che saresti stato proprio tu ad occuparti del caso del Giorgione.

- In realtà sta indagando Scotland Yard, ci sono stati due morti, non dimenticare. Io sono solo stato incaricato dall'assicurazione per cercare il quadro.
- Incredibile! C'è qualcuno che crede che ciò sia possibile? - rispose lei ridendo. Anche Matt sorrise.
- Si, infatti anch'io sono convinto della difficoltà, che dico, della impossibilità dell'impresa, però sai come sono…
- Cocciuto!
- Già, almeno ci voglio provare. In realtà ho un mese di tempo, poi l'assicurazione dovrà pagare. Tu che idea ti sei fatta?
- Ti sei messo in un bel ginepraio. Da quello che ho letto sui giornali posso solo supporre che qui ci sia dietro un committente, anche se i due morti mi lasciano abbastanza perplessa: difficilmente un collezionista è disposto ad uccidere per ottenere ciò che vuole. Anche ammettendo che l'esecutore materiale sia stato costretto dalle circostanze, in genere questi furti avvengono in sicurezza, si cerca di prendere gli oggetti quando magari i padroni sono via o in un momento in cui la casa è vuota per altri motivi.
- L'abbiamo pensato anche noi, i committenti fanno patti ben chiari, non riesco a capire se abbiamo a che fare con un ladro improvvisato o con un feroce killer.
- Senti, la cosa migliore che posso fare per te è consigliarti di parlare col mio informatore, sai nel nostro mestiere è importante saper se dietro una vendita c'è qualcosa di losco. Lei sa tutto.
- E' una donna?
- Non mi dire che ti meravigli! Su non fare il maschilista! Madame Geneviève, per quanto ne so, è la più esperta su piazza, per quello che riguarda le opere d'arte. Le manderò un messaggio.

Digitò velocemente sul cellulare, poi attesero il caffè.
- Ah, non riuscirò mai ad abituarmi al caffè di qui. Per te è diverso, tu bevi quella brodaglia inglese da sempre.
- Ma ho anche la macchinetta dell'espresso a casa. Non dimenticare le mie origini italiane.
Un bip annunciò la risposta di Madame Geneviève.
- Ecco, stasera alle 10, in rue Norvins, caffè Montmarte. Sii puntuale, mi raccomando, lei non aspetta.
- E come faccio a riconoscerla?
- E'una signora originale, vedrai che la riconosci, comunque ordina un calvados. Ti riconoscerà lei.
Matt e Juliette si salutarono, dandosi appuntamento per il giorno dopo al negozio, per valutare insieme le eventuali notizie.
Matt si trovava un lungo pomeriggio davanti, con quell'idea vaga che gli ronzava nel cervello. Era vicino al Louvre e così decise di tornare a visitarlo per l'ennesima volta, trovarsi fra quei capolavori forse gli avrebbe schiarito le idee.
Si recò dritto alla Grande Galerie, dove erano i pittori italiani, e si piazzò davanti al famoso dipinto di Giorgione: "Concerto campestre". Il quadro, a cui si era ispirato Manet per il suo celeberrimo "Déjuner sur l'erbe", lo affascinava per la sua modernità: fissava i due musici seduti e le due donne nude, una seduta a suonare il flauto, l'altra in piedi accanto ad una fontana da cui sta prendendo l'acqua con una brocca di vetro trasparente. Capiva perché Manet l'avesse scelto: per il suo impatto dirompente.
Si chiedeva però se fosse solo opera di Giorgione, come diceva la targhetta, o se l'avesse terminata Tiziano, il suo illustre allievo. Guardava l'opera da varie angolazioni, spostandosi ora a destra ora a sinistra o al centro, come se potesse succhiarle il suo segreto con gli occhi

Il tonalismo di Giorgione sfumava le figure in movenze morbide, il dubbio sull'intervento di Tiziano nasceva riguardo ad una certa robustezza delle forme. Il significato era un'allegoria della musica e della poesia, con le due donne a simboleggiare la bellezza ideale. Matt però era convinto che ci fosse un ulteriore significato misterioso, come in molte opere del pittore.

Alla caffetteria del Louvre scelse una fetta di flan alla crema e un caffè. Ne approfittò per scrivere a Bertolani, come aveva promesso.

"Buongiorno! Sono al Louvre davanti al "Concerto campestre" di Giorgione. Questo pittore è sempre misterioso ed enigmatico, avvince completamente. Capisco la passione che l'ha guidata per tutta la vita. Sono a Parigi, ma non ho ancora trovato piste soddisfacenti. La terrò informato degli sviluppi".

Poi continuò a girare per le sale, fino a quando giunse alla Merlettaia di Vermeer: questa piccola opera lo emozionava. Sembrava di respirare il silenzio e l'attenzione con cui la giovane donna intrecciava i fili. La scena incantava per la sua composta armonia.

Uscì dal Louvre con gli occhi pieni di bellezza e l'animo carico di emozioni, eppure quella piccola luce che aveva percepito dal chocolatier gli frullava ancora in testa, come una mancanza.

Percorse Rue Montmartre avviandosi a piedi verso il suo hotel. Quando veniva a Parigi amava soggiornare dalle parti dell'Opera. Questa volta era sceso all'hotel Royal Bergère, in rue Geoffrey Marie. In rue fauburg Montmarte vide una fila di persone che si allungava sulla strada: aspettavano tutti di entrare al Bouillon Chartier, Matt si accorse che aveva una gran fame e si fermò. Il locale era arredato in stile belle époque. Matt notò che i camerieri facevano il conto sulla tovaglia di carta, che

copriva quella rossa di cotone, come si faceva ai vecchi tempi. Ordinò boeuf à la bourguignonne, che innaffiò con un ottimo bordeaux, un Sainte Radegonde del 2013.
In camera si fece una doccia e si cambiò, poi buttò giù alcuni appunti, per fermare le idee. Ma la lucina non si era ancora rivelata, gli girava per la testa come una piuma sottile e inafferrabile.
Alle nove era già in strada per recarsi all'appuntamento in rue de Norvin. Conosceva bene Parigi, si inoltrò per rue du faubourg Montmartre fino a Notre Dame de Lorette, poi continuò per la via omonima e sbucò in rue Pigalle. Cominciò a salire verso Montmartre e giunse al caffè con un buon quarto d'ora d'anticipo. Ordinò una birra in attesa di chiedere un calvados quando avesse visto entrare una donna che avrebbe potuto essere madame Geneviève.
Alle 10 in punto, come il conte di Montecristo, entrò madame. Aveva ragione Juliette, impossibile non riconoscerla. Una donna alta e magra, sulla settantina, coi capelli tinti di un castano rossiccio sbiadito, ma con due dita abbondanti di ricrescita. Indossava un lungo trench beige, da cui spuntavano pantaloni neri e scarpe da uomo. Aveva un cappello a cloche rosso e una lunga sciarpa rosa fucsia che le ornava il collo e le scendeva fino ai piedi.
Si sedette a un tavolino e ordinò un Calvados, anche Matt ne ordinò uno e si sedette di fronte a lei.
- Bonsoir madame Geneviève.
- Bonsoir à vous… ma possiamo parlare tranquillamente in inglese - continuò lei, con un delizioso accento francese.
- Non so se Juliette le ha già spiegato… - lei lo interruppe con un gesto della mano, come a dire lasci stare, so già.

- Sì, sì - confermò - non c'è bisogno che lei mi faccia il preambolo. Piuttosto a Londra a quali conclusioni siete arrivati?
Il cameriere portò i Calvados e lei ne bevve un sorso. Anche Matt vi appoggiò le labbra, sapeva già che non gli piaceva, ma era lavoro.
- Intanto siamo quasi sicuri che il dipinto non sia più in Inghilterra.
Lei lo squadrò dall'alto in basso, poi scoppiò in una risata che finì in un colpo di tosse.
- Ah! Bella scoperta, ma è ovvio, non c'era neanche da sprecare un minuto… a meno che quello che lo voleva così tanto non fosse un inglese.
Finì il suo calvados e si alzò in piedi.
- Andiamo fuori, qui non si può fumare e poi ci sono troppe orecchie.
Matt la seguì, non senza prima dare un'occhiata al locale dove erano seduti solo cinque avventori.
Appena fuori Madame si accese una sigaretta e ne offrì una a Matt. Lentamente si avviarono verso le scale che portavano al Sacre Coeur.
- Invece siamo seri, io personalmente mi sono fatta un'idea.
- E cioè?
- Ha mai pensato che il quadro potrebbe essere un falso?
Fu allora che improvvisamente quella lucina che gli si era accesa dal chocolatier prese forma. Ecco cosa gli era passato fuggevolmente per la testa, eppure se il quadro era un falso c'erano un sacco di obiezioni, che Matt si affrettò ad evidenziare a Madame.
- Ah, sì è una possibilità a cui avevo pensato, dato che è stato rubato prima degli esami di laboratorio, con solo l'attestato del critico d'arte, che però è il maggior esperto di Giorgione, quindi offre una garanzia non da poco.

- Sì, è vero, ma comunque io ho un leggero sospetto. Se si potesse risalire al falsario: ce ne vuole uno molto bravo per ingannare Bertolani!
Matt era stupito, non si aspettava che il discorso prendesse quella piega. Intanto erano arrivati alla fine di una scala e madame Geneviève si fermò per prendere fiato. Prese un'altra sigaretta e l'accese col mozzicone della prima, offrendone ancora a Matt, che rifiutò. La guardò attentamente sotto la luce del lampione, doveva essere stata una bella donna, anche se adesso aveva la pelle grigia e rugosa dei grandi fumatori.
- Perché dovremmo risalire al falsario? E poi su cosa si basa la sua idea? Se io fossi un collezionista aspetterei che il quadro fosse autenticato con sicurezza, le pare?
- Si, però una volta autenticato il quadro sarebbe passato direttamente dal laboratorio alla casa d'aste, e in tutti e due i luoghi i sistemi di sicurezza erano inattaccabili.
- Anche questo è vero.
- Dia retta a me giovanotto - e alzò lo sguardo per incontrare i grandi occhi neri di Matt - ma lo sa che lei è preciso ad Antinoo, l'amante di Adriano. Pensi un po' ci sono statue con la sua faccia in mezza Europa! Gliel'hanno detto eh?
- Sì, me l'hanno detto, grazie. Mio fratello mi prende sempre in giro.
- Capelli ricci, occhi grandi, naso dritto e bocca sensuale… humm forse solo l'altezza, lei è troppo alto, Antiinoo sarà stato un metro e cinquanta, a quel tempo erano tutti più bassi.
Erano giunti ai piedi del Sacre Coeur, Parigi si rivelò sotto di loro splendente di luci. Matt non poté fare a meno di guardare lo spettacolo e rimanerne incantato.
- Bella eh? Ho girato mezzo mondo, ma la felicità che mi dà la vista di Parigi, non solo da qui, badi bene, ma in

ogni angolo, in ogni strada, piazzetta, slargo, non c'è posto dove la bellezza possa farmi gioire più di questo.
- Forse Venezia.
- Ah, già, le sue origini venete. Si, può darsi, ma a Venezia c'è troppa acqua! Troppa luce, preferisco perdermi fra le strade di Parigi, qui anche l'oscurità ha il suo fascino.
Rimasero in silenzio per un poco, poi Matt accennò alla scala per salire alla chiesa, ma lei, con quel suo gesto della mano, con nonchalance rifiutò.
- Dunque segua il mio consiglio, i miei suggerimenti tendono ad essere veritieri.
- Ma Bertolani l'ha autenticato. Pensa che possa averlo fatto per avvalorare la sua tesi?
- No, per carità, Bertolani è un uomo troppo integro e famoso per fare un errore così grossolano. Io ritengo solo che il falsario, doveva essere un genio. Per questo credo che se lei rintracciasse il falsario, potrebbe capire perché l'hanno rubato e ucciso due persone per questo. Un movente non da poco, direi.
- Un falsario? Ma quale? Non è che si trovino su internet alla voce falsari.
- Ah ah, lei è proprio divertente, humour inglese e fascino italiano. Guardi, se non fosse impossibile, io penserei solo ad una mano.
- E cioè?
- Han van Meegeren.
- Ma lui era un maestro nell'imitare i fiamminghi.
- Sì, certo, ma questo non esclude che potrebbe anche aver fatto un Giorgione, magari su commissione! Sarà una mia idea, ma solo lui poteva avere una tale bravura da ingannare anche un critico come Bertolani.

- E quindi il ladro avrebbe commesso due omicidi solo per rubare un quadro falso? Non riesco a vederci un movente.
- Mi spiace, la ricostruzione del movente è affar suo. Io le ho riferito solo le voci che girano: non si sa di nessuno che potesse volere il quadro ad ogni costo, e poi così senza tutti i crismi delle analisi. Ora poi, dopo quello che è successo, quel quadro è veramente invendibile. Quindi, mi creda, cominci a considerare un'ipotesi alternativa. Cerchi il falsario, magari scoprirà un senso a questa storia.
- Ma Van Meegeren è morto nel 1947!
- Il detective è lei… io le ho solo suggerito una possibilità.
Suonò il cellulare, Geneviève rispose con la sua voce roca.
- Oui. Bien sûr: je suis toujour là pour vous. A bientôt.
- Mi spiace ma ho ricevuto una chiamata urgente. Qualcuno di importante, a cui non posso dire di no.
- Qualcuno a cui direbbe quello che non dice a me?
- Ah ma lei è fissato! Chi le dice che questa persona sia legata al Giorgione? Potrebbe essere un acquirente o anche, chissà, un mio spasimante! - rispose lei, terminando con una risata roca che la fece tossire.
- Ha ragione, ma sono un detective.
- Un detective giovane e bello. Mi creda lavori sulla mia ipotesi. Poi vedremo a quali conclusioni arriverà.
- L'accompagno, così può chiarirmi ancora qualche dubbio.
- No, no, lei vada a vedere la chiesa, è sempre aperta. Si goda il panorama da lassù. Ma comunque si fidi di me, della mia lunga esperienza. A volte ci sono concomitanze inaspettate che possono spiegare molti

misteri. Ci sono elementi di questa storia che potrebbero stupirla.
- Non ci potremmo vedere anche domani sera?
- E chi lo sa? Lei faccia le ricerche e poi può darsi che io possa dedicarle ancora un po' del mio tempo.
In quel momento la tour Eiffel si illuminò di mille luci, e nel breve attimo in cui Matt aveva distolto lo sguardo, Madame Geneviève era scomparsa, inghiottita dal buio.
Matt continuò a guardare lo sfolgorio della torre, poi salì la scalinata e giunse al Sacre Coeur. La Chiesa invece era già chiusa al pubblico, solo coloro che pregavano per la pace e avevano un pass potevano entrare. Matt ammirò ancora una volta il biancore della pietra, il travertino di Chateau-Landon, che ha la proprietà di non trattenere polvere e smog e di reagire alla pioggia divenendo sempre più bianco.
Le opinioni di Madame Geneviève lo avevano colpito. Guardava la chiesa mentre le idee gli turbinavano in testa.
Se il quadro era un falso, quando era stato dipinto? E come era arrivato in Italia? E soprattutto perché era stato rubato in quel modo?
Aveva bisogno di certezze.

3. Londra

Ma già dai miei primi anni voci funeste e maldicenze turbarono la nostra quieta esistenza. Mio Zio Andrea, di tredici anni più giovane di mio padre, venne condannato all'esilio dal Consiglio dei Dieci. Sibbene Andrea fusse un giovine eccentrico e certamente colmo di ambizione, io non seppi mai la causa vera del suo esilio a Creta. Epperò da Creta elli fu poi trasferito a Cipro, e così questo luogo, da me amatissimo, entrò con potenza e sotto la mano del destino, che poi non è se non la volontà di Dio Onnipotente e misericordioso, dico che Cipro entrò nella storia della mia famiglia, per uscirne se non dopo eventi tragici e dolorosissimi, come voi ben conoscete e che pure io amo ricordarvi, siccome che io vi scrivo per confidarmi a voi nel presente frangente e mi pare che rievocare li giorni belli e quelli bui della mia vita, mi sieno di incoraggiamento a non perdere la fede che si potesse ancora vedere la luce del sole, in questo momento di grande difficoltà e dolore, anche fisico, per cui io dispero, però , di uscirne a salvamento.

Epperò poco tempo dopo anche mio padre Marco Corner fu accusato di connivenze ed esiliato nell'isola di Cipro.

Melania dormiva profondamente, dopo aver visto per l'ennesima volta Breavheart, che avevano passato ancora alla tv. Quando qualcuno restava stupito della sua conoscenza così approfondita dei film, lei non si vergognava a dire che era capace di rivedere un film già visto anche dieci, quindici volte, ce n'erano di quelli che aveva guardato almeno 20 volte! E' che le piaceva, ogni volta trovava un particolare, uno sguardo, un colore, un'inquadratura che la interessava e affascinava e faceva di quell'opera un film unico e imperdibile.
Lo squillo del telefono la svegliò sgarbatamente.
- Hello!
- Hello Melania! Dormivi?
- No, no, ero sveglia. Matt, dimmi che succede.
- Ho appena incontrato un informatore, una donna affascinante.
- Ah… ci risiamo.
- Ma no, avrà più di settant'anni, non pensare sempre male. Mi ha suggerito un'idea. Han van Meegeren… ti dice niente?
- Il grande falsario che ha ingannato persino Goering?
- Sì proprio lui. Ascoltami: io adesso sono al Sacre Coeur, fammi una ricerca su di lui e mandamela, così appena arrivo in hotel la leggo.
Il signorino: lui è al Sacre Coeur a Parigi a divertirsi e sveglia me perché gli faccia il lavoro sporco, così non

perde tempo, poverino, pensò Melania, che invece gli rispose: - Agli ordini capo, sarà fatto!
Matt non colse l'ironia e si limitò a ringraziarla.
Melania si rincantucciò ancora un attimo sotto il tepore delle coperte, poi, sbuffando si alzò. Indossò un vecchio e sformato maglione beige, di tre taglie più grandi, che la faceva somigliare a Winny Pu, mise calde pantofole col pelo ai piedi, e si sedette al computer. Mentre scorreva pagine e pagine per la sua ricerca, si accorse di avere fame, aveva cenato solo con un'insalata. Prese il provvidenziale plum cake con gocce di cioccolato che le aveva lasciato la sua vicina indiana, si versò un bicchiere di latte e cominciò a tagliare sottilissime fette di dolce e a inzupparlo. La gatta le saltò in grembo e cominciò a ronfare tranquillamente.
Dopo un'ora ora mandò un riassunto e una serie di articoli a Matt.
"Han van Meegeren era nato nel 1889 a Deventer, in Olanda. Il padre, Henricius, insegnante di storia e letteratura, era un uomo severo e chiuso che non ammetteva nessuna distrazione, per lui ogni forma d'arte rappresentava questo. Aveva impedito alla moglie Augusta di continuare a dedicarsi alla pittura e alla musica, ma nel terzo dei suoi cinque figli questa attitudine era ricomparsa con prepotenza. Han era fragile fisicamente e aveva trovato nel disegno una compensazione alla sua debolezza fisica, ma il padre gli strappava tutti i disegni, ottenendo così solo di aumentarne lo spirito di ribellione.
Alle medie superiori Han incontrò Bartus Korteling, il suo professore di disegno, uno strenuo ammiratore dell'arte fiamminga. Per lui la pittura si fermava al XVII secolo e a pittori come Terbooch, Franz Hals, De Hooc, Vermeer. Han, conquistato dalle sue teorie, decise che

non voleva usare i colori moderni, ma solo i pigmenti antichi e Korteling gli insegnò tutti i segreti per fabbricare personalmente i colori. Forse fu proprio questa sua capacità che ne influenzò il destino.
Data la sua bravura, l'opposizione del padre si placò e questi accettò che il figlio si iscrivesse alla scuola di tecnologia di Delft per seguire i corsi di architettura. Nel 1911 incontrò Anna De Voogt, una ragazza euroasiatica che viveva lontana dai genitori. I due si sposarono l'anno dopo e questa volta ci fu la rottura col padre, dato che Anna era incinta. Così gli sposi andarono a vivere dalla nonna di lei a Rijsmijk. A 23 anni Han non si era laureato e si trovava senza un soldo con moglie e figlio. Cominciò a vendere i primi quadri, ma le sue condizioni economiche rimanevano difficili.
Melania si fermò un attimo e guardò inorridita il plum cake: l'aveva mangiato tutto e aveva bevuto un intero litro di latte! Scosse la gatta, che scivolò giù infastidita, poi accese il tapis roulant e cominciò a camminare velocemente, pur continuando a leggere il computer. La gatta, offesa, si era accoccolata sul divano.
"La sua carriera ebbe una svolta quando riuscì a vincere un concorso di pittura che si svolgeva a Delft ogni cinque anni. In quell'occasione dipinse l'interno della chiesa di Saint Laurent a Rotterdam. Le sue conoscenze architettoniche gli permisero di dipingere con grande precisione l'interno gotico della chiesa. Vinse il primo premio col suo acquerello. Così lasciò gli studi di architettura e accettò l'incarico di assistente del professor Gips, decano dell'Accademia di Delft.
Ma il compenso economico era troppo basso. E qui, probabilmente, iniziò la sua carriera di falsario. Dipinse un altro acquerello con Saint Laurent e cercò di venderlo come l'originale. Ma la transazione (per gli scrupoli della

moglie) non funzionò e così lui vendette l'opera a un valore dieci volte inferiore della prima. Cominciò a covare in lui un sentimento di rancore verso il mercato dell'arte. Perché una sua stessa opera, seppur dipinta una seconda volta, non poteva avere lo stesso valore del primo originale? Nel frattempo continuò a lavorare e organizzò la sua prima mostra, che ebbe un notevole successo. Ormai i suoi quadri si vendevano bene. Proprio da questo successo però scaturì la sua parabola discendente. La principessa Giuliana gli chiese di ritrarre il suo daino. Han lo portò nel suo studio e lo ritrasse in varie posizioni. Poi offrì i suoi lavori ad un editore di calendari. Il successo fu enorme, ma i suoi colleghi accademici storsero il naso a questa commercializzazione dell'arte, e la sua stella cominciò a declinare, i suoi colleghi lo ritennero un pittore finito.
Allora col suo amico Van Wijngaarden si dedicò all'arte del restauro, che, con le sue conoscenze e la sua pazienza certosina, gli riusciva piuttosto bene. Restaurò così molte tele del XVII secolo. Un giorno lui e Wijngaarden trovarono un ritratto di cavaliere che identificarono subito come un Hans Half. Lo restaurarono e lo sottoposero al maggior esperto dell'epoca, il critico d'arte Abraham Bredius il quale, però, lo dichiarò un falso.
Da questo momento sorse in Han una sorta di revanscismo nei confronti dei critici d'arte. Insieme all'amico Wijngaarden presentò a Bredius un falso Rembrandt, che lui stesso aveva dipinto anni prima. Il critico lo riconobbe per vero e allora i due amici, per sbeffeggiarlo, tagliarono a pezzetti la tela davanti ai suoi occhi. La beffa era riuscita, ma il prestigio di Bredius non ne fu sminuito.

La disillusione e la rabbia di Han aumentarono. La sua esistenza stava attraversando una grande crisi: aveva lasciato la moglie per Jo de Boer, che era stata sposata con uno dei pochi critici che ancora lo stimavano, aveva litigato definitivamente col padre e tutta la critica lo disprezzava, descrivendo i suoi dipinti antiquati come "quadri popolati da leziosi caprioli che annusavano mandorli in fiore."

A 43 anni si sentiva un emarginato e un fallito. Decise di dare una svolta alla sua vita: lasciò l'Olanda e si recò in Provenza, a Roquebrune, dove affittò la villa Primavera, posta sul pendio di una montagna. Vi restò per sei anni."

Melania aggiunse al materiale inviato le sue riflessioni:

"Caro Matt, mi fa molto piacere che la tua attività ti costringa a visitare in continuazione posti come Parigi, Roma, Zanzibar! Ah Ah Ah! Comunque accludo alla biografia numerosi articoli di giornale, un estratto degli atti del processo e tutte le immagini che ti possano servire. Se vuoi il mio modesto parere non mi pare che ci siano dei punti di contatto fra Meergeren e Giorgione. Il falsario era un esperto di arte fiamminga. Vero è che aveva una tecnica veramente eccellente. E comunque è morto nel '47, dato che il quadro è stato trovato nel 1945 sarà stato fatto prima. Buona notte e baci ".

Poi si alzò, andò in bagno a pesarsi, vide che era ancora 48 kg e trecento grammi e si rasserenò. Le sue ossessioni erano il cinema, il cibo e Matt. Il cinema era la meno pericolosa. Di disturbi alimentari soffriva fin da ragazzina, ma non aveva mai voluto ammetterlo. Il suo corpo apparteneva a lei e lei voleva essere magra, magra, magrissima! Purtroppo era anche golosa e quindi ogni tanto cedeva e si abbuffava dei cibi che le piacevano, soprattutto se era invitata e aveva la scusa che poi l'ospite si sarebbe offeso se lei non avesse mangiato.

Rimediava poi ai danni con grandi vomitate e digiuni di due o tre giorni. In compenso andava pochissimo dal medico, per timore che le rimproverasse il suo stile di vita e cercasse di convincerla a cambiare.
Neppure il suo folle e disperato amore per Matt, che, aveva capito bene, preferiva le donne più in carne, né le sue prese in giro sulla di lei eccessiva magrezza, erano riuscite a cambiarla. Era invaghita sì di Matt, ma non fino a questo punto.

4. Parigi

Gli due fratelli fecero fortuna in Cipro, siccomechè erano valenti uomini et usi ad ogni traffico ovverossia commercio, et oltre di ciò, conoscitori dello animo umano e delle cose delli regni e delle repubbliche. In primis essi appoggiarono le pretese al trono della pretendente al trono Carlotta, ma poi scelsero la causa di Giacomo il Bastardo. Mio padre rimase a Cipro più a lungo dei due anni di esilio e quando tornò il suo capitale era duplicato e suo fratello, da esule, era diventato Auditore del regno. Nello stesso tempore, all'età di dieci anni, io venni mandata in convento per la mia educazione. E così passai dai dolci trastulli colle mie sorelle alla severità delle monache, che mi diedero quella istruzione ovverossia conoscenza della grammatica e delle belle lettere, per la qual cosa io sempre sono grata loro. E quelli anni, sebbene passati nello studio e nella disciplina, lasciarono in me il dolce sapore del miele della conoscenza e delli modi suavi delle monache e, peraltro, paragonati alli anni di poi, quelli furono anni bellissimi e senza nubi, né io poteva mai immaginare, allora nella mia dolce fanciullezza, quali nuvole oscure avrebbero scaricato su di me il loro gravame.

Matt giunse in Hotel, aprì il computer e vide il materiale che gli aveva inviato Melania. Si fece una doccia, poi prese dal frigo bar una birra, si sdraiò sul letto e cominciò comodamente a leggere.

"In Provenza Van Meegeren organizzò la sua vendetta. Voleva dipingere un falso così perfetto da ingannare tutti, per poi rivelare che l'aveva realizzato lui, stupire il mondo e far riconoscere il suo valore. Gli ci vollero quattro anni di studi, prove e tentativi per ottenere il risultato che si era prefisso. Nel frattempo si manteneva dipingendo ritratti per i ricchi frequentatori della Costa Azzurra.

I problemi tecnici erano complessi: appena ne risolveva uno, ecco che se ne presentava un altro. Le tele: dovevano essere autentiche e antiche, dato che quelle moderne avevano una diversa tessitura. A ciò si aggiungeva il fatto che anche allora le tele non solo erano tessute in maniera differente da oggi, ma addirittura ogni città aveva una sua scuola: perciò c'erano tele romane, veneziane, fiamminghe ecc. L'unica soluzione era procurarsi da qualche rigattiere un quadro

di scarso valore dell'epoca e asportarne lo strato di pittura, senza togliere però il primo strato di base.
Per i colori si servì dell'esperienza fatta in gioventù e usò gli stessi pigmenti, oli e diluenti dei pittori fiamminghi. Ma come fare per la craquelure? Il primo strato della pittura ad olio secca facilmente, per gli strati sottostanti occorrono circa cinquanta anni. Dopo questo periodo si cominciano a formare piccole e sottili spaccature che col passar dei secoli si moltiplicano come la tela di un ragno."
Matt si alzò sbuffando dal letto, prese uno snack dal frigo bar e si aprì un'altra birra. Si vede che la piccola Melania non aveva tanta voglia di lavorare stasera, pensava, certe spiegazioni poteva proprio saltarle. Spiegare a me cos'è la cracquelure! Ha fatto solo del gran copia e incolla. Non ci ha messo cuore.
"Han grattava la tela, ma conservava il fondo con le sue piccole spaccature, cosicché queste risalivano poi in superficie. Ma il problema vero era l'asciugatura del dipinto, in modo che sembrasse vecchio di secoli. Ci voleva un forno, abbastanza grande anche per tele di notevoli dimensioni, e poi un reagente chimico che impedisse ai colori di sciogliersi alle alte temperature.
Dopo una serie di prove (olio di lino, olio di papavero, olio di lillà) finalmente Han trovò la sostanza giusta: la bachelite. Costituita da liquidi sintetici, il fenolo e la formaldeide, la bachelite permetteva l'asciugatura della tela mantenendo i colori originali e inoltre favoriva l'affiorare della craquelure. L'unico problema era che tendevano a crearsi piccole bolle, che potevano rivelare il trucco ad un'approfondita analisi chimica. Ma Han aveva deciso di rivelare l'inganno, a cose fatte, quindi ciò non costituiva un problema per lui.

L'ultimo problema era la polvere, che nel corso dei secoli si deposita in ogni fessura. Han rimediò spargendo inchiostro di china, che penetrava in ogni spazio, e poi lo toglieva con trementina.
Avendo risolto con perizia i problemi tecnici nel 1935 passò all'azione."
Più leggeva e più Matt non trovava collegamenti fra la storia di Van Meegeren e il Giorgione rubato. Anche i primi dipinti volutamente falsificati, un Franz Hals dal titolo "Donna che beve", e due Vermeer, "Donna che legge musica" e "La suonatrice di liuto", rispecchiavano la sua passione e la sua conoscenza approfondita della pittura fiamminga. Infatti i quadri si sarebbero potuti vendere benissimo, ma Han li tenne per sé e questo in seguito avvalorò la loro autenticità, così per ora rimandò il suo proposito di rivelare la verità.
Il suo intento principale era sbugiardare i critici d'arte, e in particolare Bredius, per cui architettò un piano veramente ardito. Dato che di Vermeer erano rimasti per lo più quadri di argomento laico e solo uno a tema religioso, Il Cristo in casa di Marta e Maria, Han decise di dipingere i quadri "mancanti". Ispirandosi a Caravaggio, decise di dipingere anche lui una cena in Emmaus. Si procurò una tela del XVII secolo, una resurrezione di Lazzaro, di autore ignoto. La grattò e ne tagliò una parte, che tenne per sé per dimostrare in un secondo momento che il dipinto era un falso. Con sottile ironia paragonava la sorpresa dei discepoli nel riconoscere Cristo, alla meraviglia che avrebbe suscitato nello svelare che il dipinto era suo.
Per i modelli, dato che doveva restare segreto, scelse di ispirarsi ai volti di Vermeer, mentre per il Cristo ebbe un colpo di fortuna. Una sera un viandante bussò alla sua porta: era un ferroviere italiano che, dopo aver lavorato

in Francia per qualche tempo, stava tornando a casa a piedi e viveva di elemosina. Han riconobbe in lui gli occhi del Cristo che immaginava, e così gli chiese di fare da modello.
Dopo aver dipinto e invecchiato il quadro Veergeren lo sottopose al critico che lo aveva sbeffeggiato: questa volta Bredius rimase estremamente colpito, autenticò il dipinto e ne fece una descrizione entusiastica. Ottenuto la sua prima vittoria Han pensò di sfruttarla economicamente, così tornò in Olanda, dove si inventò una fantomatica ricca signora Mayreoke, un'olandese che viveva in Italia, ma che ora voleva lasciare il paese a causa del fascismo. E avendo bisogno di liquidità intendeva vendere alcuni dei suoi quadri, una collezione di ben 162 opere fiamminghe, ma in totale anonimato e sicurezza. La storia appariva vera e inoltre convinceva i mercanti olandesi per le sue implicazioni politiche.
Matt continuò a leggere fino alle tre di notte le complicate vicende del falsario, prese visione dei molti articoli di giornale e dell'estratto degli atti del processo. I suoi dubbi aumentarono in maniera esponenziale e si addormentò col sospetto che Madame Genviève lo avesse preso in giro. Ne avrebbe parlato il giorno dopo con Juliette.
Si svegliò che erano le nove passate. Aveva appuntamento con Juliette alle dieci e sapeva che lei ci teneva alla puntualità. Si affacciò sul minuscolo terrazzino della sua stanza: la giornata era calda e luminosa. Alla sua destra si alzava la mole bianca del Sacre Coeur, a sinistra un mare di tetti si stendeva a perdita d'occhio. Nel palazzo di fronte, in un appartamento senza tende, un uomo e una donna facevano colazione in una grande cucina. Matt non aveva tempo, perciò mise l'acqua nel bollitore e si fece

un Nescafè con le bustine dell'hotel, poi si gettò sotto la doccia, si vestì che era ancora umido e si precipitò giù per le scale, per non perdere minuti preziosi ad aspettare l'ascensore. Avrebbe avuto voglia di fare una bella passeggiata per le strade di Parigi, ma invece scese nel metrò, salì a Grands Boulevards, cambiò a Strasbourg Saint Denis e scese a Saint Michel. Da lì a rue Racine erano due passi. Alle 10 in punto, fece tintinnare le campanelle entrando nel negozio di antiquariato.
Jiuliette lo accolse con un sorriso, lo prese sottobraccio e gli disse:
- Ah mon ami, hai l'aria di uno che non ha fatto colazione!
- In effetti sono affamato.
- Vieni andiamo al bar di fianco, così mi racconti.
Si sedettero e ordinarono caffè e croissant.
- Allora? che impressione ti ha fatto madame Geneviève?
- Che dire, sconcertante?
- Perché è strana?
- No, no, l'ho trovata una donna affascinante, in realtà.
- Ha fatto per molti anni la hostess, era una donna bellissima, ha viaggiato in tutto il mondo e conosciuto moltissima gente. Ha preso contatti. Poi si è messa in proprio, non so bene come chiamare il suo lavoro, diciamo che procura informazioni e anche contatti, se necessario.
- Sicuramente è una che saprà il fatto suo, ma è quello che mi ha detto che mi sconcertato. Rispose Matt addentando l'ultimo boccone del suo croissant, che grondava burro.
-E cioè? Mi vuoi far stare sulle spine?
- No. È che non so neanche come cominciare: secondo lei, il dipinto sarebbe un falso. E fin qui, ci può anche

stare, sebbene abbiano ucciso due persone per un falso. Ma è il nome del presunto falsario che mi lascia perplesso: Han Van Meergeren!
- Addirittura!
-E quello che ho pensato anch'io. Ho trascorso la notte a ripassare la sua biografia e non ho trovato punti di contatto con il nostro dipinto.
Le riassunse brevemente la vicenda, anche se per sommi capi Juliette la conosceva bene.
- Dopo che Han aveva sperimentato ampiamente la sua abilità di falsario e anche la sua rete di contatti coi mercanti e gli acquirenti, gli capitò, come ben saprai, una cosa che non aveva previsto. Un banchiere bavarese, Aloys Miedl, aveva sentito parlare della cena di Emmaus e voleva accaparrarsi assolutamente il nuovo dipinto di Vermeer, così miracolosamente ritrovato. Han era molto preoccupato, perché sapeva che dietro al banchiere c'era Goering, il potente ministro dell'aviazione del terzo Reich. Cercò in tutti i modi di evitare la vendita, facendo intervenire anche il governo olandese, ma era difficile e pericoloso opporsi ai tedeschi. Non poteva immaginare in quale guaio si stava cacciando.
- Già - continuò Juliette - il resto è storia nota a tutti. Quando gli alleati trovarono la cena In Emmaus nella miniera di sale di Althausser, credettero che fosse autentica, per cui risalirono fino al venditore e lo accusarono di collaborazionismo.
- Infatti, e per fortuna che per vendere il quadro falso il governo olandese aveva preteso la restituzione di duecento opere … vere però. Così Meergeren fu arrestato il 29 maggio del 1945. Pensa che proprio stanotte ho letto, negli atti del processo, che in un primo periodo Han si rifiutò di rispondere. Poi il 12 luglio, prostrato anche dalla mancanza di morfina, sbottò in un

fiume di parole. - Guarda qui - e le mostrò dal cellulare le note che aveva preso. «Imbecilli! Siete un branco di imbecilli, voi come gli altri! Io non ho mai venduto nessun grande tesoro nazionale! L'ho dipinto io stesso»! aveva cominciato a urlare Han, continuando poi con una quantità di rivelazioni sorprendenti.

- Ma sì, figurati che ho letto poche settimane fa che stanno girando un film proprio su questo argomento. Aspetta che ti cerco la notizia - Juliette fece scorrere velocemente il dito sul suo cellulare e con un sorriso trionfale mostrò a Matt la notizia che ad Amsterdam stavano girando un film su Han Van Meergeren, il cui titolo sarebbe stato "En echte Vermeer", il real Vermeer, una produzione olandese del regista Rudolph van der Berg.

- Ci fanno persino un film, non sarà che madame Geneviève si è lasciata influenzare dal ritorno in voga di questo personaggio? Certo la scena in cui lui mostra ai giudici la tela dipinta in due mesi, sotto gli occhi dei poliziotti, deve avere un bell'impatto cinematografico. Ho visto, stanotte, anche un filmato del processo. Nella grande sala del giudizio, appesi alle pareti di legno, le tele di Van Meergeren sono sotto gli occhi di tutti, la bellezza dei dipinti tiene quasi soggiogati gli animi. A un certo punto entra Han, con cappotto e cappello: è sorridente e ha un'aria sicura e strafottente. In realtà il processo sancirà il suo trionfo, quello che da anni lui aveva sognato, la rivincita sui critici d'arte.

- Già i giudici restarono allibiti di fronte al "Cristo fra i dottori", dipinto da Han, che aveva le caratteristiche più intime dell'arte di Vermeer. Alla fine gli credettero tutti, anche perché lui fornì prove inconfutabili: citò il soggetto precedente di ogni opera raschiata e falsificata, perciò quando si fecero i raggi x non si poté fare a meno

di verificare la validità delle sue parole. Fu condannato solo per falso ad un anno di prigione, che scontò in una clinica. Aveva anche chiesto e ottenuto la grazia dalla regina. Era diventato l'uomo più famoso d'Olanda.
- Non so se il film reggerà il confronto con il Meergeren vero: io sono stato colpito dalla sua figura, dal suo sguardo penetrante stanotte, mentre guardavo il filmato. Però mi sono rimasti, anzi aumentati, tutti i dubbi su un suo presunto collegamento col Giorgione.
Passò il cameriere fra i tavolini ed entrambi ordinarono, quasi all'unisono, un altro caffè. Risero della loro sincronicità. Poi Juliette aggiunse: - In effetti anche io sono dubbiosa, non vedo punti di contatto… si trattasse di un qualunque pittore fiammingo, non avrei dubbi, un Franz Hals, un Rembrandt, un Van Dyck, a meno che non l'abbia fatto fra i primi, per allenarsi, ma a questo punto il dipinto trovato in Italia da mister Baker, era un falso, e forse per questo il vecchio non ha mai voluto venderlo
- Uhmm! - bofonchiò Matt, dopo aver bevuto il caffè - non mi convince. Il vecchio Baker aveva una piccola impresa di scarpe, non credo proprio fosse un intenditore tale da riconoscere un falso. Avrà creduto per primo di avere un autentico Giorgione… a meno che…
E qui la piccola luce che gli era giunta inaspettatamente il giorno prima dal chocolatier, gli si rivelò col fragore di un fulmine.
- A meno che cosa? - lo incalzò Juliette
- A meno che non sia stato lo stesso Baker a farsi fare un falso e sostituirlo con quello vero, che avrà venduto a un collezionista per un mucchio di soldi. Infatti, proprio dopo il suo ritorno dalla guerra, la sua fabbrichetta ebbe un grande impulso e lui divenne l'industriale di successo

che tutti conoscevano! Ecco perché non voleva venderlo, l'aveva già fatto!
- La tua storia funziona benissimo, solo che c'è il piccolo particolare che Van Meegeren era già in prigione nel '45 e dopo due anni è morto, quindi?
- Hai ragione Juliette, ma a quel punto era diventato celeberrimo e aveva divulgato i segreti della sua arte mistificatoria, ci sarà stato un emulo, qualcuno che invece poi si è specializzato anche in pittura italiana!
- Hai ragione - lo interruppe Juliette, con gli occhi che le brillavano per l'eccitazione - deve essere così e secondo me il tizio deve essere uno che aveva conosciuto Van Meergeren, magari un suo fidato collaboratore, nel qual caso forse lo possiamo rintracciare, se invece era solo un suo ammiratore, la vedo molto difficile.
E si alzò per tornare al negozio. Matt la seguì, la accompagnò davanti alla vetrina della bottega, da cui lo occhieggiava severo il busto di Garibaldi, e l'abbracciò.
- Juliette sei stata impagabile come sempre. Ah ricordati che mia madre aspetta sempre un Maggiolini da te.
Juliette si mise a ridere: - Ma gliel'ho detto cento volte che l'ottanta per cento dei Maggiolini che si trovano in giro sono in realtà secretaire impero poi mandati a impellicciare a Venezia o a Firenze. I Maggiolini autentici in circolazione sono rarissimi. Guarda non ne ho nemmeno io uno in casa! Però se ne trovo uno autentico giuro che la prima che chiamo sarà lei. Tu piuttosto ti fermi ancora a Parigi? Nel qual caso vorrei che venissi a cena da noi.
-Non lo so proprio. Vedo dove mi portano le mie ricerche. Ti faccio sapere di sicuro.
E con un ultimo bacio sulla guancia si congedò da lei.
Matt si avviò a passi svelti lungo boulevard Saint Michel. Avrebbe voluto avere l'animo disposto a passeggiare con

calma per il grande viale fiancheggiato da alberi, fra il cui fogliame si intravvedevano i palazzi chiari ornati dai merletti in ferro battuto dei balconi, e avere tempo per fermarsi in una dalle tante librerie. Ma aveva in testa un tourbillon di idee, guardava il paesaggio distrattamente mentre mille domande gli si affollavano nella mente.
Non sarebbe stato più facile cercare di nuovo madame Geneviève e chiedere direttamente a lei? Se aveva dato quel suggerimento voleva dire che sapeva probabilmente di più.
Mentre era incerto se tornare da Juliette a chiedere un altro appuntamento squillò il cellulare. Matt vide il numero e il cuore gli rotolò fra le scarpe. Era Marion.
- Hello Matt, come stai?
- Io sto bene – L'emozione gli bloccava la voce -E tu?
- Adesso sto bene, grazie. So che mi hai cercato.
- Sì, molte volte, volevo sapere come stavi.
Matt non riusciva ad evitare pause cariche di tensione.
- So che hai avuto un maschio. Come l'hai chiamato?
- John Junior, ovviamente, come suo padre.
A Matt gli si gelarono le vene: con questa risposta Marion aveva messo le cose in chiaro. Ma era poi vero?
- E come sta il piccolo?
- Bene, lui sta bene, io sono provata, il parto è stato complicato e poi tre mesi di allattamento, sai l'ho voluto allattare io.
A Matt sarebbe parsa una cosa ovvia, ma Marion aveva detto ciò come se vivesse ancora fra le signore dell'alta società dell'Ottocento quando si mettevano i bimbi a balia. A questo punto Matt non sapeva più che dire.
- E a chi somiglia il piccolo?
- Oh Matt, sei il solito - rispose lei ridendo - è troppo piccolo per capirlo. Ha ancora gli occhi blu scuro come tutti i neonati. Comunque ti ho telefonato perché

pensavo avessi voglia di venirci a trovare prima che partiamo per le vacanze.
Non gli sembrava vero, quello che aveva chiesto per mesi ora lo otteneva così, con una semplice telefonata.
- Sì certo. E dove andrete?
- Torniamo a Nizza, abbiamo una casa lì, il clima è molto più favorevole a John che qui a Londra. Allora ti aspetto domani alle 10.
Matt non se l'aspettava, non le aveva detto che era a Parigi. Ma mentre stava per parlare lei lo congedò col suo solito modo da donna abituata a dare ordini.
- Bye, bye, a domani.
Ah, quella donna riusciva a stravolgerlo comunque! Chiamò immediatamente Melania.
- Ciao Mely, per favore trovami subito un aereo per tornare a Londra. Ho un'emergenza, devo essere lì stasera.
- Buongiorno come stai? Io bene e tu? Ok Matt, saltiamo sempre i preliminari. Ci guardo subito.
- Resto in linea.
- E fai bene perché posti sui voli non ce n'è. Se vuoi partire oggi ti toccherà l'eurostar.
- Nooo! Lo sai che odio viaggiare sotto il mare.
- Allora domattina alle 6,30.
Matt pensò che avrebbe rischiato di fare tardi e sapeva che Marion non era donna che amasse aspettare.
- E vabbè, prendimi un biglietto del treno.
- Ok. Ecco: stasera alle 19,30 e in due ore e 20 minuti sei a Saint Pancrasdate. Contento mio capitano?
- Non so come farei senza di te, anche se il treno…
- Però poi mi racconti la verità.
- Ok passerò da te, ma non in ufficio, a casa tua.
- Ah ah allora non è un'emergenza di lavoro! E'un affaire sentimentale! Interessante.

- Poi ti dirò, ora ho da fare. Ciao.
Matt non voleva raccontarle nulla per ora, era troppo agitato per l'incontro e per il caso, e per quel maledetto treno sotto tonnellate d'acqua. Era giunto davanti alla Saint Chapelle, dove c'era la solita fila lunghissima di turisti, così si mise in coda.
Un turbinio di pensieri continuava a frullargli in testa, ma ora su tutti, impellente, l'incontro tanto atteso con Marion e col bambino, quel bambino che sospettava essere suo figlio, lo riempiva d'ansia. Diede una rapida occhiata alla cappella inferiore e poi salì a quella superiore. Qui una scolaresca di ragazzi spagnoli seguiva svogliatamente una guida. Quelli più vicini ascoltavano la descrizione della donna, una signora bionda, sui quarant'anni, altri si guardavano annoiati in giro, alcuni, fregandosene, guardavano il cellulare. I due professori, un uomo e una donna, si erano divisi il gruppo, ma non riuscivano comunque a coinvolgere tutti i ragazzi alla visita guidata. Matt guardò le vetrate, ascoltò due minuti la guida che stava spiegando la prima, con le storie delle reliquie della passione, e si sentì completamente fuori luogo come quei ragazzi annoiati, si precipitò fuori dall'edifico e si diresse a grandi passi verso l'hotel.
Erano solo le due, mancavano cinque ore al treno, ma ormai Parigi gli stava stretta avrebbe voluto essere già a Londra, avrebbe voluto che fosse già il giorno dopo e trovarsi di fronte a Marion.
Non aveva mangiato nulla dopo la colazione con Juliette, ma non aveva voglia di sedersi in un bistrot. Prese una crèpe al Grand Marnier e un caffè al volo e si recò direttamente in hotel.
Qui rilesse ancora le carte che gli aveva mandato Melania, riguardò il filmato su Van Meergeren, poi fece i

bagagli e arrivò a la Gare du Nord con un'ora di anticipo.
Quando finalmente salì sull'Eurostar si rilassò un poco, fra due ore sarebbe stato a Londra. Ma le due ore sotto la Manica lo stressarono enormemente, cercava di non pensarci leggendo altro materiale su Giorgione, la regina Caterina Cornaro e i più famosi falsari sul computer, ma la sensazione di avere miglia di metri cubi di acqua sopra la testa lo faceva soffocare. Quando scese a Saint Pancras e sentì parlare solo inglese trasse un profondo respiro e decise che mai più avrebbe preso quel maledetto treno. Appena sceso vide i grandi manifesti pro Brexit. Ce n'era uno enorme, con Nigel Farange che indicava con una mano una fila enorme di stranieri. La frase era: punto di rottura. A Matt sembrava che i manifesti pro fossero molto più aggressivi di quelli contro. Uno di questi, che diceva: meglio insieme e rappresentava un cuore diviso a metà con le due bandiere dell'Europa e del Regno Unito su fondo rosso, gli parve terribilmente banale. Possibile che i pubblicitari non riuscissero a fare di meglio?
Di pessimo umore prese la Piccadilly e scese a South Kensinghton. Giunto a Summer Place 25, entrò in casa, abbandonò il trolley nel vestibolo, salì in camera e si gettò sul letto vestito. La tensione del viaggio e l'ansia per l'incontro del giorno dopo l'avevano distrutto. Pensò di spogliarsi e farsi una doccia ma si addormentò dopo due minuti.

5. Londra

E mentre io passeggiava nel dolce chiostro, nelle segrete stanze della Serenissima si decideva il mio futuro. Morto il re Giovanni II Lusignano, Venezia volea di già appropriarsi di Cipro, per lo suo commercio per le spezie indiane. Et anco per formare un avamposto contro li Turchi. Nel 1468 io venni ritirata dal convento, et allora non sapea ancora che Giacomo avea inoltrato la proposta di matrimonio con una nobile fanciulla veneziana già da un anno. Le nozze erano un affare di stato e non era prevista niuna obiezione, ovverossia rimostranza contro cotale scelta. E così, io non avea ancora compiuto li quattordici anni, che nello mese di luglio del 1648, io mi legai in matrimonio con Giacomo II

Lusignano, re di Cipro. Allora, ancora giovinetta, io mi sposai per procura et avea innanzi a me l'ambasciatore Filippo Misthael, et io portai in dote mille libbre d'oro in contanti, mentre la mia famiglia otteneva quattro feudi nella zona di Morfo. La Serenessima mi proclamò "Figlia adottiva della Repubblica" e il doge non badò a spese per i festeggiamenti.

Una mattinata ventosa accolse Matt quando uscì di casa. Mancava un'ora all'appuntamento, pensò di andare a piedi, in linea d'aria non abitavano neanche lontani. Ma poi l'idea di arrivare trafelato o peggio in ritardo, lo spinse verso la metro. Scese a Victoria station e dato che erano passati solo dieci minuti si concesse una colazione con caffè e muffin.

Alle dieci meno cinque era di fronte al bel portone di vetro in stile liberty. Trattenne il fiato e suonò. Al primo piano l'accolse una cameriera che lo introdusse in un salone e andò a chiamare lady Marion.

Il salotto era moderno, tutto grigio. Solo due poltroncine marroni spiccavano elegantemente sul tappeto grigio chiaro. Su una parete spiccava la grande macchia rossa

scura di un Rothko, che Matt giudicò subito come un originale. Tutto era sobrio e soft. Era un luogo dove entrare in punta di piedi e parlare sottovoce.
Matt rimase in piedi. Dopo un minuto entrò Marion. Era sempre bellissima: con un semplice paio di pantaloni neri e una camicia bianca di lino, aveva i capelli chiari sciolti sulle spalle ed era a piedi nudi. Manteneva quell'aria fragile da ragazza che lo aveva così incantato. Matt si era fatto avanti per abbracciarla, ma lei gli porse la mano e lo invitò a sedersi. Si misero uno di fronte all'altra, lui sulla poltrona e lei sul divano, dove raccolse le gambe sotto di sé.
Matt cominciò a sentirsi a disagio. Tutte le parole che aveva pensato per mesi gli si congelarono in bocca.
- Bene Matt, ti vedo in forma.
- Grazie, anche tu sei splendida, non sembra neanche…
- Che abbia avuto un figlio? Grazie sei molto gentile, però è stato un periodo duro per me. Una gravidanza e un parto difficili, e poi senza John.
- Capisco, ma ora che è passato, sei più bella di prima. - Matt si morse la lingua, non avrebbe voluto esporsi, eppure il complimento gli era uscito spontaneamente - e come sta il piccolo John, posso vederlo?
- Per ora dorme, ma vedrai che presto reclamerà la sua poppata. Ma dimmi di te, come va il lavoro?
- Bene, al solito. Ieri, quando mi hai chiamato ero a Parigi per un'indagine.
- Ma non me l'hai detto! E sei tornato a Londra per me?
- No, no, ormai avevo finito e dovevo già rientrare.
Le immagini del passato stagnavano su di loro come una cappa. Matt continuò a parlare distrattamente del più e del meno, mentre evocava ogni singolo particolare del corpo di lei. Marion sembrava disinvolta: era sincera o stava fingendo?

- E su cosa stai indagando, se si può sapere?
- Sul quadro di Giorgione rubato.
- Ah ho letto i giornali, quel povero mister Baker! Certo tu fai una professione estremamente interessante, sempre in giro per il mondo con dei misteri da risolvere. Mentre io qui faccio solo la mamma ormai.
- Ma, non è poi come sembra, ci sono molte attese, molti tempi morti, molte incertezze e ricerche.
- Non mi incanti Matt, lo so benissimo che ti piace e che sei anche bravo, un vero segugio, non molli mai.
Marion aveva tirato giù le gambe e si era protesa verso di lui. Matt ne sentiva il profumo.
- Parlami di te. Come ti trovi in questo ruolo di mamma?
- Oh, come dire: tormento ed estasi. John è meraviglioso, un esserino di cinque chili che mi riempie la vita. Però me la riempie anche troppo! Anche se ho la nurse, di notte lo allatto io. La nurse me lo porta almeno due volte. E'una ragazza carina, mi aiuta moltissimo, eppure a me non sembra di fare altro che occuparmi di lui. Non credevo che fosse così. Come sto? sono felice, stanchissima ma felice. Certo se ci fosse suo padre, sarebbe diverso.
E qui Marion guardò a lungo Matt con un'occhiata che gli fece tremare le vene e i polsi. Che voleva dire? Era Matt il padre del bambino?
Come evocata magicamente in quel momento entrò la cameriera, una signora sui cinquanta anni, vestita classicamente in nero con grembiule bianco. Portava un vassoio con caffè, succo di frutta e pasticcini. Con un gesto elegante Marion lo indicò a Matt.
- Prendi qualcosa?
- Un caffè grazie.
Marion prese un succo d'arancia.

La cameriera lo versò e glielo porse, poi lasciò il vassoio sul tavolino rotondo davanti al divano e uscì. Il silenzio era carico di parole inespresse.
All'improvviso si aprì di nuovo la porta: era la nurse, una ragazza castana, con la coda di cavallo, i jeans e una maglietta. Porse il piccolo John a Marion.
Matt trattenne il fiato. Ecco il momento epifanico.
Si aspettava di sentire un moto naturale di affetto, pensava che la voce del sangue si sarebbe fatta largo con prepotenza. Invece il piccolo gli parve un bimbo normale, infagottato in una tutina gialla, con due occhietti di un blu indefinito, la testina quasi pelata, con pochi radi ciuffetti biondi. Niente in quel bambino gli suscitava una qualche emozione. Marion lo invitò ad avvicinarsi e gli porse il bambino. Matt lo prese con cautela e si sedette accanto a lei. Il bimbo lo guardò, poi si mise a piangere e lui lo diede immediatamente a Marion che rideva.
- Non ci sai fare eh?
- No, non ancora.
Poi lei con grande spigliatezza si aprì la camicia e attaccò il bimbo al seno. Matt era imbarazzatissimo, non si era affatto immaginato che la scena si sarebbe svolta così.
Mentre il bimbo succhiava con un lieve rumore e con una manina toccava il seno della mamma, Marion continuava a parlare come niente fosse.
- La scomparsa di mio marito proprio quando finalmente ero incinta è stata molto dolorosa per me. Pensare che John desiderava questo figlio con tutto se stesso. E io voglio educarlo come avrebbe voluto lui, il mio John sarà un piccolo Lord Sinclair come suo padre.
Queste parole gelarono Matt. Se aveva avuto qualche dubbio sulla paternità del bimbo, Marion gli aveva chiarito in modo definitivo quali erano le sue intenzioni.

Si sentiva sulle spine, avrebbe voluto andare via subito, ma gli pareva scortese. Più guardava Marion e più si disamorava. L'amore che aveva provato per lei, tutta l'ansia di quei mesi di attesa, gli scivolavano via dal cuore. Non solo non aveva provato quell'empito di passione e senso di appartenenza che si era immaginato di provare vedendo la donna che aveva amato e il bambino che avrebbe potuto essere suo figlio, ma davanti a quella immagine di maternità cominciò a sentirsi indifferente.

- Cosa pensi della Brexit? - aggiunse per sviare il discorso da possibili argomenti personali.

- Sono contraria, ovviamente. Del resto noi siamo una famiglia cosmopolita, lo sai cosa diceva John: la nostra patria è il mondo.

Il continuo riferirsi al marito morto, come se lui non sapesse come erano stati i loro rapporti, innervosì ancora di più Matt che decise che era l'ora di andarsene.

Si alzò proprio mente Marion staccava il bimbo dal seno e se lo appoggiava su una spalla per fargli fare il ruttino.

- Scusa, ma devo scappare, sai l'indagine in corso.

- Capisco - rispose lei in modo tagliente e trasformandosi in un secondo in lady Marion. Suonò un campanello e dopo un attimo apparve la cameriera,

- Johanna accompagni il signore.

Era giunta anche la nurse e a lei affidò il bambino. Marion si accostò a Matt.

- Grazie di essere venuto, mi ha fatto piacere vederti e presentarti il piccolo John junior.

- Anche a me… il bimbo è bellissimo.

Lei gli si avvicinò e gli diede due lievissimi baci sulle guance.

- Arrivederci a presto allora.

- Sì.

Matt si precipitò sulle scale e finalmente, quando fu fuori, tirò un grosso respiro, come se dentro quella casa avesse sempre trattenuto il fiato.
No, decisamente il figlio non poteva essere suo, sicuramente Marion era già incinta quando erano stati insieme. E se invece fosse? Lei non lo avrebbe mai ammesso, voleva crescere il figlio come l'erede di John Sinclair. D'altro canto lui cosa aveva da offrirgli? Forse solo il suo amore. Era abbastanza al paragone dell'impero economico del Lord? Per Marion sicuramente no.
Matt cercò di convincersi che il non aver provato nessun sentimento verso quel bambino voleva dire che sicuramente non era suo figlio. Si sentiva alleggerito, quasi euforico. Era libero.
Chiamò Melania.
- Ciao sei al lavoro?
- Buongiorno Matt, come stai? Io bene grazie. Sì sono al lavoro. Non passi dall'ufficio?
- No, no. Non è necessario che Morgan sappia che sono qui.
- Ah… ma poi il biglietto del treno lo vedrà, no?
- Non lo so, ci devo ancora pensare, semmai quando farai la nota spese questo biglietto lo addebiti a me.
- Dunque sei proprio qui in gran segreto.
- Ma no, è che sto facendo mie ricerche, per ora lasciamo così. Piuttosto potresti farmi una ricerca sul processo a Han Van Meegeren?
- Agli ordini capo! Che tipo di ricerca?
- Devo trovare se ha avuto un aiutante, dovresti cercare fra i testimoni.
- Ok, vedo cosa trovo. E poi?
- Poi, ho bisogno di chiarirmi le idee. Vengo stasera a cena a casa tua.

- A cena? - chiese Melania, mentre il cuore saltava come un capriolo in amore.
- Tranquilla lo so che non sai cucinare! Ordineremo del cinese. Vengo per le sei ok!?
- Sì capitano, mio capitano.
Per dieci buoni minuti Melania fu incapace di mettere a fuoco la pagina web che stava guardando. Matt sarebbe venuto da lei. Avrebbero passato la serata insieme! Certo lui la considerava solo un'amica, ma un'amica fidata, forse la sua migliore amica, era molto, molto meglio che niente. Si trovò a pensare a cosa mettersi, a come sistemare la casa. Poi si rese conto che Matt non avrebbe fatto caso a nessuna di queste cose, perciò si concentrò sulla ricerca che le aveva chiesto. Essere efficiente, insostituibile, questo la rendeva interessante agli occhi di Matt e lei questo gli avrebbe dato.
Matt non riusciva a concentrarsi su niente, si avviò verso la stazione Victoria e chiamò sua madre.
- Ciao mamma, sono a Londra, oggi ti va di pranzare insieme?
- Oh ciao Matt, sì mi fa piacere. Sono in centro ora, sto lavorando ad un progetto, ma posso liberarmi per le 12,30. Ti va al Covent Garden?
- Sì certo, a dopo.
Matt prese la metro Victoria, cambiò a Green Park e scese a Leicester Square. Aveva voglia di camminare. Passava distrattamente fra le strade affollate di turisti, fra le insegne dei cinema e dei teatri. Cercava di concentrarsi su Han van Meergeren, ma gli tornava continuamente in mente la visione di Marion che allattava il bimbo. Lo salvò la chiamata di Melania.
- Ciao, senti, io ho cercato, c'è un sacco di roba su internet riguardo al processo, è stato un evento epocale in Olanda nel 1947, ci sono i nomi di alcuni testimoni,

ma non credo tutti. Ti converrebbe andare a controllare ad Amsterdam.
- Sì, ma dove, come?
- Uhmm. Aspetta che guardo. Ecco gli uffici del tribunale si trovano in Parnasseusweg 220, ad Amsterdam, ovviamente per consultare gli archivi ci vuole una richiesta ufficiale.
- Ok, penso di saper come procurarmela. Puoi cercarmi un volo per domani?
- Ok capitano, ai suoi ordini.
- Grazie Melania, sei impagabile. A stasera.
Al Covent Garden aveva appuntamento davanti alla casa del tè. Si fermò davanti a guardare le scatole e le teiere colorate che riempivano la vetrina. Ad un tratto vide l'immagine di sua madre riflessa. Elena Pastòr era una donna alta, poco meno di Matt, con un folto caschetto grigio e due grandi occhi neri. Assomigliava moltissimo al figlio. Indossava una giacca indaco su pantaloni neri. Fu la macchia di colore quella che notò per prima Matt. Si voltò e i due si abbracciarono velocemente.
- Mamma ti trovo benissimo!
- Grazie, tu invece mi sembri stravolto! E' l'indagine che ti occupa tanto?
- No - rispose Matt con un gesto della mano, come a scacciare l'indagine - un po' tante cose.
Nel frattempo si erano accomodati in un piccolo ristorante, "Primi sapori d'Italia", com'era abitudine fra loro, di mangiare sempre italiano quando si trovavano a pranzo insieme. Matt ordinò tortelloni di ricotta e la madre spaghetti allo scoglio.
- Lo sai, io adoro gli spaghetti.
- Lo so mamma, lo so.

Quando portarono il vino, un Pinot grigio frizzante dell'Oltrepò Pavese, la madre sollevò il calice e guardando Matt negli occhi disse.
- Bene brindo a qualsiasi cosa ti abbia portato qui. E'una gioia vederti.
- Grazie, anche per me è bello essere qui.
- Allora qual è il problema?
- La Brexit!
Sua madre scoppiò in una risata.
- Ma Matt… è il problema di milioni di inglesi! Io sono fiduciosa, vedrai che vinceremo.
- Non lo so, sono pessimista.
- Ma perché è un problema così grave per te?
- Non lo so, ma sento che non mi va di restare in questo paese, se usciamo dall'Europa. Poi…
- Ah, c'è dell'altro?
- Sì, in effetti. Ti ricordi che Angela mi aveva suggerito di partecipare a un concorso per lettore alla Ca' Foscari di Venezia?
- No che non me lo ricordo, quando mai me lo hai detto?
- Già è vero, non l'avevo detto a nessuno, però quando sono stato a Venezia due mesi fa l'ho fatto. Sai com'è mia cugina, quando si mette una cosa in testa. Alla fine ho ceduto.
- Ma Matt, non ne avevi fatto parola! E allora come è andato?
- Ancora non lo so, però non è solo questo il problema.
Portarono la pasta: un profumo di pesce inondò il piccolo spazio del tavolo. Matt invece si avventò sui suoi tortelloni, che grondavano burro e parmigiano appena fuso.
- Immagino, cosa c'è che non va Matt?

- E' tutto un insieme. Il lavoro, la Brexit... - lady Marion, stava per aggiungere, ma si fermò.
- Oh Matt, hai trentatré anni, è ora che trovi pace. Ti piaceva questo lavoro, o no?
- Sì, mi è piaciuto in questi anni, ma non è che ho voglia di fare la spia per tutta la vita!
- Ma Matt, non stai facendo la spia, sei un detective!
- Se ci pensi bene non è molto diverso.
- Insomma cosa vorresti fare?
- Non lo so, però sento che se vince la Brexit, non credo che avrò voglia di restare qui.
- Matt, non lo so, se non ti senti più a tuo agio, non credo che uscire dall'Europa influisca direttamente sul tuo lavoro, ma se hai questa impressione...d'altro canto se andassi a Venezia, torneresti alle tue origini. E'una vita che anche tuo padre dice sempre che vuole passare la vecchiaia a Venezia, anche se poi non si decide mai.
- E tu mamma?
- Io? Sono nata a Venezia, è la mia città, io sì che vorrei tornare lì prima o poi e vedrai che ci trascinerò anche tuo padre, ma sul serio. Se tu torni a vivere là avrai il mio appoggio.
- Grazie, sapevo che potevo contare su di te.
Lo guardò, quando mai lui non aveva contato su di lei? La madre sentiva che c'era qualcos'altro che gli rodeva il cuore, ma capiva che se lui non ne voleva parlare era meglio così. La brexit era solo la cima dell'iceberg che angustiava il cuore di Matt.
- E come va la tua indagine? Fai progressi?
- Non lo so, sto seguendo una pista insolita, non so dove mi porterà. Intanto ad Amsterdam, ci vado domani.
- Amsterdam! Io e tuo padre ci siamo stati almeno tre volte nei mesi scorsi. Stavamo lavorando su un progetto per il nuovo palazzo del tribunale. C'è stato un bando

importante e l'ha vinto Kaan architecten, devo ammettere che il progetto di Kaan è molto bello. Comunque ci siamo divertiti, è stato stimolante. Ma tu cosa ci vai a fare?
- Devo fare delle ricerche su un processo del 1946.
- Non sarà il processo Van Meergeren?
- Sì in effetti, ma come hai fatto ad indovinare?
- Matt sono un'addetta ai lavori anche io, ricordati! Ma come mai cerchi un falsario, pensi che il quadro sia una copia?
- In realtà non lo so ancora, è una possibilità.
- Ma il critico Bertolani aveva autenticato il quadro.
- Ho avuto una strana soffiata da un'informatrice di Juliette, la tua amica.
E le raccontò di madame Geneviève.
- A proposito, Juliette mi ha detto di riferirti che di Maggiolini autentici non se ne trovano quasi più, l'ottanta per cento sono mobili impero poi mandati a Venezia o in altri posti per essere impiallacciati. Se lo vuoi autentico…
- Uhmm, potrei anche accontentarmi, non lo so. Però mi piacerebbe averne uno. Le hai detto di continuare a cercare?
- Lo sapeva già, ti conosce bene.
Il cameriere portò le due insalate miste che avevano ordinato per secondo, la conversazione si era fatta più leggera, si parlò del fratello a New York, del lavoro di lei, che stava restaurando un appartamento in Oxford street
- Roba di lusso eh. Lo so che sei una donna di successo.
- Eh! Il mio lavoro mi appassiona e mi rende felice. Vorrei che anche tu trovassi la tua strada -rispose lei, mettendogli una mano sul braccio. Matt alzò gli occhi al cielo.

- Ma sì, tranquilla, per ora vado avanti con l'indagine, poi si vedrà.
Si salutarono, lei tornò al cantiere che stava seguendo, lui si diresse verso New Scotland Yard.
Prese la Piccadilly per poi cambiare sulla Northern e scendere a Embankment, dove si trovava la sede centrale.
Aveva telefonato ad un suo compagno di università, Wilfred Mc Carty, col quale aveva seguito i corsi di criminologia. Wilfred aveva terminato ed era stato assunto in polizia, mentre Matt aveva interrotto per poi laurearsi in storia dell'arte e finire a fare il detective privato.
Wilfred gli aveva dato appuntamento fuori dal palazzo, alle 14 e 30 in punto. Matt arrivò con qualche minuto di anticipo e si mise ad osservare il palazzo bianco di sei piani, con il grande atrio di vetro davanti. Dopo due minuti uscì Wilfred, in giacca e cravatta, ma coi jeans, si avvicinò a Matt e lo abbracciò calorosamente.
- Ah quando hai bisogno ti ricordi di me, furbastro.
- Ma no, lo sai che ci tengo alla tua amicizia, solo che il tempo è quello che è.
- Eh lo so, il bel tenebroso, che una ne fa e cento ne pensa. Dov'eri ieri?
- A Parigi.
- Ecco, io qui a interrogare trenta testimoni e tu te la spassi a Parigi, mi sa che hai fatto la scelta migliore. Avventure, viaggi, donne.
- Ma figurati, per un caso come questo ci sono cinquanta mariti fedifraghi da seguire!
- Perché le donne non tradiscono?
- Guarda, tradiscono ugualmente, solo che gli uomini molte volte le ricerche se le fanno da soli, sai escono di notte, seguono le mogli, per loro è un po' più semplice,

le donne sono legate dai figli, dallo stesso marito, fanno più fatica a organizzare pedinamenti e cose del genere. Poi però quando hanno le prove del tradimento sono terribili, delle iene sono!
I due amici si erano avviati lungo la strada che costeggia il fiume, di fronte a loro la grande ruota panoramica. In posti come questi Matt si sentiva a suo agio, l'acqua era il suo elemento, la sensazione che provava passeggiando sui quais di Parigi o lungo il Tamigi lo inondava di una grande calma interiore. L'acqua che scorreva placida, i battelli che salivano o scendevano lungo la corrente, l'odore del fiume, l'aria fresca, tutto era segno di vita e di passato e presente e futuro che fluivano. Era la realizzazione sensoriale piena del panta rei.
Mentre camminava a fianco dell'amico, chiacchierando scherzosamente, Matt dimenticava l'ansia per la brexit e l'idea di lasciare Londra gli pareva assurda. Wilfred era l'opposto di Matt: basso e tarchiato, era ormai quasi senza capelli, e quindi aveva la testa rasata, era un buongustaio, tendeva ad ingrassare ed era un tipo socievole. Il suo aspetto bonario, però, nascondeva una grande tenacia e una determinazione che poteva arrivare alla spietatezza in caso di necessità. Erano stati compagni a criminologia, poi, quando le loro strade si erano divise, Wilfred era approdato a Scotland Yard ed era un ottimo detecive. Si era anche sposato ed aveva una bimba di dieci mesi. Quando parlava di sua figlia si squagliava come un gelato.
Entrarono in un bar e ordinarono due birre.
- Allora a che punto sei con la tua indagine, perché proprio Amsterdam?
- Ho una mezza pista. Devo verificare, appunto.
- Ok, ti auguro di essere sulla buona strada e me lo auguro anche per me, perché mi aspetto che tu

condividerai le tue scoperte vero? Dopo il favore che ti faccio.
E gli porse una richiesta ufficiale per consultare gli archivi del tribunale di Amsterdam.
- Ti ho presentato come un nostro esperto free-lance. Non dovresti avere storie.
- Grazie, ti sono debitore, Tu piuttosto cosa puoi dirmi delle indagini?
- Lo sai che sono sotto segreto istruttorio. Una cosa ormai è trapelata. Sai, anche qui ogni tanto qualcosa sfugge e arriva ai giornali, io ho anche dei sospetti su chi possa essere la talpa che ha il contatto coi giornalisti, ma non ho le prove. Comunque la notizia è che il killer fosse un uomo alto, sull'uno e ottanta, di grossa corporatura e, credimi, furbo, sapeva la posizione di tutte le telecamere lungo il tragitto e non si è mai fatto riprendere di faccia. Nota bene che è comparso solo ad un certo punto, direi un cinquecento metri prima della casa di Baker. Prima, di lui, non abbiamo trovato tracce: non in metropolitana, non nei taxi. Come se si fosse materializzato solo lì, alla prima telecamera. Se anche fosse venuto a piedi non sappiamo da dove, prima di quel punto preciso non lo abbiamo mai incontrato nei dintorni.
- Calato dal cielo con un paracadute come 007?
- Probabile, solo che non abbiamo neanche il paracadute!
- E dalle testimonianze di quelli che erano al party avete ricavato qualcosa?
- Niente di utile: la maggior parte, come tu ben sai, visto che c'eri, erano amici intimi di mister Baker, poi due giornalisti, altri due critici d'arte, oltre a Bertolani. Poi Morgan, il tuo capo. E' che hanno tutti alibi di ferro: visto che l'omicidio è avvenuto subito dopo la fine della festa, la maggioranza era in taxi o nelle auto proprie, e

abbiamo verificato i movimenti di ognuno, un lavoraccio.
Uscirono dal bar e Matt accompagnò l'amico di nuovo in ufficio.
- Allora se non ti diverti più a giocare al detective perché non vieni a far parte dei nostri? Una mente brillante come la tua ci farebbe comodo.
- Grazie, sei gentile, ma non credo proprio. Già anche questo lavoro mi sta stretto.
- Ah sei il solito, sempre irrequieto, sempre alla ricerca. Domani vai ad Amsterdam ieri eri a Parigi, poi non so dove finirai. E io sempre qui, a Londra, a lavorare come un mulo. E tu non sei soddisfatto!
- Ah, lo sai che non è questo.
- E cos'è allora? C'entra una donna? Cherchez la femme.
- No, ecco, non c'è nessuna donna.
- Amico mio, che fai perdi colpi? O stai soffrendo per amore? Ah, che faccia! Allora è così. Non te la prendere, prima o poi troverai una come la mia Annie. E poi quando ti arriverà un bebè vedrai come cambierai, ti si spalancherà un mondo. Io sono sempre in estasi davanti alla mia Jeanine.
Matt ebbe un sussulto, gli balzò agli occhi il piccolo John junior Sinclair, che avrebbe potuto essere suo figlio, ma dal quale lui stava fuggendo a gambe levate e si limitò a rispondere.
- Sicuramente sarà come dici tu.
Erano giunti a New Scotland Yard, si abbracciarono e si salutarono. Wilfred prima di entrare si voltò e gli fece cenno di telefonare.
Matt non si avviò subito verso la metropolitana, ma camminò ancora lungo il Tamigi, la vista dell'acqua non gli dava più pace, solo un indistinto desiderio di fuga. Le

parole di Wilfred gli avevano rimescolato i dubbi che cercava di scacciare.

Melania aspettava Matt con ansia. Aveva chiamato la sua vicina indiana, che si era presentata con una fragrante torta di mele, per chiederle consiglio sulla mise. Alla fine avevano optato per jeans attillati e un morbido maglione rosso vivo, che nascondeva la sua eccessiva magrezza.
- Almeno così sarò visibile, quando mi guarda Matt sembra che mi passi attraverso, proprio non mi vede.
- Non buttarti giù, sei una bella ragazza, certo che ti vede.
- Grazie Kusum, ma non credo proprio di avere speranze. Matt mi racconta persino le sue avventure, mi considera solo un'amica.
- Dall'amicizia può nascere l'amore. Hai presente Harry ti presento Sally? All'inizio erano solo amici.
- Lo so a memoria, ti potrei citare ogni battuta! Da "tanto lui non la lascia la moglie" a "piluccare i vostri pasticcini". Ma è un film! Solo un bel, maledettissimo film! Nella realtà non funziona per niente così.
- Ah non ti abbattere, concentrati su stasera, vedrai che sarai felice. Il domani…inshallah!
- Ma Kusum, tu sei indù!
- E con questo? Sono di larghe vedute - rispose l'amica sorridendo, mentre usciva dalla porta, facendole con la mano il segno della vittoria.
Melania diede un'occhiata alla stanza, un soggiorno con angolo cucina, e le parve in ordine e accogliente. Spense la luce centrale e accese due lampade laterali, poi le parve eccessivo e riaccese la luce centrale.
Matt era passato da casa, si era fatto una doccia e cambiato. Sotto un getto di acqua bollente aveva cercato

di cacciare i pensieri e le emozioni negative della giornata. Aveva indossato una polo blu scuro sui jeans e una giacca a quadri marrone. Aveva messo anche una sciarpa grigio perla perché gli era venuto un gran mal di gola. Ingollò due aspirine ed uscì. Prese la Piccadilly, cambiò a Green Park per la Jubilee e scese a Willesden Green. Le scale dell'appartamento di Melania erano piene di scritte e c'era un pacchetto di sigarette accartocciato, cartacce varie, e un cartone di latte. Un ragazzo magrebino fumava su un pianerottolo e gli fece un cenno di saluto.

Appena Matt entrò Melania ebbe il solito tuffo al cuore. Vederlo la lasciava sempre senza fiato, per quanto cercasse di dominarsi. Possibile che lui non si accorgesse di niente? Matt la baciò distrattamente sulle guance e si sprofondò su una poltrona di pelle nera di fronte al divano verde, che occupava mezza stanza.

Matt le raccontò della strana soffiata di madame Geneviève e delle conclusioni che ne aveva tratto.

- Uhmm, mi sembra così fumoso, non è che questa signora ti ha preso in giro?

- Potrebbe essere, ma la mia amica Juliette, che si serve di lei da anni, ne ha piena fiducia e sostiene che non le ha mai dato una informazione inesatta.

- Sì però lei non ti ha detto che ci potrebbe essere un altro falsario, ti ha suggerito solo il nome di Van Meergeren, un po' poco.

- Beh, questo è il suo modo, non è che ti risolve il caso, ti dà una dritta che poi sta a te sviluppare. Almeno Juliette sostiene questo, e di Juliette mi fido ciecamente, figurati, è la ex compagna di banco di mia madre, quasi una parente per me.

Matt si guardò attorno, notò il maglione rosso di lei.

- Che ne dici di ordinare dal cinese, ho una fame…

- Certo tu che prendi?
- Spaghetti di soia piccanti, involtini primavera e pollo alle mandorle… e anche del riso alla cantonese e nuvole di drago e tu?
- Ah per me lo stesso.
Melania chiamò il ristorante, che era a un centinaio di metri dalla sua casa in Sidmouth Parade 9, un edificio di mattoni rossi, con finestre e bovindi bianchi.
Matt si era alzato e stava guardando una parete della stanza dove in una libreria a muro oltre ai libri erano centinaia di video di vecchi film.
- Grande collezione! Ci guardiamo un film insieme mentre mangiamo?
- Ok, ma non volevi parlare del caso?
- Sì certo, tu che ne pensi?
- Non so, Matt, visto che hai avuto questa dritta, tanto vale tentare. Poi ti ho già preso il biglietto per Amsterdam. Solo che non so come giustificherai tutti questi viaggi, Parigi-Londra, Londra-Amsterdam, se non vuoi far sapere niente a Morgan.
- Lui mi ha dato carta bianca, se trovo qualcosa non farà storie. Poi non è lui che paga, ma il cliente.
- Sì ma le spese vanno giustificate.
- Se risolvo il caso non faranno storie.
- E se no?
- Ah vedo che sei incoraggiante. Altrimenti li pagherò di tasca mia.
Guardando la collezione di dvd Matt disse:
- Adesso facciamo un gioco per scegliere il film: io dico una frase e tu devi indovinare. Uhmm vediamo: l'oceano sarà a quattro, cinque gradi. A quella temperatura un uomo congela in due minuti.
- Ah, ma è troppo facile: vuoi vedere "Grande caccia ad ottobre rosso"?

- No, qualcosa di più adrenalinico… vediamo: Sarah Connors?
- Che gioco è? E' troppo semplice. Fai prima a dire che vuoi rivedere "Terminator": primo, secondo, terzo?
- E me lo chiedi? rigorosamente il primo.
Arrivò il cibo, i due amici aprirono i cartocci, si sedettero sul divano e cominciarono a mangiare.
Sgranocchiando nuvole di drago Matt si sentiva finalmente rilassato a casa dell'amica, tutta la tensione accumulata nella giornata si allentava. Era questo il bello dell'amicizia per lui, poter stare insieme senza complicazioni.
Le raccontò di lady Marion e del bambino. Mentre parlava non riuscì più a stare fermo, si alzò in piedi, guardo fuori dalla finestra, prese in mano un carillon col globo di vetro e lo agitava su e giù per far scendere la neve sulla minuscola tour Eiffel che c'era dentro. Era un souvenir che lui le aveva portato da Parigi un anno fa.
Melania si riempiva gli occhi di Matt. Lo stare vicini sul sofà l'aveva riempita di trepidazione. Poi lui si era alzato e quel raro momento di confidenza era svanito con l'agitazione del racconto. Melania si rendeva conto che lui non la vedeva affatto, il maglione rosso non aveva funzionato. Se si fosse fatta trovare nuda, forse lui si sarebbe limitato a metterle la sua giacca sulle spalle per non farle prendere freddo.
Poi Matt tornò a sedersi sul sofà e fecero partire il film.
Melania fu di nuovo felice. A volte le loro mani si sfioravano mentre prendevano dal cartoccio le nuvole croccanti, un brivido piacevole le percorreva la schiena. Avrebbe rivisto anche l'intera serie di Terminator, pur di prolungare quella serata. Aveva ragione Kusum: doveva godersi il momento.

Finito il film, Matt si alzò e si stiracchiò, trovò fra le carte del cibo i due biscottini della fortuna.
- Dai vediamo cosa prevede il futuro: "Chi sa non parla, chi parla non sa. Lao Tsu." Molto appropriato. Apri il tuo.
Melania lesse: "Una buona azione non comporta ricompensa. Thao-Sheng". Secondo questa massima dovrei offrirti la cena.
- Ma figurati. Abbiamo speso 16 sterline - disse guardando lo scontrino - eccoti le mie otto - E appoggiò i soldi sul tavolo.
- Grazie, è stata una bella serata, ci voleva dopo la giornata di oggi. A che ora è l'aereo?
- Alle otto in punto
- Cavolo, ma dovrò essere là alle sei! Sarà meglio che vada. A proposito da dove parto?
- Da Luton caro. Ma se avessi voluto c'era anche l'eurostar.
- Lo sai che lo odio, una volta è anche troppo nella mia vita.
Matt baciò velocemente Melania sulle guance, la allontanò da sé tenendole le mani sulle spalle.
-Bel maglione! - e uscì. Melania rimase sul divano, abbracciata ad un cuscino e continuò a spiluccare la torta di mele di Kusum guardando "Terminator due". La gatta con un balzo saltò di fianco a lei sul divano. Melania cominciò ad accarezzarla distrattamente. Fece avviare "Terminator tre" e si addormentò dopo poche inquadrature. Tanto era quello più brutto.

6. Amsterdam

Pure io non partii subito per Cipro et io credo la Divina Provvidenza volesse ancora preservare me et la mia giovinezza, dalli dolori et dalle amarezze che di poi incontrai, imperocchè per li primi quattro anni del mio matrimonio io non incontrai mai mio marito, ma trascorsi il tempo in balli e danze e festeggiamenti, siccome regina di Cipro, alli quali io sempre dovea presenziare, nulla condividendo dello stato marimoniale, né le responsabilità, né le maternità e nemmanco l'onere dello essere regina e governare.

Ma la Serenissima non potea sostenere più a lungo questa lontananza, non fidandosi di Lusignano, che avrebbe potuto volgersi ad altre nozze ed altre alleanze. Il Senato dunque inviò un ammonimento a Giacomo II e questi, nell'estate del 1492, inviò tre suoi ambasciatori che avrebbero dovuto condurmi nel mio nuovo regno.

Ah, mio carissimo amico, come è fisso nel mio cuore quel giorno, addì ventisette di settembre, quando salii sul Bucintoro e scortata da moltissime barche addobbate a festa, giunsi al lido dove mi salutarono i miei genitori, e finalmente salii nella galea di Girolamo Diedo e scortata da altre sei galee, col vento in poppa e le vele spiegate, lasciammo la laguna per Cipro.

Pioveva a dirotto. Matt atterrò a Schiphol, si precipitò a prendere un taxi e si fece portare direttamente in Parnassuswg. Il tribunale era un palazzo color tortora di sette piani. Owen si presentò all'entrata e con la richiesta di Scotland Yard ottenne facilmente l'accesso all'archivio. Si immerse nel verbale. Il processo si era concluso in una sola seduta durata cinque ore e mezza. Erano stati sentiti diciassette testimoni, ogni deposizione era durata circa sette minuti. Erano stati ascoltati gli esperti che si erano lasciati ingannare, i mercanti onesti, che però avevano fatto da intermediari per le vendite, e persino alcuni alti funzionari dello stato che si erano rivelati per lo meno avventati nell'acquisire le opere false. Il presidente della corte si chiamava Boll. Nell'aula erano appesi tutti i falsi di Meergeren, erano tanti che coprivano persino il ritratto della regina. E c'era anche uno schermo per proiettare le diapositive delle radiografie dei dipinti. Matt guardò anche un filmato, più lungo di quello che Melania gli aveva trovato su internet. Meegeren, vestito elegantemente, si comportava come una star in aula. Guardava con compiacimento le sue tele appese, salutava con la mano i giornalisti che l'avevano scortato a piedi da casa fino a lì. La simpatia del pubblico era tutta per lui.
Aveva letto quasi tutto, quando finalmente trovò un particolare che gli parve illuminante. Fra gli ultimi era stato sentito un tale Jaques la Guèpe, che abitava a Roquebrune, in Provenza, vicino alla villa di Han. Il giovane testimoniò che aveva aiutato Meegeren a costruire il forno dove venivano asciugate le opere d'arte. Era un tipo insignificante, castano chiaro, magro, con un viso anonimo che si dimenticava subito.

Matt pensò che forse aveva trovato il suo uomo. Mandò subito un messaggio a Melania.
"Trovami quello che puoi su un tale Jaques La Guèpe, che viveva a Roquebrune negli anni Quaranta. Forse ci siamo. "
Continuò a leggere e studiare per l'intera mattinata. Riempì il taccuino di appunti. Quando pensò di non poter trovare altro materiale, uscì e con un taxi si fece portare vicino alla stazione. Mandò un messaggio a Melania: "Ancora niente?"
Immediata la risposta: "Contrariamente a quanto tu pensi un hacker non è Dio. Aspetta!"
Davanti alla stazione Matt era indeciso se tornare a Parigi o rimanere lì. Si ricordò di un posto dove era stato con Elizabeth, ormai dieci anni prima. Si chiamava "qualcosa" blue, ma si ricordava che era poco lontano dalla stazione, lungo il canale Singel. Si avviò a passi lunghi, cercando di evitare le biciclette che hanno sempre la precedenza e vanno molto veloci.
Aveva solo ventitré anni quando era stato ad Amsterdam con Elizabeth, vogliosi solo di loro due e di farsi qualche canna. Avevano visitato i musei e i mulini a vento, ma di quei giorni gli tornavano alla mente solo le grandi fumate ai coffee shop e le lunghe nottate d'amore. Come era cambiato da allora, quasi non si sentiva la stessa persona, non riconosceva in se stesso né i desideri né le aspettative di quei giorni. Questo vorrà dire crescere. Ha ragione mia madre: ho ormai trentatré anni, l'età di Cristo, lei non me l'ha detto per non farmelo pesare, ma certo l'avrà pensato dal tono che ha usato. Lui aveva già fatto tutto, e io devo ancora cominciare a fare sul serio.
Da lontano vide l'insegna del "Blue Sheep", riconobbe il luogo: una casa in mattoni col classico frontone alto.

Trovò la proprietaria, un'italiana cortese e perennemente indaffarata.
- Lei è fortunato, ho una camera che si è appena liberata, ma solo una notte, già domani alle dodici ho un'altra prenotazione.
- Non si preoccupi, domani devo essere a Parigi.
Matt aveva preso quella decisione su due piedi, pensava di tornare da Juliette e da madame Geneviève con le nuove informazioni.
Ornella, la padrona, lo condusse in un altro portone salendo per una scala strettissima, un vero budello, dove Matt doveva contorcersi per potere passare con il trolley. Giunsero al terzo piano, in una stanza lunga e stretta che aveva da un lato il letto matrimoniale in ferro battuto con un piumino a scacchi giallo e rosso, dall'altro il bagno. In mezzo un tavolo e un mini angolo cottura. Dalla finestra si vedevano i tetti delle altre case e il canale Singel
- La colazione è compresa nel prezzo, ma il check out è alle 10,30.
- Perfetto. Grazie.
Matt Owen si gettò sul letto, chiuse gli occhi un attimo, avrebbe voluto dormire ma i pensieri e i ricordi gli turbinavano dentro. Si vedeva in una stanza identica a quella, mentre si rotolava sul letto con Elizabeth. Com'era finito il loro amore? A ripensarci gli pareva che si fosse spento a poco a poco, consumato come una candela. In realtà lei lo aveva lasciato quando lui aveva abbandonato criminologia per passare a storia dell'arte. Elizabeth studiava legge, era una ragazza concreta, le piaceva pianificarsi la vita. Infatti dopo un anno si era laureata, aveva trovato lavoro in uno studio prestigioso, forse in questo aiutata anche dal padre, che era un notaio

molto accreditato, e infine si era sposata e ora aveva già un figlio. E avevano la stessa età!
E poi, dopo tante ragazze, c'era stata Marion. E il giorno prima.
Si mise a canticchiare "The long and winding road". Le parole dei Beatles lo colmavano di tristezza, si sentiva affamato di questo sentimento e se ne nutriva. Cercò la canzone sul pc e la ascoltò ad alto volume. La voce di Paul Mc Cartney: la strada lunga e tortuosa non scomparirà mai, mi porta sempre qui. La notte selvaggia e ventosa, che la pioggia ha lavato via, ha lasciato una pozza di lacrime.
Matt rimpiangeva la sua giovinezza passata, i giorni, le notti i mesi e gli anni. E mescolava i versi del Petrarca (era nato lo stesso giorno) ai suoi rimpianti personali. Ascoltò la canzone più volte fino a quando fu interrotto dal cellulare.
- Matt, forse ho trovato qualcosa, ma non è stato facile!
- Ah sì? - rispose lui come se scendesse dall'Himalaya.
- Ma sì, che hai? stavi dormendo?
- Sì, scusa, ero veramente stanco.
- Vabbè ascolta: ci sono ovviamente migliaia di persone con quel nome, ma, in quella zona e in quel periodo la ricerca si restringe notevolmente.
- Allora?
- Aspetta, dammi soddisfazione! Ti dico come ho fatto, anche se tu non capirai nulla. Ho incrociato un sacco di nomi, sono entrata nell'anagrafe di vari comuni.
- Perché si può?
- Ma certo che no, comunque lascia stare, meglio che non ti spieghi, dopotutto. Alla fine ho trovato venti nomi papabili, ho telefonato a tutti e pensa …
- Su dimmi!

- Ho trovato la nipote! Almeno credo che sia lei, studia restauro all'Ecole Nationale Supérieure de beaux arts . Ci sta no, col nonno falsario!
- Ma non so, può essere.
- Grazie il tuo entusiasmo mi conforta. Deve essere lei perché è nata a Mentone, che è a due passi da Roquebrun. Il padre è morto. Della madre non so nulla. Si chiama Pauline La Guèpe.
-Brava, fantastico e dove abita?
- Eh qui ho avuto un piccolo colpo di genio. Siccome non riuscivo a trovare il suo indirizzo, magari abita con altri studenti, sono riuscita ad entrare nel suo sito facebook e ho scoperto che fra due giorni assisterà ad una conferenza del tuo amico Bertolani proprio a Parigi, all'Ecole Supèrieure.
- Sei entrata nel suo profilo Facebook? -
- La vuoi smettere di ripetere tutte le mie parole! Non sono Dio, ma so fare. Fidati di me. Non ti sembra straordinario? E ci sarà pure Bertolani, così potrai confrontarti con lui.
- E su cos' è la conferenza?
- Ma su Giorgione, ovvio!
- Già, solo che io non gli ho ancora detto che sto cercando un falsario, questo metterebbe in dubbio la sua credibilità.
- Digli quello che ti pare, questo è lavoro tuo. Ah ti mando la foto della ragazza. Non te l'aspetti. Ah e… *Grazie Melania! sei un genio, senza di te non saprei come fare.*
- Grazie Melania, sei un genio, senza di te non saprei come fare.
- Come sei spontaneo. Ti ho già prenotato il treno per domani alle 10, così ti lascio dormire un po'. Dove alloggi?

- Al "Blue Sheep" - lei guardò la mappa su google: - Ma sei a un passo dalla stazione, puoi dormire finno alle 9,30!
- Grazie, sei un'amica.
- lo so, lo so. Buon viaggio e risalutami Parigi.
A Matt erano scomparse la stanchezza e malinconia e si era risvegliato il segugio. Guardò la foto di Louise La Guèpe e si stupì. Pensando a una francese non aveva preso in considerazione una ragazza così: un piccolo ovale, capelli neri a treccine, occhi grandi e nerissimi, carnagione decisamente scura. Eritrea, somala? Sicuro che fosse la nipote dell'aiutante di Van Meegeren che lui stava cercando?
Si alzò e uscì, non poteva restare fermo. Continuava a piovere. Prese il tram e si recò direttamente al Rijksmuseum. Voleva cominciare ad entrare nella dimensione di Van Meegeren e del suo probabile emulo. Era da Vermeer che aveva cominciato e bisognava andare alla fonte. Invece la prima opera che lo avvinse fu "La ronda di notte". Non riusciva a staccare lo sguardo dalla mano del capitano Frans Cocq che sta ordinando ai suoi archibugieri di avanzare. Gli pareva di sentire il rullo dei tamburi che davano il ritmo all'avanzare dei Kloveniers, mentre il luogotenente di Cocq, Willem van Ruytenberg, vestito di bianco, guarda il capitano. E tutto è movimento e tensione, come la misteriosa bimba vestita di giallo, che ha alla cintura un pollo morto e tra le mani un calice, simbolo l'uno dell'imminente sconfitta degli avversari, e l'altro della milizia. La bimba era forse la mascotte del reparto. Matt guardando quel quadro e poi passando alle sale di Frans Hals si chiedeva come uno, anche bravo, potesse pensare di falsificare quelle opere. Si fermò davanti alla "Donna in azzurro che legge una lettera" di Vermeer. Era affascinato. Il silenzio della

stanza, la concentrazione della donna, di cui si poteva indovinare quasi il respiro trattenuto, lo riempivano di ammirazione. I colori erano tutte sfumature dell'azzurro, del giallo e dell'ocra.
Chi era veramente questo Van Meergeren e perché aveva osato tanto? La disillusione era stata così grande da spingerlo ad una sfida che a Matt pareva impossibile.
O forse in tempo di guerra, anche i critici erano stati più faciloni, chissà la precarietà dell'esistenza, la paura, tanti elementi avranno contribuito a creare confusione. Avrebbe voluto vedere i dipinti del falsario, ma non sapeva che fine avessero fatto.
Continuò a perdersi nella magia di Vermeer, poi girò per le altre sale osservando i Rembrandt, gli Als e i Van Dick, convincendosi sempre più che fosse un'arte inimitabile.
Quando uscì avrebbe voluto fare un salto anche al museo Van Gogh, ma era tardi, così si limitò a tornare a piedi verso il suo b&b, attraversando il centro. La pioggia si era trasformata in una pioviggine leggera. Matt provò a chiudere l'ombrello e si tirò su il cappuccio del giaccone, ma dopo due minuti era completamente bagnato, così riaprì l'ombrello.
Camminare per le strade di Amsterdam gli svelava un aspetto profondo dell'arte fiamminga: la bellezza unita alla precisione realistica. Le case colorate con gli alti frontoni che si affacciavano sui canali, la profusione dei fiori, tulipani dai colori intensi e iris blu e fiori gialli e rosa e di ogni tipo sui balconi delle case e accanto ai locali, tutto gli parlava di attenzione e operosità e amore per il bello. Rifletteva sulla vita di Van Meegeren, si chiedeva se fosse sulla pista giusta. Questo La Guèpe che lo aveva aiutato a costruire il forno per far seccare le tele, era poi diventato il suo discepolo e aveva imparato

così bene dal maestro da essere capace di falsificare un Giorgione? Ma anche ammettendo che ciò fosse vero, il sapere che il quadro rubato era un falso lo avrebbe condotto a scoprire dov'era finito? O forse all'assicurazione sarebbe bastata quella prova, in fin dei conti il loro intento era non pagare la somma esorbitante che assicurava il quadro. Se avesse dimostrato che quello rubato era sicuramente un falso avrebbe concluso la sua missione, anche se non ritrovava la tela.
Gli venne un grande appetito, si fermò al Manneken Pis, un locale rinomato per le fritture, e si comprò un enorme cartoccio di patate fritte coperte di maionese.
Poi entrò in un coffee shop, prese una birra, si fumò una canna e finalmente si rilassò. Pensò che rivedere Bertolani gli sarebbe stato utile, anche se avesse dovuto dirgli dell'ipotesi del falso con molta precauzione.

7. Parigi

Come quelle vele gioiva il mio cuore, colmo di mille attese e promesse, e, benchè io fussi ormai di diciotto anni, pure era come una ragazza che vedeva scorrere le onde e, sibbene la malinconia delli miei parenti e della mia bella città, mi pungesse gli occhi, pure l'animo mio cantava e sperava. Pure Nostro Signore misericordioso mi diede avvisaglia di che tempre fusse la mia vita futura, siccomechè il viaggio fu funestato da una perigliosa tempesta, tanto che una delle galee rischiò di affondare. Et veramente io soffrii di un terribile mal di mare, siccome segno e figura di quello male di stomaco che ora mi affligge, per cui io dispero di venirne mai a guarigione.

Nondimanco, imperocchè l'animo delle giovani sempre tende al bene sperare, io arrivando a Famagosta mi rinfrancai incontrando il mio sposo e il popolo accorso ad accogliermi, e il mio cuore si placò fiducioso quando egli mi sposò e mi proclamò regina di Cipro, Gerusalemme e Armenia.

Alla gare du Nord lo accolse la stessa pioggia noiosa di Amsterdam. Dov'era finita la primavera? Prese un taxi e si fece portare all'hotel Royal Berger. Melania era stata così efficiente che gli aveva trovato una camera nello stesso albergo. Eh, lo conosceva bene.
Già dal taxi telefonò a Juliette e si diedero appuntamento al Bouillon Racine, che era di fronte al negozio di lei. Quel giorno lei non aveva tempo di girare per la città.
Quando entrò nel ristorante, pieno di specchi e finestre in un raffinato stile decò, Matt trovò Juliette già seduta. Si strinsero la mano calorosamente, ma Juliette non aveva il suo solito sorriso.
- Tutto bene a Londra?
- Si ho delle novità. Tu piuttosto Juliette che c'è, mi sembri preoccupata.
- In effetti. C'è qualcosa.
Si era avvicinato il cameriere per i vini, dopo aver guardato il menu, Juliette ordino Crozer Hermitage Laurent Combier del 2014.
- Penso che stia bene con l'agnello.
- Sì ottima scelta.
Entrambi ordinarono poi agnello saltato con zenzero, semola e humus al limone verde.
- Allora cosa ti preoccupa?
- Non so bene, ma da quando ha parlato con te madame Geneviève è scomparsa.
- Sei sicura? Magari è solo andata via qualche giorno?

- E ha spento completamente il cellulare? No, lei non lo fa mai, è sempre reperibile, sai il suo lavoro è complesso, se non la si può rintracciare perde i clienti.
- Forse le hanno rubato il cellulare. Non hai il suo indirizzo?
- No, lei si fa rintracciare, ma nessuno sa dove abiti. Vuole mantenere la sua privacy.
- E non è mai successo prima, che sia scomparsa?
- Sì, a volte, ma era sempre cosa breve, massimo un giorno o due in cui proprio voleva essere lasciata in pace per cose sue.
- Magari anche stavolta è così.
- Non lo so. Matt, non vorrei che anche tu ti fossi messo in una situazione pericolosa. Noi pensiamo sempre a un ladro, ma ricordati che in realtà stiamo cercando un assassino.
- Perché noi cerchiamo solo il quadro rubato, l'assassino lo sta cercando Scotland Yard.
- Sì ma anche tu sai benissimo che le due cose non sono disgiunte.
- Infatti ci sono due possibili scenari: o l'assassino ha agito da solo e quindi è lui che voleva il quadro, nel qual caso è molto bravo, o c'è un killer pagato da qualcuno e quindi abbiamo un mandante ed un esecutore.
- In entrambi i casi stai attento Matt, guardati sempre le spalle. Appena ho notizie di madame te le faccio avere.
Rinunciarono al dessert e presero solo un caffè. Poi Juliette tornò al lavoro e Matt si avviò a piedi all'Ecole des Arts. Aveva smesso di piovere, Owen si avviò per rue Monsieur le Prince e giunse in boulevard Saint Germaine. Camminava a lunghi passi per la grande via alberata. Tra i rami degli alberi vedeva il chiaro dei palazzi bianchi, ingentiliti dai ricami in ferro battuto dei balconi. Ai Deux Magot, dove si erano incontrati

Verlaine e Rimbaud e tanti altri, e al de Flore, il luogo di Sartre e Simone de Beauvoir, guardò con sufficienza turisti compiaciuti che bevevano caffè e si facevano selfie, con l'aria soddisfatta di chi la sa lunga.
Mancava più di mezz'ora all'appuntamento, così all'angolo con via Bonaparte entrò in Saint Germain de Près a rendere un distratto omaggio alla tomba di Cartesio.
I luoghi che aveva attraversato erano sommamente evocativi, ma la mente di Matt era presa dall'incontro con Bertolani e la giovane Pauline. Doveva trovare il modo di contattarli entrambi separatamente.

La conferenza di Bertolani era alle 16 all'Ecole de Beaux Arts. Owen aveva tempo per trovare una strategia.
Accolto dalle erme di Nicolas Poussin e Pierre Puget, Matt entrò nel cortile della Ecole des Arts. La statua di Pomona col braccio levato indicava il cielo plumbeo, ma asciutto. Matt entrò nell'aula magna, dove si sarebbe tenuta la conferenza. Era arrivato in anticipo perché doveva individuare la ragazza, ma voleva anche prendere appuntamento con Bertolani. Temeva che alla fine della conferenza avrebbe perso di vista la ragazza se si fosse fermato a parlare con lui. Gli studenti stavano entrando chiacchierando, una folla multicolore riempiva i banchi. Mentre Matt cercava con gli occhi Pauline, vide accanto alla porta il critico che parlava con un tizio, probabilmente un professore, alto e magro, con folti capelli bianchi e un elegante completo in grisaglia. Bertolani non era da meno, con un doppiopetto blu, ma doveva parlargli col viso rivolto all'insù, dato che quello lo sovrastava di almeno venti centimetri.
A costo di parere inopportuno, Matt si avvicinò e li interruppe.

- Professore che piacere!
- Owen, anche lei qui!
- Non potevo perdere la sua conferenza.

Intanto Bertolani procedeva alle presentazioni: - Professor Martin le presento un mio caro amico e illustre esperto d'arte: Matt Owen.

I due si strinsero la mano.

- Professore non le voglio far perdere tempo, ma le devo parlare. Dove alloggia?
- Al Four Season George V.
- Allora se è libero passerei in serata per un aperitivo.
- Ho una cena alle 20,30, passi un'ora prima, se può.
- Certamente.

Matt rientrò subito nell'aula e cercò con lo sguardo la ragazza. Finalmente la vide, era nella penultima fila in alto. Non c'era spazio accanto a lei, così salì nella fila dietro per non perderla d'occhio.

"Il mistero ha ampliato attraverso i secoli la figura di Giorgione." Esordì Bertolani, dopo essere stato introdotto da Martin. Subito attirò l'attenzione del pubblico.

"Giorgione è forse il primo pittore laico dell'arte italiana. Certamente era costretto a dipingere Madonne e Santi, perché la chiesa rimaneva la massima committente di opere d'arte, ma lo faceva a modo suo. Le sue Madonne sono solo delle donne e nelle vesti dei Santi ci sono solo uomini." Dietro di lui, su un grande schermo, cominciarono ad apparire delle diapositive.

"I tre personaggi della Sacra famiglia, o Dell'Adorazione dei pastori, come potete vedere, sono già uomini in veste di santi e non santi in veste di uomini."

Owen ascoltava distrattamente, non perdeva di vista la ragazza di cui vedeva solo la nuca, sotto le treccine che le scendevano sulle spalle coprendo in parte un

maglioncino verde pisello. Pauline invece era attenta e prendeva appunti su un grande blocco di carta.
"Con tale visione Giorgione dà definitivamente inizio alla pittura di "paesaggio e figura" fine a se stessa, non in funzione di un significato religioso".
Sullo schermo apparve "La tempesta".
"Chi è quella donna quasi nuda che allatta un bambino sull'erba? E il giovane alabardiere che guarda alla sua sinistra fuori campo? E il compagno della donna? E quella folgore che serpeggia fra una massa di nuvole cineree che messaggio ci trasmette? Molteplici sono le interpretazioni di questo dipinto: da quella dell'Hartlaub che vi vede significati alchemici, dato che sono presenti i quattro elementi, aria, acqua, terra e fuoco, a quella del Settis che interpreta le figure come Adamo ed Eva, che allatta Caino, dopo la cacciata dal Paradiso terrestre, o ancora a quella del Calvesi, che vi trovava citazioni neoplatoniche, nell'unione fra cielo e terra. Per restare vicini al vero, io personalmente preferisco l'interpretazione del famoso collezionista Michiel, il quale la vide nel 1530 nella casa del Vendramin, e così la interpreta: "Il soggetto è la natura: uomo, donna e bambino sono soltanto elementi -non i principali - della natura."
Bertolani parlava un francese fluido, come fosse la sua lingua madre. Quando leggeva un passo in italiano subito lo traduceva per il pubblico che pendeva dalle sue labbra.
"Aveva veduto Giorgione alcune cose di mano di Lionardo, molto fumeggiate e cacciate, come si è detto, terribilmente di scuro. E questa maniera gli piacque tanto, che mentre visse sempre andò dietro a quella, e nel colorito ad olio la imitò grandemente" Questa la descrizione del Vasari della tecnica che noi definiamo

tonale: un impasto cromatico ricco e sfumato che determina il volume delle figure tramite la stesura in strati sovrapposti, senza il confine netto dato dal contorno. In questo modo, ispirandosi allo sfumato leonardesco, Giorgione tende a fondere lievemente le figure col paesaggio"

Matt continuava a guardare la ragazza, lo colpivano l'attenzione che prestava all'oratore e un certo modo di chinarsi con grazia sul bloc notes e prendere appunti. Ma quando Bertolani passò a trattare dei tre filosofi si fece assorbire completamente dalla conferenza.

"Come vi dicevo noi siamo sicuri dell'attribuzione a Giorgione solo per quanto riguarda tre quadri: La pala di Castelfranco, La Tempesta e I tre filosofi. E non perché lui le abbia firmate, ma perché tutti gli storici e le testimonianze dell'epoca li attribuiscono a lui. Come pure un ritratto di Caterina Cornaro, che però è perso. "Ritrasse ancora di naturale Caterina regina di Cipro, qual vidi io già nelle mani del clarissimo Messer Giovan Cornaro", vi riferisce il Vasari. Quindi Giorgione frequentava la corte di Asolo, dove possiamo supporre che dilettasse i cortigiani con la sua maestria nell'arte del liuto. E, cito ancora il Vasari: "che egli suonava e cantava nel suo tempo tanto divinamente, che egli era spesso per quello adoperato a diverse musiche et onoranze e ragunate di persone nobili."

Quando io, ormai più di vent'anni fa, trovai nell'archivio del museo Corner, dentro un prezioso incunabolo, l'edizione aldina dell'Eneide del 1501, la lettera in cui Caterina Cornaro commissionava una copia dei tre filosofi al Giorgione, devo ammettere che ho avuto un momento di esaltazione. - Qui aprì il suo libro e lesse : "Illustrissimo messere, il dipinto in cui ritraeste la mia persona mi è sempre dinanzi agli occhi, e come io vi

vedo tutta la vostra maestria e perizia nell'imitare la natura et puranco nel penetrare nei recessi del cuore..."
Bertolani lesse il brano che Matt conosceva bene, poi continuò.
"Potete immaginare che quando trovai, casualmente, questo testo fui travolto da un grande entusiasmo. Ero ancora giovane, non mi importava che il quadro fosse scomparso, ero in qualche modo certo che prima o poi lo avrei ritrovato. Poi, come spesso succede nella vita, tanta esaltazione fu seguita da una grande disillusione, perché del dipinto non c'era traccia e gli altri critici, diciamo il vero, non considerarono con altrettanto entusiasmo la mia scoperta."
L'auditorio era diventato attentissimo, un leggero *frisson* aveva percorso le schiene dei giovani, e tutti gli occhi erano incollati sull'oratore.
"Quello che è avvenuto dopo, ha purtroppo riempito le cronache dei giornali. Quando a mister Baker è morto il padre, che si era rifiutato categoricamente di venderlo, o anche solo di mostrarlo al pubblico, poi, proprio a causa del mio libro, il figlio ha chiamato me per fare una valutazione del dipinto. E finalmente le mie tesi sono state convalidate, questo libro che avevo pubblicato venti anni fa, è stato rieditato con l'aggiunta della scoperta e ha avuto un grande rilancio. E poi la tragedia: il furto del quadro, l'assassinio di mister Baker e del suo maggiordomo. La mia gioia si è mutata in mestizia e lutto, perché cari ragazzi, e ve lo dico col cuore, non c'è opera d'arte che valga la vita di un uomo. La vita di ognuno di noi è il vero capolavoro di Dio".
Qui scoppiò un grande applauso, e quando il professor Martin diede il via alle domande, si alzarono molte mani.
- Professore, per quale motivo secondo lei il padre di mister Baker non voleva neanche mostrare il quadro al

pubblico? - chiese un ragazzo biondo, coi capelli lunghi, che sembrava uscito da un coro fiammingo di angeli.
- Io mi sono fatto un'idea personale, che però vi riferisco solo come uno scenario possibile. E' la fine della seconda guerra mondiale, aprile del 1945, gli alleati stanno avanzando sul fronte occidentale, hanno superato la linea gotica e stanno marciando verso Milano, da dove Mussolini fuggirà per l'ultima volta. C'è disordine, paura, ci sono fughe, vendette, quella temperie di incertezza della legge e del lecito che caratterizza sempre periodi così confusi in cui un potere è sconfitto e ne sta subentrando un altro, ma nel contesto terribile della guerra. Il figlio mi ha riferito che il padre raccontava che il quadro, trovato in una casa semidistrutta e abbandonata, gli fosse stato dato da un partigiano che aveva salvato da un'imboscata. Però questo racconto così bello ed edificante potrebbe non essere vero. Forse l'aveva semplicemente rubato e temeva di mostrarlo per paura che il legittimo proprietario si potesse fare vivo prima o poi e ne richiedesse la restituzione. Certamente ne conosceva l'enorme valore e ci teneva a lasciarlo in eredità al figlio. Però, ribadisco, questa è una mia personale interpretazione. E a tutt'ora non si è fatto avanti nessun legittimo proprietario precedente, quindi o sono tutti morti o forse il vecchio Baker diceva la verità"
I ragazzi continuavano con le domande, alcuni però si erano avviati verso l'uscita. Owen fissava la ragazza, pronto a scattare appena lei si fosse alzata.
Aveva deciso che la strategia migliore era la verità. Appena il ragazzo che le stava a fianco si alzò, mentre lei stava sistemando i suoi appunti in uno zainetto rosso, Matt le si sedette vicino, bloccandole l'uscita.

- Mademoiselle La Guepe, désolé si je vous dérange, permettez un mot s'il vous plait - la apostrofò con un pessimo accento francese.
La ragazza si mise a ridere, lo squadrò dalla testa ai piedi: valeva la pena rispondergli.
- Può parlare tranquillamente in inglese, la capisco - Gli rispose mentre si infilava un giacchino bianco di pelliccia sintetica, sotto cui indossava una minigonna a scacchi verdi e rossi, lunghi calzettoni beige fin sopra il ginocchio e scarpe basse di foggia maschile. Sembrava una scolaretta del liceo un po' maliziosa.
- Grazie, mi presento, sono Matt Owen, un detective privato - e le mostrò il tesserino di riconoscimento - Sono qui per indagare sul Giorgione rubato.
- Ah non è qui per la conferenza dunque, ma io cosa c'entro? - rispose lei facendo cenno di avviarsi.
Matt la lasciò passare.
- Permette che l'accompagni?
Lei non rispose e lui la seguì. Era ricominciato a piovere, la ragazza si calcò un baschetto bianco in testa e aprì un ombrellino rosso, aveva una deliziosa aria francese. Anche Matt dovette aprire il suo ombrello nero, era troppo alto per stare sotto quello di lei.
- Dunque? Le dispiace dirmi come sa il mio nome?
- Eh, dopo lunghe ricerche siamo arrivati a lei, ma non è stato facile.
- Siamo arrivati, non è solo? Si vuole spiegare meglio?
La pioggia e gli ombrelli rendevano difficile la comunicazione Matt vide un bistrot e le fece cenno di entrare lì - Se ha due minuti, la prego.
La ragazza entrò, si sedettero, lei ordinò una cioccolata calda e lui la imitò.

- Sì, io non sono solo, lavoro per la Morgan e Morgan - e tirò fuori di nuovo il tesserino, che stavolta Pauline prese, rigirò fra le mani e guardò con attenzione.
- Stiamo indagando sul dipinto rubato a Londra. E un complesso giro di congetture mi ha portato fino a lei. Suo nonno era pittore?
- Mio nonno era veterinario, come mio padre. Il mio bisnonno era pittore.
Matt fece un rapido conto e si rese conto che in effetti erano tre le generazioni.
- E lei l'ha conosciuto?
- No, è morto nel '93, tre anni prima che io nascessi.
- Ma saprà qualcosa di lui?
- Sì, so che dipingeva, abbiamo anche qualche quadro in casa, per lo più paesaggi, alla maniera degli impressionisti, niente di speciale. Ma scusi, cosa c' entra mio nonno con il Giorgione scomparso?
- Abbiamo motivo di supporre che suo nonno abbia conosciuto Han van Meegeren, quando questi viveva a Roquebrun, e che sia stato il suo allievo.
- E quindi?
- Potrebbe essere diventato un bravissimo falsario e aver duplicato il Giorgione.
Qui la ragazza scoppiò a ridere.
- Ma è impossibile! Se il mio bisnonno fosse stato un grande falsario coma Van Meegeren, si sarebbe arricchito! Invece le assicuro che la nostra famiglia ha sempre avuto un reddito normale, più modesto che altro.
La cameriera portò le cioccolate calde. Pauline soffiò sulla sua, guardando Matt che ne beveva invece subito un sorso, scottandosi la lingua e scotendo i ricci: era affascinante, ma arrogante.

- Sì, però suo nonno ha potuto studiare, ha fatto il veterinario – Riprese Matt.
- Ma era anche studioso, ha vinto varie borse di studio.
- Eppure il suo bisnonno ha testimoniato al processo su Van Meegeren - Incalzò lui, mentre avvicinava la sedia al tavolo. Le sue lunghe gambe sfiorarono quelle di lei, che non le spostò.
- E ha detto di essere il suo allievo?
- No ha confermato di averlo aiutato nella costruzione del grande forno per asciugare le tele - rispose inclinando il viso verso di lei. La ragazza gli pareva molto carina, ma scontrosa e sospettosa, stringeva la tazza con le mani
- Ah lo vede? Non ha alcuna prova.
- Ma potrebbe essere probabile.
- Ma poi scusi, Bertolani ha confermato l'autenticità del dipinto, lei è appena stato alla conferenza e pensa che il mio bisnonno fosse così bravo da ingannare tutti quanti? E poi perché?
- Ancora non lo so, è solo un'ipotesi investigativa.
Tacquero mentre bevevano la cioccolata.
In quel momento suonò il cellulare. Era Juliette.
- Matt, mi spiace, stiamo andando alla Morgue. Pare che abbiano trovato madame Geneviève, vieni anche tu, ti prego.
- Certo, corro.
- Mi scusi, come vede ho un'emergenza che, però, confermerebbe che le mie ipotesi vanno nella direzione giusta. Ma adesso non ho tempo per spiegare. Posso vederla domattina?
- No, mi spiace, domattina parto per Avignone, sto lavorando lì per la mia tesi.
- Posso almeno chiamarla?
Pauline ebbe un attimo di esitazione. E se fosse stato un pazzo, un maniaco, un impostore? In quel momento

Matt alzò gli occhi dal cellulare e sfoderò il suo sorriso da dio greco. Pauline gli diede il suo numero. Lui si precipitò fuori. Scese nel metrò a Saint Germain de Prés, cambiò a Montparnasse per prendere la linea 6 e scendere poi a Chevaleret, a pochi passi da rue Bruant 22, dov'era la Morgue.
Mentre stava per salire al primo piano dell'edificio di mattoni rossi, si accorse che erano quasi le 19,30. Aveva dimenticato l'appuntamento con Bertolani. Lo chiamò e si scusò, pensando che probabilmente era meglio così, non avrebbe saputo come introdurre il discorso sulla ipotetica inautenticità del dipinto di Giorgione, dopo la conferenza appena udita. Gli disse brevemente che lo avrebbe richiamato il giorno dopo.
Nell'atrio andò incontro ai coniugi Rinaldì, come li chiamavano i francesi. Pierre e Juliette, lui con un giaccone nero, lei con un impermeabile blu scuro, formavano una macchia intensa contro il colore giallino delle pareti.
- Oh, Matt, per fortuna che ci sei anche tu. E' un così brutto momento.
- Juliette mi dispiace immensamente, ma siete già entrati?
- No, non ci hanno ancora chiamato, è bene che ci sia anche tu, sei fra gli ultimi che l'hanno vista - gli rispose Pierre.
Un attimo dopo si aprì la porta a vetri e un medico e un poliziotto li fecero entrare per l'identificazione. Il corpo, disteso su un tavolo di marmo, era coperto da un lenzuolo, ma si capiva che aveva ancora i vestiti, una sciarpa rosa penzolava giù, sporca e infangata. Una mano della morta usciva dal lenzuolo, languidamente abbandonata come nella "Morte della Madonna" del Caravaggio.

I tre si avvicinarono, e il medico scostò il lenzuolo. Madame era scivolata sotto un treno nella metropolitana
- Oh! - esclamarono all'unisono alla vista del volto.
- E'la signora Geneviève Bujold, come risulta dai documenti trovati in tasca? - chiese il poliziotto.
- Sì - rispose Juliette.
Il poliziotto chiese agli altri due: - Confermate? - Pierre e Matt fecero un segno di assenso.
Poi uscirono tutti quanti.
Il poliziotto li fermò: - Permettete qualche domanda ancora? - I tre si fermarono sulla scalinata.
- Da quanto conosceva la signora Bujold?
- Da vent'anni circa - rispose Juliette.
- E non aveva parenti che lei sapesse?
- No, non qui a Parigi che io sapessi.
- Siamo risaliti a voi perché la signora aveva un vostro biglietto nel portafoglio, che era in tasca per fortuna, perché la borsa non c'era.
- Dove si è buttata? - chiese Pierre
- Nella stazione di Magenta. Non sappiamo affatto se si sia buttata. Potrebbe aver avuto un malore, oppure è stato un incidente o anche potrebbe essere stata spinta. Dovremo fare l'autopsia. Stiamo sentendo tutti i testimoni e visionando le telecamere. Voi la conoscevate bene? Di cosa si occupava?
- Era stata una hostess, ora si occupava di intermediazioni culturali.
- Cioè?
- Faceva da interprete per gruppi di turisti.
- E con voi che rapporti aveva?
- A volta faceva da mediatrice per la vendita di certe opere d'arte, conosceva molte persone, gente che voleva vendere in anonimato, cose del genere - rispose ancora Pierre.

-E lei, Owen, in quale occasione l'ha incontrata?
- lo l'ho incontrata cinque giorni fa, nell'ambito di una mia inchiesta su un furto di un'opera d'arte in Inghilterra.
- Così generico? Sia più preciso, se può.
- Certamente, mi sto occupando del dipinto di Giorgione rubato una settimana fa a Londra.
- E come mai è arrivato qui a Parigi?
- A Londra siamo convinti che il quadro non sia più sull'isola e così la mia amica Juliette mi ha fatto incontrare con madame Geneviève.
- Dunque era un'informatrice?
- No - rispose Juliette - era una persona attenta. A lei giungevano molte voci.
- E cosa le disse del quadro di Giorgione?
- Che non ne sapeva nulla, qui a Parigi non si era sentito niente.
- Va bene, per ora potete andare, non abbiamo ancora stabilito la dinamica della morte, ma tenetevi a disposizione.
I tre scesero in silenzio le scale, chiamarono un taxi.
- Vieni a cena da noi - lo invitò Juliette - così parliamo con calma.
L'appartamento dei Rinaldi era in rue Racine, due portoni prima del negozio.
Matt non era mai stato a casa loro. Fu introdotto nell'ampio salone. Nel mezzo c'era un tavolo ovale, un Luigi Filippo e ai lati due credenze Luigi XVI, sormontate da specchiere ottocentesche. Alle pareti un arazzo con una scena pastorale, e dall'altro lato una marina con barca e figure, del Filosa, un autore del secolo scorso di scuola napoletana. Altre cornici contenevano centrini con preziosi ricami.

Matt non riusciva a stare seduto, dopo aver dato un'occhiata alla sala, raggiunse Juliette in cucina.
- Ti aiuto.
- Ma no, torna in sala.
- No, no, fai una cosa semplice per favore, guarda mangiamo qui in cucina. Dimmi dove sono le stoviglie che almeno ti aiuto ad apparecchiare.
- Va bene, se vuoi così - gli rispose Juliette e gli mostrò i vari cassetti dov'erano riposte. La cucina, diversamente dalla sala, era modernissima, tutta bianca e acciaio cromato. Di fianco al piano cottura, che era in mezzo alla stanza sotto una cappa d'acciaio, c'era una prolunga con un ripiano bianco e tre sedie nere intorno. Pierre e Juliette lo usavano per la colazione e le cene veloci. Matt trovò tre tovagliette bianche ricamate e su quelle appoggiò i piatti di porcellana inglese e le posate.
Juliette stava preparando un piatto di maccheroni al ragù, ne aveva sempre dei vasetti congelati in frigo.
Mentre stava già scolando la pasta entrò Pierre.
Juliette si fermò un momento, un violento singhiozzo la scosse, si sedette col viso fra le mani
- Oh, povera amica mia.
Pierre le cinse le spalle con un braccio.
- Si conoscevano da una vita. Era una persona speciale. Juliette le voleva molto bene - disse a Matt.
Anche Matt si era seduto di fronte a Juliette, le aveva preso una mano.
- Mi sento terribilmente in colpa. Non pensate che possa entrarci qualcosa quello che ha detto a me? Potrei essere davvero l'ultima persona che l'ha vista prima del suo assassino. La telefonata a cui ha risposto mentre era con me, la persona che l'ha chiamata…ah se solo avessimo il cellulare.

- Ma che dici Matt? Perché proprio tu? Geneviève aveva sempre molti casi per le mani, magari più importanti o lucrosi. A te ha solo indicato un falsario morto e sepolto, tra l'altro.
- Sì, però se fosse la pista giusta, se da lì noi potessimo risalire all'assassino?
- Allora vuol dire che anche tu sei in pericolo, quest'uomo ha già ucciso tre persone per un quadro che tu pensi sia addirittura un falso.
- Non lo so, è un'ipotesi.
- Qui è tutta un'ipotesi: che Geneviève sia stata uccisa, che il quadro riconosciuto da tutti come vero, sia un falso. Non c'è niente che sia come dovrebbe essere.
- Appunto, l'assassino vuole confonderci, oppure sono le circostanze complicate.
- Che pensi di fare Matt?
- Di seguire l'indicazione di madame Geneviève, se io sono l'ultima persona che ha visto e lei è stata uccisa per quella informazione, seguirò fino in fondo quella pista.
- E a che punto sei? - chiese Pierre
- Scusate ma non ve lo dico, a questo punto meno sapete e meglio è per voi, non vorrei implicarvi in nessun modo.
- Hai ragione - aggiunse Juliette asciugandosi gli occhi - Ora che farai?
- Non so, ma voglio essere libero di muovermi. Vorrei sapere di più su Madame Geneviève.
- Ti posso dire quello che mi ha raccontato lei. Veniva dal sud della Francia, non so esattamente da dove. Da bambina era povera, ma dotata. Aveva vinto varie borse di studio e così si era potuta diplomare. Ma non aveva fatto l'università, con suo grande rammarico, poi aveva trovato lavoro come hostess, come ti avevo già detto.

- Dal sud della Francia? Sicura che non ricordi il nome del paese?
- Sì, aspetta, aspetta…era nata a Roquebrune.
- Roquebrune?! Ma è lo stesso posto dove aveva vissuto per anni Meergeren! Forse lo aveva conosciuto!
- Può darsi, ma era una bambina, lei era del 41, lui è morto nel 47, che ricordi poteva avere? -
- Non lo so, ma sicuramente questa strada mi porterà da qualche parte. Se non altro lo devo a Geneviève.

Appena uscì dalla casa di Juliette, Matt chiamò Pauline, doveva battere quella pista.
- Buonasera, si ricorda di me? Sono Matt Owen.
- Ci siamo lasciati appena tre ore fa.
- Sì, lo so, ma io dovrei ancora parlarle. Domattina è impegnata?
- Sì, mi spiace, domattina non sarò neanche a Parigi. Devo andare ad Avignone.
- Mi scusi se sono indiscreto, ma potrei sapere cosa va a fare ad Avignone?
- Sì, è indiscreto, comunque sto preparando la mia tesi sul restauro della cappella di Saint Martial nel palazzo dei Papi.
- Interessante. Senta ma io le devo parlare assolutamente. Non sono mai stato ad Avignone, non potrei venire con lei in treno? così potremmo parlare nel viaggio e poi potrei visitare la città.
- Lei non è indiscreto, è proprio invadente. Chi le dice che vorrei fare il viaggio con lei? E poi non vado in treno, ma in macchina.
- Ma saranno più di settecento Km, potrei aiutarla a guidare se si stanca!
- Sono 689 km, ha buon occhio. Lei non demorde eh?

- Mi scusi se sto insistendo, di solito non sono così, ma è una questione veramente importante.
- Non le credo, per me lei è sempre così, finora ha dimostrato una gran faccia tosta. Però posso credere che sia una cosa che le preme. Va bene, può accompagnarmi, però si scordi di guidare la mia auto, è nuova e la guido solo io.
- Lei è un angelo, davvero. Le sono grato. Se mi dà il suo indirizzo mi faccio trovare lì domani mattina all'ora che vuole.
- Ah no, questo no. Mi dia lei il suo indirizzo e ci troveremo alle nove nel posto più comodo.
Si diedero appuntamento a Place de l'Opera.
Matt prima di dormire controllò il cellulare, aveva un sacco di messaggi da Morgan, da Melania, da sua madre, da Juliette e persino da Bertolani. Rispose solo a Morgan che l'indagine procedeva bene e che si stava recando ad Avignone per continuare le sue ricerche.
Il mattino dopo era una splendida giornata primaverile, lavate dalla pioggia del giorno prima, le strade, le piazze sembravano rigenerate nella luce di maggio.
Pauline arrivò con una Up bianca, nuova fiammante. Il sedile posteriore era ingombro di libri, fogli e rotoli di carta. Lei aprì il bagagliaio e gli fece sistemare il trolley accanto ad una grande borsa di pezza, verde a fiori rossi.
- Bene, adesso ha 689 km per raccontarmi tutta la storia. E mi auguro che sia convincente.

8. Londra

Come mi sia trovata alla corte di Nicosia, dove vivevano anche i tre figli illegittimi del re, Eugenio, Giovanni e Carla, è difficile ora spiegarlo a voi, imperocchè frequentavano il palazzo ogni sorta di avventurieri, con la loro corte di spie e servitori. Dopo la raffinatezza della vita veneziana, mi venni a trovare in un ambiente più rozzo, pieno di intrighi. Ma Dio ebbe pietà di me e della mia giovane età e per fortuna mi mise sotto l'ala e la cura costante di mio zio Andrea, colle quali potei trovare modo di adattarmi. Ma fino a che Giacomo fu vivo, nonostante le sue lunghe assenze per le battute di caccia e, nonostante la vita libertina che continuò a condurre anche dopo le nozze, la mia vita non fu infelice. Ero la regina ed ero incinta. La certezza e la bellezza di queste dua condizioni mi rendevano l'animo lieto e mi faceano sopportare qualsivoglia circustanzia.

Miss Melania era da poco uscita di casa e si era fermata al mercato di Camden Town, dopo aver avvisato Morgan che sarebbe arrivata con due ore di ritardo. La sera prima, in compenso, era rimasta al lavoro due ore più del solito, per finire la relazione da consegnare all'ultimo cliente. Era un tizio che aveva affidato un b&b a Brighton a un socio, mentre lui aveva aperto un pub a Londra. Però, dopo quasi un anno, si era accorto che il b&b non rendeva quanto avrebbe voluto, e così aveva incaricato Morgan e Morgan di indagare. L'investigatore di Morgan aveva scoperto che il suo socio si era trovato un lavoro come concierge di notte in un hotel e seguiva pochissimo il b&b. Miss Melania aveva sistemato la relazione con le foto allegate e questa mattina Morgan avrebbe ricevuto il cliente. Melania faceva spesso degli

straordinari, ma a volte preferiva non farseli pagare e recuperare con qualche ora di libertà come quella mattina.
Mentre era intenta a scegliere una giacca a quadri rosa e gialli, che faceva proprio primavera, ricevette un messaggio da Matt. "Puoi prenotarmi una camera ad Avignone? In centro possibilmente". Che stronzo, mai che impari le buone maniere! Dopo che lei si era fatta in quattro per scovargli quella ragazza non le diceva nulla. Andava ad Avignone con lei e perché?
Gli rispose subito. "Buongiorno Melania come stai? Grazie a te sto seguendo questa pista che mi porta ad Avignone, con Pauline La Guèpe. Se tu potessi essere così gentile da trovarmi una camera in centro te ne sarei grato. Poi ti racconterò i nuovi sviluppi" e lo inviò.
Matt rispose con un cuoricino: "Vedi che capisci sempre alla perfezione, che ti scrivo a fare?" Se non ne fosse stata terribilmente innamorata Melania lo avrebbe odiato. Mise nella borsa il cellulare e si provò la giacca, ma ormai l'entusiasmo le era passato. Lasciò il mercatino, entrò in un bar, ordinò un caffè e cominciò a cercare la camera per Matt sull'i-phone. Dopo qualche minuto gli inviò un messaggio con la prenotazione. Matt le rispose solo con un "Ok, grazie".
Ah, come la faceva impazzire. Cercò la foto di Pauline La Guèpe, la osservò a lungo e dedusse che forse era la persona che avrebbe fatto dimenticare Lady Marion a Matt. Perché non accadeva mai che Matt, dopo la fine di una storia, si accorgesse di lei? Ogni volta lui le raccontava le sue avventure e quando giungevano al termine, o perché lasciava lui o perché era lasciato (quasi mai in verità, solo da Elizabeth e da Lady Marion) lui si rifugiava idealmente da lei, si sfogava, raccontava, chiedeva consigli che sistematicamente non seguiva, la

faceva sentire importante e parte della sua vita. Ma poi tutto finiva lì, Matt non riusciva a vederla se non come un'amica, una sorella maggiore (aveva 4 anni più di lui) e aveva avuto anche la faccia tosta dirglielo più volte. "Sei proprio una sorella per me, la mia sorellina maggiore!" e magari l'abbracciava o le dava una pacca sulla spalla. Lo avrebbe ucciso in quei momenti. E comunque le uniche donne che lo avevano lasciato a pensarci erano state quelle a cui aveva tenuto di più. Melania aveva compreso bene che Matt avrebbe voluto che il figlio fosse suo e, sotto sotto, si aspettava che Marion gli si sarebbe buttata fra le braccia e gli avrebbe detto platealmente: "Questo è tuo figlio".

Quando ne avevano parlato in quei mesi di attesa Melania gli aveva spesso ribadito che vedeva perlomeno problematica la cosa. Anche se senza un uomo (che poi era ancora da verificare, aggiungeva, godendo nel vedere Matt sbiancare) Lady Marion restava una donna ricchissima che poteva offrire il meglio che voleva a suo figlio, anche in ambito di scuola, formazione, futuro.

"Insomma - gli aveva detto anche l'ultima sera - quello erediterà un impero economico e tu speravi che lei sarebbe tornata con te? Sei il solito romantico. Queste cose ormai non succedono più neanche nei film!".

Aveva preso la metro ed era giunta in ufficio, mister Morgan la chiamò e le chiese se aveva notizie di Matt.

- Sì, so che sta seguendo una pista interessante.

- Sì, ma cosa sta facendo? Sono tre giorni che non mi manda alcun rapporto. So solo che è ad Avignone.

- Lei lo saprà meglio di me, le strade che prendono queste opere d'arte sono estremamente complesse.

- Bene, vedremo. Mi fido del fiuto di Matt. Ma gli scriva di mandarmi un rapporto degli ultimi giorni.

Melania rientrò nella sua stanza e mandò un messaggio a Matt." Scrivi un rapporto al capo se no s'incazza". E voleva aggiungere, fai sapere anche a me cosa stai combinando. Invece cercò sulla stampa parigina qualche recensione della conferenza di Bertolani. Un giornalista aveva citato la lettera della regina Caterina Cornaro per convalidare la tesi che il quadro rubato fosse proprio quello. Poi aveva continuato ripercorrendo tutte le tappe del furto con omicidio. L'articolo occupava una pagina intera, c'era anche la foto del quadro. Per quanto sgranata quell'immagine manteneva qualcosa di enigmatico. Melania finì di sistemare alcuni documenti, poi prese di nuovo il giornale, rilesse l'articolo e pensò che voleva entrare più dentro a questa storia. Cominciò la sua indagine dalla regina di Cipro. Forse c'era nella storia del quadro, o in quella della committente, qualcosa che potesse giustificare un furto con delitto così anomalo.
Caterina Corner era nata il 25 novembre del 1454. Aveva fatto un matrimonio politico con Giacomo II Lusignano e il 26 settembre del 1472, quattro anni dopo le nozze per procura, finalmente era partita per Cipro. Qui venne accolta dal re e incoronata regina a Famagosta. La sua tranquillità durò solo un anno. Giacomo II morì nella notte fra il 6 e il 7 luglio del 1473, lasciando la moglie incinta del loro primo figlio. Caterina fu però esautorata dal potere a causa delle sue condizioni e sostituita nel governo da un collegio di Commissari.
Melania, continuando a leggere la vita di Caterina Cornaro, si convinceva che la povera ragazza avesse fatto una vita orrenda, mai padrona di se stessa, sempre in balia di ragioni di stato, di congiure, di un potere che la sovrastava completamente e ne aveva fatto quasi una schiava anziché una regina.

Dopo la morte del marito e del figlio la sua condizione peggiorò drasticamente, perché troppi avevano mire su Cipro: Carlotta, la sorella del re, tre figli naturali avuti in precedenza da Giacomo, poi i Turchi, il Sultano d'Egitto e, prima di tutti, la Serenissima, che difatti prevalse, dopo una serie infinita di complotti e congiure. Così il 14 marzo 1489 la regina lasciò Cipro per non tornarvi mai più. L'ex sovrana giunse a Venezia il 15 giugno, dove fu accolta con grandi e sfarzosi festeggiamenti. In realtà poi venne relegata nella Signoria di Asolo, mantenendo però il titolo di regina di Cipro.
Ad Asolo Caterina, circondata da illustri letterati e artisti che accorsero da lei, aveva trasformato la piccola corte nel luogo raffinato ed ideale che descrisse poi il Bembo negli "Asolani".
E fu qui che la regina conobbe il giovane Giorgione, pittore e musico abilissimo. Lui le fece il ritratto e poi, secondo la lettera ritrovata da Bertolani, lei gli chiese una copia dei tre filosofi. Ma la grande storia non poteva lasciar vivere una regina, seppur detronizzata, in pace. Nel 1509 le truppe di Massimiliano d'Asburgo invasero Asolo, Caterina, fuggita a Venezia, liberò i suoi sudditi dal giuramento di fedeltà perché non subissero vessazioni dall'imperatore. Sconfitti gli imperiali, gli Asolani si affrettarono a richiamare la loro signora e ad offrirle di nuovo la loro sudditanza, perché era molto amata. Ma la regina poté godere poco della pace ritrovata. Il 10 giugno del 1510 morì, dopo aver sofferto per tre giorni di un gran dolore di stomaco.
Melania era rimasta impressionata da questa storia. Cercò il libro degli Asolani su Internet, ma per quanto lei conoscesse un po' di italiano (il suo amore folle per Matt l'aveva spinta anche a fare per tre anni un corso di quella

lingua) non era in grado di capire chiaramente una lingua così antica.
Scrisse a Matt: "Cosa sai di Caterina Cornaro? Non pensi che dovresti allargare le tue ricerche sul perché e percome questo quadro è stato dipinto? O sul significato del quadro? Forse il furto nasce da li?"
"Grazie del suggerimento! So benissimo la storia della regina, ti ricordi mia madre, Venezia, io da piccolo in vacanza sempre in Italia? Sarò stato ad Asolo venti volte. Ho letto anche gli Asolani."
Che presuntuoso, che antipatico, il signorino sottuttoio! Melania cancellò la ricerca, mandò Matt a quel paese e si concentrò sulle altre pratiche. Decise che la mattina dopo si sarebbe comprata la giacca rosa e gialla.

9. Avignone

E poi giunse la notte fra il 6 e il 7 luglio del 1473. Notte buia e terribile, in cui Giacomo, dopo una battuta di caccia, a causa di una infreddatura, morì fra le mie braccia, a Famagosta dove mi ero precipitata con mio zio Andrea. E benché il re fussi morto, prima, nelle sue ultime volontà, avea degnamente voluto che io regnassi infino alla maggiore età del figlio che portavo in grembo, e che per i suddetti mesi di gravidanza fossi coadiuvata da un consiglio di reggenza, di cui avea scelto tutti i membri, i capi delle varie fazioni che già si stavano contendendo il regno. E il ventotto di agosto di quello stesso anno, Domineddio volle confortarmi con la nascita del mio amato Giacomo, l'unica consolazione della vita mia.

Matt e Pauline arrivarono ad Avignone verso le 18. Pauline aveva notato Matt già dal momento che lo aveva visto in aula alla lezione di Bertolani, era un bel tipo, sì, ma antipatico e supponente.

Appena entrati in auto lei aveva cominciato ad ascoltare i suoi autori preferiti: Booba e Keny Arkana. Matt non sopportava i rapper.

- Senta, se vuole che le racconti la storia, non potrebbe spegnere la musica?
- Perché non le piace?

- In effetti non mi piace, comunque non si riesce a parlare con tutte queste parole francesi che io non capisco in sottofondo, anche se so che… - stava per aggiungere questa è la musica dei neri, ma si affrettò a correggersi - questa è la musica che piace a voi giovani.
- Oh, lei avrà studiato a Oxford o a Cambridge! che musica ascolta? Solo Bach e Beethoven?
- Ho studiato ad Oxford, comunque se proprio vuole saperlo anche Mozart e Chopin. Però ascolto anche i Mouse e i Coldplay.
- Tutta roba vecchia allora.
- Mi piacciono anche i Beatles, se è per questo.
Pauline esasperata spense la radio.
- Dunque parli, mi spieghi.
Matt le raccontò la storia dall'inizio. Ogni tanto lanciava un'occhiata alle gambe di lei, inguainate in jeans aderenti e stracciati: dagli strappi si vedeva la pelle scura e lucida. Allora spostava gli occhi, ma la maglia gialla che indossava la ragazza, era scollata e lasciava intravedere i piccoli seni. Era meglio guardare la strada.
Pauline percepiva la presenza fisica di Matt, che sembrava riempire l'intero abitacolo col suo corpo. E sentiva il suo odore, un misto di doccia schiuma al muschio e di sigaretta. Con la coda dell'occhio guardava il suo viso con un leggero strato di barba. E poi c'erano le mani, lunghe, curate, mani che non avevano lavorato se non con una penna.
C'era tensione dentro l'auto. Negli ultimi cento km avevano discusso animatamente. Dopo aver ascoltato l'intera storia Pauline era ancora più scettica di prima. Matt non le aveva detto della morte di Madame Geneviève, per non farla preoccupare, ma così non riusciva a trovare appigli per convincerla della possibile bontà della pista.

- Insomma, perché una vecchia signora le ha suggerito il nome di un falsario, lei ha pensato che questo fosse mio nonno, e che trovandolo potrebbe addirittura capire chi è il ladro e assassino che l'ha rubato! Non le sembra una storia totalmente assurda?
- Può darsi, ma la mia esperienza mi dice che potrebbe essere una buona pista, a volte le coincidenze più strane sono proprio quelle vere.
- La sua esperienza! Quanti anni sono che fa il detective? Venti? Trenta?
- Sono sei anni.
- Ah ecco, e si è imbattuto in casi così strani sempre?
- Più strani di quanto lei possa immaginare, mi creda.
- Ma in definitiva cosa vuole da me?
- Vorrei parlare con qualcuno della sua famiglia che ha conosciuto il suo bisnonno, sapere se ha lasciato qualcosa, dipinti, libri, tracce del suo passato di pittore.
- E da quelli pensa di risalire al suo assassino?
- Non lo so, però ci voglio provare.
- Senta c'è solo mia nonna che è ancora viva e ha conosciuto il mio bisnonno, che era suo suocero, però abita a Mentone.
- Ah ma allora potrei andare a trovarla!
- Calma, calma, prima che io la introduca nella mia famiglia… non creda di avermi convinto.
Matt insistette ancora, nel frattempo erano giunti ad Avignone. Melanie gli aveva trovato una camera Au coeur d'Avignon, in rue Collège d'Annecy. Quando comunicò il suo indirizzo a Pauline la ragazza sbuffò.
- Ma guarda è persino riuscito a trovare un posto vicino a dove sto io.
Parcheggiò fuori dalle mura, e mostrò a Matt la cartina della città.

- Guardi io sto qui, in rue Jean Henry Fabre e lei ha trovato posto in rue Collège d'Annecy, saranno trecento metri.
- Vede, le coincidenze.
Pauline scaricò la sua borsa e allungò a Matt il suo trolley.
- Bene, allora?
- Allora, proprio perché io comunque dovevo andare a casa venerdì, a Mentone, la posso portare con me a parlare con mia nonna. Non si faccia troppe illusioni, però.
- Grazie, non speravo tanto, lei è gentilissima. E domani cosa fa?
- Domani lavoro alla mia ricerca e sarò l'intero giorno al palazzo dei Papi. Ma non mi venga tra i piedi, non avrò un minuto di tempo per lei. Vada a farsi un giro, ci sono posti bellissimi qui vicino. C'è il pont du Gard e poi c'è Vaucluse, dove viveva Petrarca. Mi ha detto che è il suo poeta preferito. Dunque ne approfitti.
- Ottimo, seguirò il suo consiglio. E la macchina? - disse guardando la Up.
- Se la può scordare. Ma sa le auto le affittano anche qui, pensi un po'.
Owen prese il suo trolley e i due si incamminarono per via Jean Jaurès, le loro rispettive destinazioni non erano lontano.
- Vuole cenare con me stasera?
- Owen siamo insieme da stamani alle 9, abbiamo fatto 700 km. Mi dia tregua. Io mangerò con la mia amica Louise e lei si arrangerà come vuole.
- Eh! ci avevo solo provato.
- Appunto. Buona serata. Ci vediamo dopodomani mattina alle nove all'auto. Si ricorda dove l'abbiamo lasciata?

- Sì certo. A venerdì.
Pauline se ne andò scuotendo la sua bella testa di treccine. A Matt piaceva che facesse la sostenuta, la trovava stuzzicante.
Appena fu in camera, dopo una doccia lunga e calda, Matt rispose ai vari messaggi. A Bertolani che gli chiedeva dove fosse rispose che le indagini, inaspettatamente, lo avevano portato ad Avignone.
"Già che c'è vada a vedere le pont du Gard, oltre al resto ovviamente. E' una meraviglia" gli rispose l'altro. "Grazie, ci avevo pensato anche io, troverò un minuto durante le mie indagini. E lei dove andrà dopo Parigi?" "Devo essere a Lisbona. Continuo un giro promozionale per l'Europa. Auguri e mi tenga aggiornato."
Scrisse anche a Melania, riferendole la piega che aveva preso l'indagine. "Se non trovo niente, lascerò definitamente questa pista e ricomincerò daccapo. Buona serata".
Poi chiamò Juliette, si fece raccontare come era andata la mattinata dalla polizia. Juliette gli rispose che le erano state rivolte le solite domande su ciò che sapeva di madame Geneviève. Ma comunque lei era preoccupata per lui.
- Stai attento Matt. Questa è gente che non scherza. E tienici informati.
- Invece non vi terrò informati, come vi ho già detto. Credetemi è meglio. Ma vi darò notizie che sto bene. Grazie Juliette, sei un tesoro.
- Grazie a te mio caro, mi sarebbe piaciuto poterti aiutare di più.
- Hai già fatto anche troppo. Buonanotte.
- Buonanotte, mon chou.
Matt uscì dall'hotel e si fermò al primo bistrot dove prese un'insalata niçoise e una birra. Poi tornò in camera

e cercò su internet la biografia di Caterina Cornaro. E se Melania avesse avuto ragione?
Il mattino dopo affittò una Renault Clio e si avviò verso il pont du Gard. Erano solo 26 Km, in mezz'ora arrivò al parco. Quando giunse al grande acquedotto a tre arcate rimase a bocca aperta ad ammirare quella meraviglia dell'edilizia romana. Ah i Romani! che grande popolo erano stati. Imperialisti e schiavisti quanto si vuole, però in quanto portatori di civiltà non li aveva battuti nessuno. Strade, acquedotti, arene, teatri, terme: tutta l'Europa era percorsa dallo scheletro dei resti della dominazione romana e ovunque questi monumenti lasciavano senza fiato per la perizia della costruzione e la bellezza artistica delle loro forme. Utili e belli. Se solo gli architetti attuali avessero seguito un minimo le loro indicazioni. Owen pensava a quante brutture c'erano in giro, soprattutto nelle periferie delle grandi città. A volte sembrava che il bello potesse essere appannaggio solo dei ricchi, i poveri erano anche deprivati della bellezza.
Sicuramente anche ai tempi dei romani ci saranno state, e forse più gravi, queste differenze fra i ceti, però della bellezza di queste costruzioni potevano godere tutti, come pure dell'acqua che gli acquedotti portavano e delle terme in cui tutti si potevano lavare.
Scese verso la riva del fiume Gardon, fece varie fotografie che inviò a sua madre e a Melania, poi salì sul ponte e lo attraversò tre volte, per non lasciarsi sfuggire nessun particolare.
Verso mezzogiorno lasciò il parco e si diresse di nuovo verso Avignone, intenzionato a visitare Vaucluse.
Si fermò in un Mc Donalds, che trovò vicino alla rotonda di Remoulines. Mangiò un cheese burger e patate fritte, bevve una birra e ripartì per Vaucluse. Dopo la distrazione del ponte romano, il suo pensiero

tornava di continuo al Giorgione, al falsario, a Caterina Cornaro. Il periodo del suo ritiro ad Asolo avrà rappresentato per lei uno dei momenti migliori della vita. Eppure anche lì non erano mancati gravi episodi, come l'invasione della lega di Cambrai, che danneggiò il Barco, la residenza estiva di Caterina. E forse la speranza di tornare a Cipro non si era mai spenta in Caterina se, proprio nel 1510, l'anno in cui morì, fu redarguita dal consiglio dei Dieci per aver partecipato ad intrighi gestiti da un tal Antonio Rossi, che stava cercando di prendere accordi in tal senso.
In una vita così travagliata Caterina aveva però amato il bello, protetto gli artisti, creato una corte raffinata e… ordinato un quadro coi tre filosofi a Giorgione. Che significato aveva avuto questo nella sua vita? E c'era o ci poteva essere un legame fra allora e il delitto di oggi?
Giunse a Fontaine de Vaucluse, decise di lasciar perdere Caterina e di concentrarsi solo sul Petrarca. La casa presunta del poeta era all'imbocco di una stretta valle, dove scorre il torrente Sorga. La valle è chiusa in fondo dai monti delle Prealpi di Provenza. Il luogo era meno ridente ed ameno di quello di Arquà Petrarca, che Owen conosceva bene. Qui l'incombenza del monte, nonostante le "chiare, fresche e dolci acque", richiamava maggiormente l'aspetto angosciato del poeta, il suo cercare luoghi solitari e impervi per fuggire dal volgo. "Solo e pensoso i più deserti campi", si rammentava Owen e gli sembrava di comprendere meglio le sfaccettature complesse dell'animo petrarchesco. La valle era veramente chiusa, e vi si respirava un sottile senso di smarrimento.
Rimase a passeggiare fra la casa e il monte, guardando a lungo l'acqua che scorreva scintillando ai suoi piedi. Intorno c'era una gran calma, pochi turisti visitavano la

casa, era primavera, fiori sui prati, erba smeraldo, il luogo era pregno di cento immagini del poeta. "Zefiro torna e il bel tempo rimena/ e i fiori e l'erbe, sua dolce famiglia". Matt non si stupiva che Petrarca avesse avuto tanto successo sempre, in vita e ancora di più dopo morte. Il suo lessico appariva così semplice, lineare, così in sintonia con la natura, che chiunque poteva apprezzarlo e identificarsi.
Se Dante aveva forgiato e forzato la lingua italiana in mille modi per andare incontro alla complessità del suo poema, Petrarca, con un lungo lavoro di lima e di precisione, aveva adottato un linguaggio limpido, fresco come l'acqua che scivolava nella corrente del fiume, e allo stesso tempo intimo e profondo come la valle in cui si trovava.
Improvvisamente si rese conto che era quello il mondo in cui voleva vivere, poesia, arte, bellezza, e non aveva più voglia di lasciarsi trascinare nella bruttura del mondo. Decise all'istante che se avesse vinto il concorso di lettore all'Università di Venezia, avrebbe accettato. Basta non solo con omicidi e furti, ma anche coi tradimenti e gli inganni. Il lavoro che stava facendo lo metteva continuamente in contatto con gli aspetti più laidi dell'animo umano. Invece l'insegnamento lo avrebbe tenuto a contatto coi giovani e con l'arte, e questo era il mondo in cui si sentiva a suo agio.
Prima di ritornare ad Avignone chiamò Pauline e la invitò a cena con la sua amica, non aveva voglia di cenare da solo. Pauline accettò, ma scelse lei il posto, a la Sou'Pape, in rue de la Grande Fusterie, dove facevano anche piatti vegetariani. Inoltre gli ingiunse di non parlare assolutamente dell'indagine, ma di presentarsi come un conoscente (mi raccomando, non un amico,

dato che non ci conosciamo affatto) che era venuto con lei ad Avignone per turismo. A questi patti accettò.
Erano solo le sei di sera. Matt controllò che il palazzo dei Papi chiudeva alle sette, perciò si precipito per una visita rapida, già che era lì sarebbe stato assurdo non approfittarne. Ammirò la grandiosità dell'edificio gotico, ma aveva nell'animo l'eco del paesaggio fuori dal mondo di Vaucluse e visitò la reggia distrattamente.
Rientrò in hotel, si fece una doccia e si cambiò, indossò pantaloni neri e una camicia grigia con sopra una giacca di pelle. Il posto scelto era a dieci minuti dall'hotel, Matt percorse le strade del centro città, con palazzi bianchi o in pietra chiara. Avignone gli parve luminosa negli ultimi raggi rosati della sera. Forse la Provenza era tutta così, certamente la luce faceva parte del paesaggio. Non c'era da stupirsi che molti pittori, a cominciare da Monet, e poi Gauguin e Van Gogh, avessero cercato quei luoghi.
La Sou'pape era una trattoria in un edificio a tre piani di un bianco sporco, come il resto della via. Mentre a Parigi i palazzi di sette od otto piani disegnavano i grandi viali della città, qui le case erano più basse, di rado superavano i quattro piani. E questo aspetto contribuiva a creare un'atmosfera placida, una calma sospensione.
Le ragazze arrivarono dopo due minuti. Pauline spiccava con una giacca rossa su jeans strappati, l'amica, Louise, una ragazza alta quasi come Matt, magra e con lunghi capelli lisci e castani, aveva una mise romantica: gonna lunga, azzurra con fiorellini bianchi e una giacca di pelle beige. Entrambe le ragazze avevano scarpe da ginnastica.
Quando Louise vide Matt restò colpita, Pauline non gli aveva detto che fosse così bello. - Ma è un figo pazzesco - sussurrò all'amica, dandole una gomitata. Pauline scrollò la testa.
- Però è antipatico.

- Ah ah! Allora ti piace!
Pauline alzò gli occhi al cielo.
Il locale dentro era moderno e semplice, quasi spartano. Le ragazze ordinarono cous cous con verdure, mentre Matt prese un potage e un'entrecôte con patate fritte.
Louise non riusciva a togliere gli occhi da Matt e gli chiedeva come mai lui, inglese, avesse dei ricci così mediterranei. Matt spiegò che sua madre era veneta, al che la ragazza si entusiasmò ancora di più e volle sapere ogni particolare della sua vita. Matt, dato che non poteva dire di essere un detective, si trovò in imbarazzo, ma poi risolse dicendo che faceva l'architetto come i suoi genitori. Allora Louise gli parò del lavoro di restauro di cui si stavano occupando lei e Pauline. Descrivendo il suo lavoro anche Pauline si animò. Stavano partecipando al restauro della cappella di San Marziale, nel palazzo dei Papi. Era il luogo dove si riunivano i cardinali durante il conclave ed era stata affrescata da Matteo Giovannetti nel 1344. Pauline era esaltata dalla modernità dell'opera e dalle innovative scelte prospettiche. Spiegò a Matt che gli affreschi raccontavano la vita di San Marziale, venuto ad evangelizzare la terra del Limosino per ordine di San Pietro, di cui era parente. Pauline era affascinata dalla vivacità dei colori, e dall'approfondimento psicologico dei volti dei personaggi. Secondo il suo parere questi dipinti non erano da meno di quelli Giotto. E da qui iniziò una lunghissima discussione che terminò davanti a casa loro, dove Matt le aveva accompagnate.
Tornato in hotel, Owen pensò che quel giorno non aveva dedicato un minuto all'indagine, quindi teoricamente non avrebbe dovuto farselo pagare nella diaria. Era stato un giorno di vacanza. Mandò un enigmatico sms a Melania: "oggi non mi pagare".

Melania fu svegliata dal bip del messaggio, lo lesse, si chiese che volesse dire, era l'una di notte, sbuffò, si girò verso il muro e si riaddormentò.
Al mattino dopo si trovarono puntali alle nove all'auto. Erano appena partiti, quando passarono davanti al ponte di Avignone.
- Ah, non l'ho visto ieri! Possiamo fermarci cinque minuti? Ti prego!
- Solo se trovo da lasciare la macchina, se no ti accontenterai di guardarlo da qui.
La sera prima i due erano passati a un più confidenziale tu, ma Pauline continuava ad essere sospettosa e scontrosa nei suoi confronti.
L'acqua, verde e scura, scivolava lenta sotto le grosse arcate. Matt Owen si sporgeva dalla ringhiera per guardare il fiume che scorreva placido. Il ponte si fermava a tre quarti dalla riva opposta, come un'idea sospesa. Pauline gli aveva spiegato le varie traversie che ne avevano bloccato la ricostruzione, eppure a Owen pareva una presenza inquietante e metaforica, allo stesso tempo, una torre di babele galleggiante, una delle tante opere incompiute che rimangono un punto interrogativo nel nostro immaginario.
Si stava volgendo verso Pauline per chiederle qualcosa quando gli comparve una lucina rossa sul braccio, che lo fece chinare di scatto. Sentì il rumore di un colpo di fucile, mentre un proiettile faceva schizzare via del pietrisco dal pavimento in pietra. Qualcuno gli stava sparando. Matt non era neanche riuscito a formulare per intero il pensiero, che già con un gran salto dalla ringhiera si era buttato in acqua.
L'impatto fu gelido, Matt si sentì morire, il suo peso lo spinse giù, mentre la corrente lo trascinava in avanti. Scalciò via le alghe che si attorcigliavano alle gambe,

perdendo una scarpa, e tornò in superficie. Annaspò e sputacchiò l'acqua, il freddo gli indolenziva le braccia. Sentì delle urla, gente che correva, si fece forza e con grandi bracciate cominciò a nuotare di traverso alla corrente, cercando di dirigersi verso la riva da cui erano partiti. Doveva andare via da lì. Giunse alla riva senza fiato. Pauline gli era corsa incontro e gli rovesciò addosso mille parole: - Sei impazzito? cosa è successo? la gente ha chiamato un'ambulanza!
Matt l'afferrò per un braccio e, gocciolante com'era, la trascinò verso l'auto parcheggiata sulla strada, urlando: - Let's go! Let's go! - dimenticando di parlare in francese, come avevano ripreso dalla sera prima.
Pauline aprì l'auto e si mise al posto di guida, Matt si accasciò bagnato sul sedile a fianco, e solo dopo averla fatta partire, parlò. Sentirono le sirene che si stava avvicinando, forse qualcuno aveva chiamato anche la polizia.
- Mi hanno sparato contro, dobbiamo andare via di qui, lasciare Avignone… mi stai ascoltando?
Pauline guidava spaventata e asseriva con la testa, ma a Matt sembrava che non stesse capendo. Riusciva solo a ripetere: - Stai bagnando il sedile, mi rovini la macchina. Sei tutto bagnato.
Erano entrati di corsa in autostrada, Pauline ripeteva: - Sei tutto bagnato, mi rovini l'auto.
Alla prima piazzola Matt urlò: - Ferma!
Scese dall'auto, prese il trolley e tirò fuori dei vestiti asciutti. Pauline era rimasta con le mani attaccate sul volante.
- Guarda che mi spoglio nudo, esci.
Pauline si precipitò fuori dall'abitacolo, mentre Matt contorcendosi come una sardina riusciva a togliersi tutti gli indumenti e a infilarsi roba pulita, compresa la scarpa.

Sostituì l'unica Nike rimasta con un paio di grossi anfibi, si mise i pantaloni e la t-shirt del giorno prima, poi prese un asciugamano e cercò di tamponare le macchie di bagnato del sedile. Infine stese due camicie sopra l'asciugamano per non bagnarsi di nuovo.
Pauline era rimasta attaccata alla portiera dell'auto. Aveva cercato di accendersi una sigaretta, ma le tremavano le mani.
Matt andò da lei, le appoggiò le mani sulle spalle, le alzò il viso verso di sé, le fece una carezza, poi le accese la sigaretta e gliela mise fra le labbra. Intanto le parlava.
- Calma, calma, non è successo niente di grave. Adesso mi sono cambiato e non ti bagno più il sedile. Magari è stata una mia impressione.
- Una tua impressione? - gridò lei - Una tua impressione? E ti sei buttato nel Rodano per un'impressione? Mi hai bagnato tutto il sedile per un'impressione? Sei un matto? E io che ti ho dato un passaggio? E io che ti ho creduto! - cominciò a girare intorno all'auto urlando e imprecando contro di lui - Me lo sentivo io, me lo sentivo, ma no a essere gentili, guarda in che guai capiti.
Matt la bloccò di nuovo con una mano.
- Ascoltami. Fermati un attimo. Mentre ero sul ponte ho visto la luce di un fucile di precisione su di me… sai il puntino rosso… e poi c'è stato lo sparo.
- Come nei film?
- Sì proprio come nei film, poi ho sentito il colpo, ha fatto saltare delle pietre dalla pavimentazione del ponte. Penso che mirassero a me, ma non ne sono sicuro.
- Ti hanno sparato! ti hanno sparato! Allora siamo in pericolo! Non dovremmo andare alla polizia?
- No, assolutamente, non sappiamo niente di certo e loro ci farebbero perdere tempo prezioso.
- Perché? Abbiamo fretta?

- Certo, tu devi andare dai tuoi e io non posso perdere tempo. Ho un'indagine da portare avanti e la polizia ci bloccherebbe.
- Tu sei un pazzo e un pericolo pubblico, ecco cosa succede a dare passaggi agli sconosciuti! Ah e io che ti ho preso su! E adesso? Adesso? - continuava ad urlare Pauline, sempre più agitata.
Matt tirò fuori di nuovo il suo tesserino di detective, che per fortuna era rimasto nel trolley e non era caduto nel fiume.
- Guarda, sono un detective privato, non sono un criminale. Sto facendo un'indagine.
- Ah, e allora è normale che ti sparino addosso?
- No, però… - in quel momento Matt si rese conto che qualcuno avrebbe potuto seguirlo tramite il cellulare! Ma ora il suo telefono era caduto nel fiume con lui ed era inservibile, nessuno avrebbe potuto più seguirlo. Ne avrebbe preso uno nuovo e avrebbe comunicato il numero solo a Melania.
- Adesso vedrai che non ci seguirà più nessuno.
- E come fai ad esserne sicuro?
- Il cellulare, potevano seguirmi solo tramite quello e guarda… è morto, finito. Anzi alla prima stazione di servizio ne devo comprare uno nuovo. Vieni ripartiamo verso Mentone.
Pauline era incerta, arrabbiata e spaventata. Ma Matt sembrava così rassicurante in quel momento, e poi, doveva ammetterlo, era così bello da sembrare anche sincero. Pauline voleva credergli.
Entrati in auto anche Matt si accese una sigaretta, Pauline lo guardò storto.
- Veramente non vorrei che si fumasse in auto.
- Sono appena uscito dalla corrente del Rodano. Butto fuori il fumo - E aprì il finestrino.

- Ora che ti sei ripreso vuoi avere la gentilezza di spiegarmi cosa succede? Chi ti ha sparato? perché? Siamo in pericolo?
- Calma calma, una domanda per volta. Non so chi mi ha sparato, né perché, non so neanche chi possa sapere che siamo qua. Devo cercare di ricordare quante persone lo sapevano. Ma penso di non sbagliarmi...qualcuno non vuole che continui questa indagane, vuol dire che sono sulla strada giusta...
- Ma se non hai trovato ancora niente!
- Noi lo sappiamo, ma forse chi ce lo vuole impedire non lo sa... e comunque ci vuole spaventare.
- Per quanto mi riguarda ci sono riusciti in pieno!
- Sei pentita di esserti offerta di aiutarmi? Ti sto esponendo a rischi inutili... è meglio che io continui da solo.
Pauline si voltò a guardarlo: lo vide preoccupato, coi capelli bagnati sulle spalle, gli occhi che la fissavano ansioso.
- Non lo so. Dunque... mi vieni a cercare per trovare un quadro rubato e dopo due giorni già ci sparano addosso, tu ti salvi buttandoti nel Rodano e poi noi scappiamo come due criminali. Non mi sembra un grande inizio. Ma ti ho promesso che ti avrei fatto parlare con mia nonna e io di solito mantengo la parola data. Non fosse altro che per toglierti quella ridicola idea sul mio bisnonno falsario.
Vide che Matt si voltava indietro e allarmata chiese:
- Ci stanno seguendo?
- No, non vedo nessuna auto dietro che possa seguirci. Ci sono solo dei camion. Poi veramente nessuno sa che stiamo andando a Mentone.
Pauline rimase concentrata sulla guida. Matt taceva. Lei lo guardò: si era addormentato. Dopo il tuffo nel fiume,

l'acqua gelida, la corsa in auto, aveva avuto un calo di adrenalina e si era sentito esausto. La ragazza lo osservava dormire. Le tornarono in mente le parole della sua amica Louise: - Ma sei fuori, io un bocconcino così non me lo farei scappare! - In effetti aveva un fisico da atleta, alto, con spalle larghe, e poi quei riccioli castani e le grandi sopracciglia scure, il naso greco e le labbra piene. Aveva solo il grosso difetto di cacciarsi nei guai, a quanto pareva. Difetto brutto, bruttissimo.
Dopo due ore si fermò in un'area di servizio. Matt si svegliò e scesero insieme. Matt acquistò un cellulare e inviò il nuovo numero a Melania, raccomandandole di non dare il suo numero a nessuno.
Nel luogo di ristoro ordinarono lei una Cesar salad, lui invece un doppio hamburger con patate fritte.
- Sono affamato.
- Dopo quel tuffo ci credo. Sicuro che non ti sei fatto niente?
- No, niente, solo freddo e paura.
- E adesso che farai?
- Vengo con te a Mentone, parlo con tua nonna, poi si vedrà.
- Sei ancora sicuro che mio nonno sia il falsario? E poi se anche fosse, questa notizia in che modo ti porterebbe al quadro?
- Guarda ci ho pensato parecchio, potrebbe essere che il vecchio mister Baker avesse bisogno di soldi, che so? Per la sua attività. Aveva una modesta ditta di scarpe, poi improvvisamente negli anni sessanta ha cominciato ad ingranare, le sue scarpe si vendevano in tutta l'Inghilterra. Dove ha preso il capitale per finanziarsi? Potrebbe aver venduto il quadro a un collezionista, ma per non farlo sapere alla sua famiglia si è fatto fare una copia da uno bravissimo. E però non l'ha detto a

nessuno e per questo non ha mai voluto mettere in vendita il quadro.
- Ok fin qui ti seguo. Ma cosa speri di trovare fra le cose di mio nonno?
- Be', intanto verificare che sia stato un falsario, l'allievo di Han van Meegeren, già sarebbe un passo avanti. Poi non so, vedremo.
- Uhmm, qui vai già nel fantastico. Non ho mai visto la roba del mio bisnonno, ricordo vagamente solo un cavalletto e delle tele buttati da qualche parte. Però da qui ad arrivare al quadro rubato c'è un mare.
- Ammesso che trovassimo qualcosa, potremmo risalire al compratore del quadro autentico.
- E allora?
- Non so, ma ho l'impressione che il ladro pensasse di prendere la vera tela di Giorgione, infatti non ha esitato ad uccidere due persone. Ma poi, una volta accortosi dell'errore, stia ancora cercando il quadro vero.
- Noi saremmo in corsa con l'assassino? Ma sei sicuro? Come fai a sostenerlo?
Qui Matt le raccontò di madame Geneviève. Pauline si spaventò moltissimo.
- Dunque l'assassino ti sta seguendo?
- Non è detto.
- Dici questo per tranquillizzarmi, ad Avignone c'eri solo tu, legato al caso.
- Si. È vero. Però nessuno, ti dico nessuno, sa che stiamo andando a Mentone.
- Ma ti hanno visto con me, sapranno chi sono e dove abito. Hai messo in pericolo la mia famiglia.
- No, non credo… mi spiace, non pensavo che le cose prendessero questa piega.
- Tu sei un uomo pericoloso, non dovevo darti ascolto fin dalla prima sera. E adesso?

- Senti l'unica è allontanare il pericolo da te e dai tuoi. Nessuno ci ha seguito da Avignone, prima arriviamo a Mentone, prima parlo con tua nonna e prima esco dalla tua vita.
Pauline non rispose, finì la sua insalata. Poi si alzò e disse solo: - Andiamo.
In realtà pensava che fino a quando Matt fosse stato con lei forse era meno in pericolo che da solo, riteneva difficile che il killer fosse disposto ad ammazzare una intera famiglia. In questo caso le donne avrebbero fatto da riparo ad un uomo.
Ripartì decisa e rimase a rimuginare per gli altri duecento km. Anche Matt taceva, guardava il luminoso paesaggio provenzale scorrergli davanti agli occhi e intanto rifletteva su ciò che aveva appena detto a Pauline. La sua ipotesi poteva essere esatta. Se invece il quadro, come tutti sostenevano, non era un falso, lui aveva buttato via giorni preziosi per rintracciarlo e tutta l'indagine sarebbe andata a puttane.

10. Mentone

Ma con la morte del re le mie sciagure erano appena cominciate. Nella notte fra il 13 e il 14 novembre ci fu una sollevazione nell'isola, contro Venezia e i veneziani. Uomini crudelissimi, come l'arcivescovo Fabricies e Rizzo di Marino, penetrarono con una orribile turba nelle mie stanze e fecero a pezzi dua uomini, il povero Paolo Zappa di Nicosia e il medico di corte. Ormai ero loro prigioniera, io e il mio bambino. Mio zio Andrea e suo nipote Carlo Bembo, si precipitorno al palazzo per portarmi a salvamento, ma, trovando le porte chiuse, provarno di scavalcare la palizzata e il fossato, ma furono afferrati da una turba feroce siccome belve che li prese, li uccise, li spogliò delle loro vesti e, come fussero duo cani, gettò li loro corpi nel fossato.

La casa della madre di Pauline era una graziosa villetta in collina. Nel frontone c'era scritto 1929. E in effetti la villetta, gialla, su due piani, era in semplice stile liberty.

Sotto si stendeva un giardino a gradoni e in fondo una dépendance, era stata allestita come camera degli ospiti. La madre di Pauline li accolse con un abbraccio, era una donna bella, più scura della figlia e con corti capelli ricci, aveva un bel portamento fiero. La nonna, una signora bionda, con i capelli raccolti in una piccola coda, occhi azzurri contornati da un leggero reticolo di rughe, avrà avuto meno di settanta anni. Indossava una maglia beige su pantaloni marroni. Strinse con vigore la mano di Matt e gli sorrise. Era sicuramente la suocera, la nonna paterna di Pauline.
La casa era arredata in stile provenzale, con mobili chiari che contrastavano con le travi scure del soffitto. Nella sala c'erano due divani a fiori, una credenza e una piattaia con grandi piatti di ceramica decorata a frutti e fiori. Tendine all'uncinetto e una tovaglietta di lino ricamata su un tavolo basso in mezzo alla stanza, nonché un vago odore di lavanda, suggerivano un'esistenza quieta e attenta ai particolari.
Pauline accompagnò Matt nella sua stanza nella dependance. C'era una grande vetrata. Matt si affacciò e rimase deluso, non si vedeva il mare.
- Mia madre ha già preparato la cena, perciò sbrigati. Le parleremo dopo.
- Aspetta un attimo - la fermò Matt mentre le porgeva i vestiti bagnati, che non aveva rimesso in valigia, ma gettato sul fondo del portapacchi - Avete una lavatrice in casa? Vorrei pulire questi, non è che ho tanta roba dietro.
- Abbiamo lavatrice e asciugatrice, i tuoi vestiti saranno pronti in un'ora. Ancora non ci credo che ti sei buttato nel Rodano. E'successo così in fretta che se non ci fossero questi vestiti direi che è stato un sogno, un incubo meglio. Senti, a proposito, non so come intendi

affrontare il discorso, ma quello che è successo oggi non lo devi dire, non ti sognare neanche per un memento di raccontare che ti hanno sparato contro. Ah, in che pasticcio mi sono cacciata!
- Non ti preoccupare, non voglio sconvolgere la tua famiglia. Ci ho pensato mentre ero in macchina. Non c'è bisogno che raccontiamo tutti i particolari di questa vicenda.
- Uh - rispose Pauline sedendosi sul bracciolo dell'unica poltrona della stanza e guardando il fagotto di vestiti bagnati che aveva in mano - Non lo so, le mie donne non sono mica stupide, se diciamo delle balle se ne accorgeranno e magari chissà cosa penseranno. Forse, dopotutto, è meglio dire tutta la verità, così se mia nonna sa qualcosa può aiutarti.
- Come vuoi, se ci ripensi mandami un messaggio.
Matt era rimasto colpito dalla serenità che emanava da quella casa, col suo giardino a gradoni e il profumo intenso di erbe aromatiche. Dubitava che in quel luogo avesse potuto vivere un falsario, anche se non aveva senso.
Scrisse a Melania: "Sto continuando le ricerche in quella direzione, ma ho molti dubbi al riguardo. Sono successe varie cose che non ti posso dire per ora. Potresti aver ragione tu comunque. Se puoi continua a cercare qualche indizio su Caterina, Giorgione e il significato simbolico del quadro. Baci"
Quando risalì verso la casa padronale voltò lungo il vialetto di accesso, ma anche da lì non si vedeva il mare.
Le donne avevano apparecchiato in una grande cucina, tutta bianca, con maioliche colorate alle pareti.
Su una tovaglia rossa a quadri spiccavano vari piatti, tutti rigorosamente vegetariani. Una grande insalata, una

zuppiera col potage fumante, un piatto con asparagi e uova sode e un altro con cous cous e verdure cotte.
La nonna aprì una bottiglia di vino rosso, poi disse a Matt: -Mi chiami Marie, la prego.
Appena seduti la madre chiese a Pauline come stava e come procedeva la tesi. Matt si sentiva piuttosto imbarazzato.
- Questa casa è bellissima – disse - mi piace, il luogo qui in collina, l'esterno liberty, e anche l'arredamento, ne avete fatto un gioiellino. Sembra una casa da favola. L'unico neo, se mi posso permettere, è che non si vede il mare. Ma per il resto è fantastica.
- Ah - saltò su Adèle, la madre di Pauline - lei dice fantastica! Questa casa per noi è diventata una prigione.
- Mamma non vorrai raccontare tutta la storia?
- Perché no, sono contenta che al signor Owen piaccia questo posto, però non potrei sopportare, per amore del vero, che se ne andasse con delle idee sbagliate. Lei saprà che mio marito è morto due anni fa.
- Sì, Pauline me l'ha detto, un incidente.
- Purtroppo. Era un uomo sanissimo, avrebbe potuto campare cento anni. Comunque guardi da allora i nostri amabili vicini ci hanno fatto una guerra tremenda.
- E perché?
- Per pura cattiveria, per razzismo. Sa come mi chiamano: l'eritrea.
Si alzò dal tavolo e scostò le tende dalla finestra per mostrare il retro della casa. Dietro la graziosa palazzina c'erano tre orrendi casermoni marroni, tre lunghe stecche che deturpavano l'amenità della collina.
- Vede i nostri vicini abitano li.
- E cos'hanno contro di voi?

- Da quando è morto mio marito hanno scoperto che io non avrei diritto ad usare la strada che porta alla casa. Guardi.
Matt si alzò e andò alla finestra.
- Vede ci sono due strade per entrare in casa nostra, la prima è laggiù in fondo al giardino, saranno 50 metri più in basso, c'è l'entrata proprio sulla strada provinciale, ma non c'è posto per l'auto. Invece quassù - e mostrò un posto macchina sotto un filare di glicini in fiore - c'è il posto per l'auto e inoltre quando noi arriviamo cariche con la spesa è faticoso portare i pacchi fin qui. Inoltre io poi non saprei dove mettere l'auto, dovrei affittare un garage da un'altra parte. Insomma secondo loro io non ho il diritto di fare in macchina questi trecento metri.
- Ma è assurdo - esclamò Matt mentre tornavano al tavolo - Non capisco però perché dice la casa è diventata una prigione.
- Fino a quando c'era mio marito non avevamo avuto nessun problema, anzi lui aveva curato anche molti dei loro animali. Ma adesso gli dà fastidio che un'eritrea, una nera, abiti davanti a loro, che usi la loro strada.
- Pensi - continuò la nonna - che ci hanno fatto causa e allora noi, pensando che volessero solo farsi rimborsare le spese di manutenzione della strada, abbiamo offerto diecimila euro. Ma quelli non hanno accettato, ed è ormai un anno che aspettiamo la sentenza del giudice.
- In questo anno ci siamo completamente disamorate di questo luogo che a lei sembra così fatato. Vorremmo vendere la casa e trasferirci a Parigi, vicino a Pauline. E anche a tutti i miei parenti. Mio padre e mia madre hanno un negozio di alimentari a Belleville, e là ho due sorelle e un fratello, qui siamo sole e isolate.
- Già - riprese la nonna - anche se ho vissuto qui tanti anni da quando non ci sono più mio marito e mio figlio,

questo posto mi è indifferente. Anche io ho un fratello e vari cugini a Parigi. E poi là c'è la mia nipotina! - aggiunse la nonna sorridendo a Pauline.
- Sì, ma perché una prigione? Non potete vendere e andare? Forse lei Adèle non può trasferirsi col suo lavoro?
- No, no, il lavoro non c'entra, insegno alle elementari, posso andare dovunque in Francia, è che con una causa pendente non riusciamo a vendere. E coi tempi della giustizia, chissà quanto ci vorrà per concludere la causa.
- La gente certe volte è cattiva gratuitamente. La capisco.
- Ma abbiamo parlato troppo di noi mi dica di lei, è qui in vacanza o per lavoro?
Qui saltò su Pauline.
- Mamma, nonna, non siamo qui in vacanza, Matt è un detective privato e viene da Londra. Sta indagando su un furto famoso, il quadro di Giorgione che è stato rubato due settimane fa.
- Sì - disse la madre - Ho letto sui giornali, è una cosa molto interessante, ma come mai è giunto fino qui a Mentone?
- Ecco - intervenne Matt - da alcune soffiate che ho avuto è maturato il sospetto che il quadro rubato fosse un falso e, per una serie di indizi, il falsario che l'ha fatto potrebbe essere il bisnonno di Pauline.
Le due donne spalancarono gli occhi.
- Chi? Nonno Jaques, ma è sicuro?
- No, non lo sono affatto, sono venuto fin qui per verificare.
E Matt raccontò loro la storia di Han van Meegeren, e di come fosse andato ad Amsterdam e avesse trovato il nome di La Guèpe fra i testimoni.
- Il padre di mio marito era un pittore, questo sì, ma un falsario, e poi di quel livello? Non so proprio. Io e

George ci siamo sposati nel 1973, a quel tempo suo padre lavorava ancora, ma le assicuro che dipingeva soprattutto ritratti o paesaggi. L'unica cosa che posso dirle è che gli affari gli andavano bene, viveva in una certa agiatezza, questa casa l'ha comprata lui nel 1951, quando è nato mio marito. Io personalmente non l'ho mai visto dipingere falsi! Però noi allora vivevamo a Marsiglia. Mio suocero è morto nel 1993. Dopo ci siamo trasferiti qui. Mio marito faceva il veterinario, come mio figlio Jaques: si chiamava come il nonno.
Qui si fermò con un sospiro. Morti tutti gli uomini di famiglia, Pauline glielo aveva già raccontato: il nonno di un tumore, il padre in un incidente stradale. Le tre donne erano unite da un affetto profondo e da un grande dolore. Madre, moglie, figlia avevano la stessa espressione dolente, ma indomita.
La nonna si alzò e prese dalla credenza dei biscottini al cioccolato e una bottiglia di limoncello.
- Mi auguro voglia assaggiarlo, lo facciamo noi, coi nostri limoni. Matt lo assaggiò e gli si diffuse nella bocca e nel naso il sapore e l'aroma dei limoni.
- E' buonissimo! E non pensate che vi mancherà tutto questo?
- Sono ventiquattro anni che faccio marmellate e limoncello, poso tranquillamente cambiare e godermi Parigi. Io sono nata lì e ci ho vissuto da ragazza, prima di sposarmi, mi farebbe piacere ritornarci. E, se vuole saperlo, non mi mancherà neanche il mare. Noti bene, io adoro il mare, e penso che d'estate torneremo da queste parti, ma anche io desidero dare una svolta alle nostre vite. E poi, come ha notato lei, da qui il mare non si vede.
Matt era impressionato dalla determinazione di quelle donne. Chissà se potevano davvero aiutarlo?

- Dunque - riprese la nonna - lei vorrà vedere le cose del nonno. C'è qualcosa in cantina e qualche quadro anche nel ripostiglio giù alla dependance. Venga che le mostro.
Mentre Pauline e la madre restavano in cucina a rigovernare, Matt scese in cantina con la nonna Marie.

11. Londra

Mio carissimo amico, quando ripenso a quei giorni io mi chiedo come Iddio Onnipotente non mi abbia tolto il senno o la vita, e abbia permesso che io rimanessi in vita, imperocchè dopo tanto orrore io poteva anche perdere lo lume della ragione. Ma Iddio ebbe grandissima pietà di me e per la sua misericordia mi concesse ancora la dolcezza e la pace di Asolo. Le lacrime mi rigano il volto e le mie mani tremano se penso che gli orrori di quella notte non sono finiti: mi strapparono il bimbo dalla culla e lo diedero a quell'orribile vecchia, Marietta di Patrasso, e allora sì che io firmai le carte, e scrissi a Venezia che la colpa era del mio amatissimo zio e di suo nipote, che avevano sollevato il popolo, coprendo così la loro terribile morte anche di disonore. E solo così potei riavere il mio bambino.

Appena Melania ricevette il messaggio di Matt gongolò intimamente. Ecco com'era lui: a volte pretenzioso e indifferente e altre volte attento e premuroso e pronto a prendere in considerazione i pareri di lei. In realtà Melania trovava mille scuse per giustificare qualsiasi comportamento di Matt e, benché cento volte al giorno si ripetesse che era una storia impossibile e che lui non l'avrebbe mai presa in considerazione in quel senso, non poteva fare a meno di amarlo.
Aveva visto centinaia di volte la scena del film "Quattro matrimoni e un funerale" quando Fiona, Kristin Scott Thomas, confessa a Charles, Hug Grant, di averlo sempre amato, senza speranza. E poi, con un sospiro, ammette che l'amicizia è meglio di niente. E questo si ripeteva ogni santo giorno anche Melania. Quel film l'aveva visto persino una volta con Matt, ma a lui quella scena era scivolata sopra come acqua fresca, mentre si commuoveva sempre ai versi di Auden per l'amico morto. Anche questa volta il messaggio di Matt la fece sciogliere e si mise subito a continuare le ricerche.
Cominciò dal quadro originale, ora al Kunsthistorisches Museum di Vienna. Come gli altri non era firmato, la prima notizia del quadro l'aveva data quel famoso Marcantonio Michiel, un collezionista d'arte veneziano, vissuto fra il 1484 e il 1552, che oltre ad aver raccolto una pregevole collezione di opere, stilò un manoscritto "Notizia d'opere da disegno", in cui descriveva pitture e sculture delle più ricche famiglie del Veneto e della Lombardia. Il manoscritto, adespota e anepigrafo, si trova alla Biblioteca Marciana a Venezia ed è composto da fogli sciolti, scritto con inchiostri diversi, fra il 1521 e il 1543. Esso venne poi pubblicato nel 1800 dall'abate Morelli, bibliotecario della Marciana, che non ne aveva individuato l'autore, e perciò il libro venne denominato

"anonimo morelliano". Daniele Francesconi ricostruì la sua appartenenza al Michiel nel 1864. Roberto Longhi considerava il Michiel il patriarca dei conoscitori italiani. Dunque questi riportava a proposito del quadro, eseguito per Taddeo Contarini, che "la tela a oglio delli tre philosophi nel paese, due ritti et uno sendado che contempla i raggi solari con quel saxo pinto così mirabilmente, fu cominciata da Zorzo da Castelfranco et finita da Sebastiano Vinitiano."

Il dipinto, complessivamente, aveva avuto una storia lineare: nel 1636 era nelle mani di Bartolomeo della Nave, a Venezia, fu poi venduto nel 1638 a un certo lord Hamilton, venne poi acquistato da Leopoldo Guglielmo d'Austria nel 1649, e da allora è rimasto nelle raccolte asburgiche.

La composizione è abbastanza semplice: ci sono tre personaggi, due in piedi e uno seduto, a destra, e a sinistra incombe un'oscura rupe, di stile leonardesco. Dietro vi è un villaggio immerso nel verde, dove il sole è appena tramontato e si intravvedono le colline nella foschia azzurrina.

I tre personaggi sono stati variamente interpretati. Il più vecchio tiene tra le mani un foglio con la scritta *celus*, pieno di calcoli matematici. Il giovane invece regge un foglio e un compasso nella mano destra e una squadra in quella sinistra. Il primo personaggio dunque rappresenterebbe l'astronomia e il terzo il calcolo matematico. Secondo alcuni i tre sapienti sarebbero un riferimento agli interessi del Contarini stesso.

Altri invece vi vedono i tre stadi del pensiero umano: il pensiero medievale, il vecchio, quello arabo, l'uomo col turbante, e l'umanesimo rinascimentale, il giovane. Per altri invece tre scienziati precisi: Claudio Tolomeo, il

vecchio, Muhammad ibn Jabir al-Harrani-al-Battani, il secondo e Niccolò Copernico il terzo.
C'erano ancora altre interpretazioni da esaminare. Salvatore Settis suppone che i tre siano astrologi che stanno studiando la luce di una stella, sarebbero quindi i magi, la grotta sarebbe quella dove si rifugiarono Adamo ed Eva, cacciati dal Paradiso terrestre, l'edera e il fico rappresenterebbero la Salvezza e il Peccato. Il giovane seduto sta scoprendo la stella, il vecchio ne spiega il significato astronomico e il terzo aggiunge un riferimento alla profezia di Balaam, un indovino di cui si parla nel libro dei Numeri.
Melania era colpita dalla complessità del significato del quadro e rimase ancora più impressionata quando lesse l'interpretazione di Augusto Gentili. Questi aveva analizzato i segni del foglio in mano al vecchio. In alto ci sono i numeri 1 5 e 4 che probabilmente indicano un anno specifico. Al di sotto si legge la parola CEL, che potrebbe essere celus o celum. Al centro della tabella c'è una sfera con il simbolo di Giove, più a destra una falce di luna seguita dalla lettera C. Il Gentili quindi deduce che si potrebbe fare riferimento alla grande congiunzione astrale di Saturno, Marte e Giove in Cancro, avvenuta proprio nel 1503-1504. Era una congiunzione particolarmente temuta dagli astrologi e Giorgione l'aveva già raffigurata nel fregio della pala di Castelfranco. La congiunzione dei pianeti maggiori era ritenuta sfavorevole, indice di squilibrio cosmico e apportatrice di sciagure, soprattutto se coincideva con altri fenomeni ritenuti nefasti, come l'eclissi di luna del febbraio 1504.
In fondo al foglio del vecchio vi è un sole, nella cui corolla sono scritti i numeri dall'uno al sette. Potrebbe trattarsi dell'Oroscopo delle religioni, cioè la teoria di un

percorso ciclico dell'umanità, attraverso sette età, collegate ai pianeti e alle grandi religioni. I cicli sono caratterizzati da un progressivo decadimento, fino alla catastrofe finale e alla rinascita in un nuovo ciclo.
La prima età, quella di Saturno, era progressivamente degradata per i costumi malvagi degli uomini, ed era stata azzerata dal diluvio universale. Alla fine dei tempi, quando Giove si congiungerà con la luna, ci sarà l'avvento dell'ultima età, quella dell'Anticristo.
Il vecchio riprende l'iconografia di un profeta ebreo, e infatti dalla radiografia risulta che Giorgione aveva dipinto sulla testa un diadema sacerdotale, e questo avvalorerebbe l'ipotesi che sia Mosè. L'uomo al centro è identificato come musulmano non solo dal turbante, ma anche dal gesto di tenere la mano sul ventre, che corrisponde al segno della Bilancia, dominato da Venere. Quindi si potrebbe effettivamente trattare di Maometto.
Se le prime due identificazioni possono essere avvalorate da questa teoria, non si può certo ritenere che il terzo personaggio sia Cristo, di cui non ha nessun elemento iconografico.
E' un giovane riccioluto, seduto per terra e volto verso una caverna buia. Sempre dalla radiografia si è scoperto che nella prima idea del pittore il giovane aveva un profilo aguzzo e un alto copricapo. Venendo dopo l'Islam non può che essere l'Anticristo, come pensavano gli astrologi, che vedevano nelle congiunzioni astrali del 1504 l'anno in cui sarebbe venuto, un negromante e falso profeta che avrebbe portato un'epoca di menzogna e corruzione, ma breve, come i moti della luna. L'iconografia dell'Anticristo si manifesta solitamente in due tipologie, nella prima il personaggio ha chiari caratteri luciferini, nella seconda è un bel giovane arrogante, con l'aria falsamente benevola, spesso con un

copricapo e i capelli ricci. Così lo rappresenta Dürer ne "Il martirio di San Sebastiano" e anche Simone Signorelli nella cattedrale di Orvieto.
Melania era stata così presa dalla sua ricerca che non si era accorta di quanto fosse tardi. Ormai non avrebbe più fatto in tempo a tornare a casa. Questa ultima interpretazione l'aveva affascinata e cominciava a pensare che forse la sua idea poteva essere giusta. C'era qualcosa nel significato del quadro che forse aveva potuto giustificarne un furto così efferato?
Uscì di corsa dall'ufficio, per fortuna aveva già indossato la sua giacca nuova al mattino, prese la metro a Gloucester e scese a South Kensington, poi si avviò di corsa per Cromwell road. Aveva appuntamento coi suoi amici Mark e Anastasia al museo di scienze per assistere alla conferenza di un famoso filosofo tedesco che si batteva per i problemi climatici.
La conferenza di Jürgen Mannemann aveva per titolo: "La vera catastrofe è lasciare che tutto continui come ora" e le premesse furono mantenute completamente. Melanie ascoltava angosciata i quadri terrificanti del futuro che l'oratore prospettava. Quando uscirono andarono in un pub a mangiare panini e patatine. Mark era un ragazzo basso, tendente ad ingrassare, con un inizio di calvizie. Molti anni prima aveva anche corteggiato Melania, ma lei guardandolo e paragonandolo a Matt pensava che proprio non c'era storia. Si sentiva lievemente meschina a preferire un ragazzo bello ad uno che aveva molte qualità intellettuali ed era gentile ed affidabile. Ma al cuore e agli occhi non si comanda, per fortuna lei gli aveva presentato la sua amica Anastasia, una biondina, bassa anche lei, con grandi occhi azzurri nascosti dietro grosse lenti. I due si erano capiti a meraviglia e ora nessuno ricordava il

passato, o almeno per tacito accordo sapevano che non ne valeva la pena.
Parlarono a lungo dei temi della conferenza, turbati e spaventati e si riproposero di stare ancora più attenti a che i loro comportamenti fossero ecologicamente corretti.
- Ecco, smettiamo di mangiare carne di manzo! - esclamò Anastasia.
- Sarebbe un bel colpo alla cucina inglese - ribatté Mark prima di dare un grosso morso al suo bacon burger.
- Già, eppure gli allevamenti di bovini hai sentito quanto inquinano, se tutti cominciassimo a diventare vegetariani…
- Ah per me non c'è problema - disse Melania scostando il suo panino e limitandosi a mangiare le patatine. Aveva trovato un'ottima scusa per non mangiare.
- Posso? - si affrettò a chiederle Mark, allungando le mani sul panino intonso.
- Ma certo, considerato che è l'ultimo!
Mark la guardò storto, mangiò anche il suo panino e deviò il discorso su altre misure necessarie per salvare il pianeta.
Solo ritornando in metro verso casa Melania ripensò a quanto aveva letto sul quadro di Giorgione. Avrebbe mandato il materiale a Matt, sicuramente gli sarebbe servito. Per le scale trovò come al solito una bottiglia di birra e varie cartacce. Raccolse ogni cosa e la buttò nei vari bidoni differenziati. Poi fece una doccia calda, diede da mangiare alla sua gatta e la coccolò un poco, come faceva ogni sera. Andò a letto, sperando di sognare Matt.

12. Mentone

Le vicende di poi voi le conoscete bene, come Venezia si sia vendicata mandando il provveditore Vettor Soranzo con dieci galee a restituire l'ordine. Egli catturò quasi tutti i congiurati e li fece impiccare, a parte purtroppo proprio Rizzo di Marino e Fabricies, imperocchè questi duo assassini riuscirono a scappare a Rodi coi sessantamila ducati della corona. Di poi Venezia riuscì sempre più ad allargare la sua tutela su Cipro, ma fu il destino crudele che mi tolse tutto. Il mio piccolo Giacomo, che avea sempre sofferto di febbri per l'insalubrità del luogo, si ammalò più gravemente e morì il giorno 26 agosto del 1474.

Io dovea ancora compiere vent'anni. In questa grande quantità di dolore e dispiacere che travolse la mia esistenza, posso dire che trassi molto conforto dai miei sudditi che io amavo e che mi ricambiavano. Ma dopo la morte del mio amatissimo figlio la mia condizione era ancora più precaria. La Repubblica decise che era tempo che io tornassi in patria e che Cipro diventasse un suo possedimento diretto.

In cantina Marie mostrò a Matt tre scatoloni polverosi dove erano contenuti ancora pennelli e colori di varie forme e dimensione. A lato, coperto dal cellophane, c'era un cavalletto e, dietro questo, avvolte in carta da giornale delle tele già preparate per l'uso.
- Questo materiale l'aveva conservato mio marito. Diceva che quando sarebbe andato in pensione si sarebbe dedicato all'hobby della pittura, ma non l'ha mai fatto. In realtà ha lavorato quasi fino a quando è morto. Si è ritirato a 68 anni e ci ha lasciato a 70, e in quei due anni i suoi ex clienti continuavano a chiamarlo, sa si fidavano solo di lui. Nostro figlio Jaques, che si chiamava come il nonno, ha ereditato poi la clientela del padre.
Owen osservò il materiale con attenzione, ma non trovò nulla di sospetto, anche i colori erano quelli attuali, non c'era nessuna polvere o preparato che La Guèpe potesse avere usato per falsificare così bene un dipinto del Cinquecento.
- Ma torniamo su, le mostrerò i quadri del nonno Jaques, così si potrà fare un'idea.
La nonna lo ricondusse su per le scale e gli fece fare un giro in tutta la casa. In effetti Matt non aveva notato che alle pareti c'erano solo quadri del nonno, oltre a qualche piatto di ceramica provenzale. Lungo le pareti delle scale e nelle due camere da letto al piano superiore, nello

studio e persino nel bagno, dove ammirò compiaciuto una marina, pensando che fosse adatta al luogo, era tutto un trionfo del pittore di famiglia. I dipinti non erano male, niente di originale, imitavano di fatto Monet e i suoi paesaggi, ma avevano una certa freschezza, forse anche questi erano stati effettivamente dipinti "en plein air".

- Abbiamo anche degli acquerelli e molti libri del bisnonno, ma questi sono nella dependance dove dorme lei, glieli mostrerà Pauline.

Pauline si era fatta una doccia e si era cambiata, aveva indossato un maglione bianco con scollo a v e una minigonna blu aderente. Ai piedi, invece dei soliti anfibi, indossava basse ballerine di pelle lucida. Le sue treccine odoravano di gelsomino.

Uscirono nel giardino. La notte era chiara, stellata. Anche se non si vedeva, Matt percepiva l'odore del mare. Quel posto lo incantava e non riusciva a capire come le due donne desiderassero trasferirsi a Parigi. Forse troppi ricordi dolorosi. O anche l'avere gente negativa intorno. Nella prima fascia del giardino erano coltivate le erbe aromatiche, Matt distingueva l'odore del rosmarino e della lavanda. Prima di scendere alla dependance chiese a Pauline di mostraglieli. Le erbe erano divise in tanti segmenti separati da file di sassi. Pauline gli mostrò il timo, la maggiorana, il basilico, la mentuccia, l'alloro, un piccolo alberello, la lavanda e il rosmarino, la salvia, il prezzemolo, l'origano, l'erba cipollina. Dalla parte opposta c'erano anche alcune erbe officinali, di cui sua nonna si prendeva grande cura. C'era dell'achillea, che stava già per fiorire, dell'assenzio, con le sue foglie argentee alla luce della notte, della bardana, coi caratteristici fiori a pennacchio rosa e varie altre. Pauline spiegò che sua nonna amava le erbe, ne

conosceva gli usi e le faceva seccare per farne infusi e decotti. Anche il padre e il nonno avevano usato le erbe in certe cure per gli animali.
Nella dependance, nella parte bassa, dove il tetto era spiovente, c'era un ripostiglio basso ma abbastanza grande da contenere due persone, in ginocchio però. Il ripostiglio era rivestito di maioliche in cui erano dipinte scene campestri.
Matt si intrufolò a fatica, oltre a stare in ginocchio doveva anche piegare la testa. Qui erano impilati i libri del bisnonno, Matt vide varie monografie di pittori, dal medioevo all'età moderna, più altri libri di storia dell'arte e di tecnica pittorica.
In varie cartelle di cartone, dai formati diversi, erano raccolti gli acquerelli del bisnonno.
Pauline prese la prima cartella, era la più grande, vi erano dei nudi di donna disegnati a carboncino. Erano degli studi classici e dimostravano una discreta perizia. Matt li osservava affascinato e, per la prima volta da quando l'aveva incontrata, notò che Pauline era veramente una bella ragazza. Erano così vicini, accoccolati sul pavimento del ripostiglio, che lui era inondato dal suo profumo di gelsomino. Dallo scollo del maglione poteva scorgere l'accenno del suo seno. L'osservò mentre era intenta a sfogliare i disegni, aveva mani piccole con uno smalto trasparente sulle unghie corte.
Pauline si sentì osservata e si volse verso Matt, erano così vicini che poteva vedere i pori della sua pelle. Matt l'attirò a sé e la baciò. Pauline era stupita, ma rispose al bacio. Da quando la sua amica Louise non aveva fatto altro che tesserle le lodi di Matt, aveva cominciato a guardarlo con altri occhi. Continuarono a baciarsi, mentre i disegni scivolavano tutti a terra. Il posto era

troppo angusto. Matt uscì e lei lo seguì. Rotolarono sul letto e si presero con passione.
La pelle di Pauline era scura e liscia come seta.
Dopo, rimasero a lungo abbracciati a parlare sommessamente.
- Oggi quando ti sei buttato nel Rodano, ho avuto uno shock, uno spavento tremendo, pensavo fossi morto… e ammattito, preso da un raptus di follia e morto!
- Eh, ma poi ti ho spiegato - rispose baciandola sul collo.
- Ah, infatti dirmi che ti avevano sparato... quello mi ha proprio tranquillizzata!
Matt continuava a baciarla sul viso, sugli occhi, sulle labbra. Si ripresero con più calma e più dolcezza, poi si addormentarono abbracciati.
Alle due Matt si svegliò. Aveva sete e voglia di fumare, si infilò i jeans e un maglione, si mise le scarpe, bevve un bicchiere d'acqua. Guardò Pauline che dormiva, il respiro leggero, la pelle ambrata che risaltava sul lenzuolo bianco. La paragonò a Jeanette, la psichiatra sudafricana che aveva conosciuto a Zanzibar. Una donna alta, con un grande corpo avvolgente, dalle forme sinuose: fare l'amore con lei era stato come penetrare nel cuore pulsante dell'Africa. Pauline era invece una gazzella, una giovane gazzella, che correva e saltellava nella vita con leggerezza. Stare con lei era come immergersi nelle acque di un ruscello. E poi, sui ricordi, prevalse lady Marion. Non riusciva a dimenticarla. Anche se la vista di lei col bambino l'aveva disamorato sul momento, ora che era lontano e stava con un'altra donna, non poteva non sentire lo struggimento dell'assenza di lei. Quella donna lo aveva legato in un modo che neanche lui si sapeva spiegare.
Uscì nel giardino lasciando la porta accostata. L'odore della notte era cambiato, più intenso, più carico di odori,

denso. Si percepiva persino un vago sentore di mare, che non si vedeva, ma ora nel silenzio, sotto il lucore delle stelle, là in fondo, oltre la collina, si intuiva.

Matt salì per due gradoni e tornò verso le erbe aromatiche, i loro effluvi gli riempivano i polmoni, era un'aria balsamica che gli dilatava gli alveoli. Quella casa gli piaceva moltissimo. Ma forse Marie e Adèle che avevano perso un figlio e un marito non la pensavano più così. Il peso dei ricordi poteva avere la forza di strapparle da quel luogo. D'altro canto lui non aveva pensato per molto meno, la Brexit, di lasciare Londra, la sua famiglia, il suo lavoro, i suoi amici? Si chiese se stesse prendendo la direzione giusta.

Rientrò nella dependance e si infilò nel piccolo sgabuzzino. Voleva comunque venire a capo di quella storia. Prese un'altra cartella di disegni: paesaggi, poi ancora studi su mani e braccia, ritratti a carboncino di varie persone, poi una cartella a matita blu con scene campestri, sotto ognuna delle quali era scritto un proverbio.

Matt li esaminò con attenzione: chat échaudé craint l'eau froide, recitava uno, sotto la scena di un gatto che fuggiva da un corso d'acqua; on ne jette de pierrre que à l'arbre chargé de fruit, diceva un altro, sotto un bell'albero di pere.

Vi erano anche proverbi sull'amore, con piccole figurine blu, che rimandavano al significato della frase. Femme rit quand elle peut, et pleure quand elle veut, era scritto sotto una graziosa contadina che si asciugava le lacrime con un fazzolettino.

Si alzò un attimo per sgranchirsi le gambe e mentre si risiedeva notò che le piastrelle dello sgabuzzino avevano gli stessi disegni dei fogli. Allora le osservò con più attenzione.

Dei venti disegni della cartella ne erano stati scelti solo cinque. Matt prese uno dei disegni e dietro scrisse tutti i proverbi delle piastrelle nell'ordine in cui erano in orizzontale.
Chat échaudé craint l'eau froid, L'arbre tombe toujours du côté ou il pend, On fait dire aux cloches tout ce qu'on veut, Ce que poulain prend en jeunesse, il le continue en vieillesse, Homme de paille vaut une femme d'or, L'encre d'un écolier est plus sacrée que le sang d'un martyr.
La scelta era strana, non erano solo scene campestri, non c'era un legame fra i proverbi.
Le piastrelle erano ripetute sempre nello stesso ordine, sia in orizzontale che in verticale.
Sul foglio scrisse le parole iniziali di ogni proverbio e risultò CLOCHL.
Poi si accorse che l'ultimo proverbio cominciava con la elle ma la prima parola era écrain, inchiostro, quindi una parola con la E.
Allora CLOCHE, campana!
E c'era anche il proverbio con la campana: on fait dire au cloches tout ce qu'on veut.
- Uhmm, allora vediamo cosa ci dicono queste campane!
Matt cominciò a battere con le nocche le piastrelle in vari punti, il suono risultava sempre lo stesso, aveva cominciato dall'alto verso il basso, stava attento a non superare una sola piastrella col disegno della campana.

Nella seconda parete finalmente dal tocco delle sue nocche rimbombò un suono sordo. Matt continuò a picchiare tutto intorno, lungo la linea delle altre piastrelle con campane e il rimbombo continuava a ripetersi.
Quel rumore aveva svegliato Pauline che, indossato solo il maglione bianco sulle mutandine, gli si era avvicinata.

- Che stai facendo?
- Forse ho trovato qualcosa. Senti? - e batté la mano su una piastrella che risuonò.
- Che facciamo? Pensi che possiamo rompere?
- Dovrei chiedere il permesso a mia nonna! Sono solo le due e mezza di notte.
- Allora vediamo cosa possiamo fare senza creare dei danni.
Matt si alzò e si recò nel piccolo angolo cottura della grande stanza. Lì prese due coltelli e tornò a incunearsi nel ripostiglio. Qui con grande attenzione cominciò a raschiare intorno alla piastrella con la campana che stava in mezzo alla parete. Poi provò a inserire la lama sotto, il collante era vecchio e si sgretolava facilmente, finalmente, con grande cautela, riuscì a staccare la formella dal muro. Dietro c'era solo una sottile parete di carton gesso. Matt ricominciò l'operazione con le piastrelle intorno, quando ne ebbe staccate quattro aveva già voglia di spaccare il muro ed entrare.
- Ci vorrebbe un piccone, qualcosa di adatto.
- C'è il capanno degli attrezzi là fuori.
Matt si precipitò e tornò con due picconi, uno piccolo da giardinaggio e uno più grande.
- Vuoi buttare giù la casa? Non ti sembra di esagerare?
- Proviamo prima con questo.
- Ma non dovremmo chiedere il permesso a mia nonna?
- Siamo qui per questo, non penso che lei se la prenderà. E poi sono le tre di notte, non credo sia giusto svegliarla. Noi abbiamo fretta, prima andiamo via da qui… prima risolviamo il caso - avrebbe voluto dire: prima allontaniamo il pericolo.
Pauline capì benissimo.
- Comunque hai ragione - ci ripensò Matt guardando la parete - non possiamo fare dei buchi senza chiedere il

permesso. Vado io, tu… rivestiti, metti un po' in ordine il letto, non vorrei che la nonna…
- Si facesse delle idee esatte? Pensi che non capisca lo stesso?
- No, beh, ma magari, è solo per… delicatezza.
- Ah, voi inglesi e il vostro ipocrita senso del pudore.
Matt andò a bussare nella casa. Le luci erano spente, le due donne sicuramente dormivano profondamente. Dopo qualche minuto, aprì la porta nonna Marie, infagottata in una vestaglia di pile blu, poi giunse anche la madre con un maglione giallo sui pantaloni del pigiama.
- Che succede?
- Scusate moltissimo il disturbo, ma forse abbiamo trovato qualcosa, solo che dovremmo rompere una parete. Vorremmo sapere se siete d'accordo. Sapete che è anche una questione di tempo, se no non vi avremmo svegliate
- Sì, sì, va bene, capisco che è un'emergenza, veniamo a vedere - rispose la nonna. I tre scesero verso la dependance.
Nella stanza Pauline aveva rimesso tutto a posto ma la madre le gettò un'occhiata interrogativa che Pauline fece finta di non vedere.
Marie si era precipitata nel ripostiglio dove Matt le stava già facendo vedere le piastrelle e gli schizzi e aveva cominciato a battere con le nocche contro la parete di destra.
- E' ora che il nonno Jaques ci sveli i suoi segreti.
Porse il piccone a Matt che colpì il muro, una due, tre volte e quello si ruppe.
Dietro c'era un altro piccolo locale, l'altra metà del ripostiglio, anche questo zeppo di fogli, tele grezze appoggiate al muro e scatole da scarpe impilate con

ordine. Matt prese la prima e dentro vi trovò, chiusi in barattoli di vetro, i vari pigmenti, con sopra l'etichetta coi nomi: bianco di zinco, bianco di titanio, giallo cadmio chiaro, ocra gialla, terra d'ambra naturale, rosso cadmio scuro e molti altri.
In quella seguente c'erano una quantità di lapislazzuli, e così nelle altre ancora pigmenti e boccettine con olio di lino, resine e quanto avrebbe potuto trovarsi nella bottega di Vermeer o di Caravaggio.
Lo spazio era troppo angusto per starci in quattro. La curiosità li divorava perciò fecero una catena e cominciarono a passarsi di mano in mano il contenuto del nascondiglio e nonna Marie, che era l'ultima, divideva gli oggetti per categorie: colori, disegni, appunti, tele e pennelli.
- Dunque il nonno era un falsario - concluse Pauline
- Già a quanto pare - aggiunse Adèle
- Dovremmo esaminare tutto per trovare tracce del Giorgione, gli altri quadri per ora non ci interessano. Qui ci sono quattro bloc notes pieni di appunti e schizzi. Io comincerei da questi. Ecco, uno a testa. - disse Matt.
- Allora io faccio il caffè - disse Adèle e mise su una grande caffettiera.
C'erano solo due poltroncine, Matt le lasciò alla nonna e ad Adèle, lui si sedette sul letto, imitato da Pauline. Dopo avere bevuto il caffè si immersero nella lettura. La sala sprofondò in un silenzio attento, interrotto solo di tanto in tanto da qualche esclamazione dell'uno o dell'altro.
- Ah però!
- Guarda qui!
- Incredibile.
E si mostravano uno schizzo o una frase di quel materiale veramente inaspettato.

I fogli che stava leggendo Matt riguardavano la preparazione dei colori. Vi si trovava il lungo studio di Han van Meegeren: il cinabro, minerale che contiene mercurio, gli dava il vermiglione; la terra di Siena bruciata (un composto di argilla bruciata, ossido di ferro idrato e biossido di manganese) gli dava il rosso vivo; il giallo l'otteneva macinando l'ocra allo stato naturale e passandola poi al setaccio; per bianco usava la comune biacca; il nero era nero di carbone. C'erano vari esempi di mescolanza dei colori, e poi studi al carboncino o alla sanguigna. Matt riconobbe la mano alzata dell'Annunciata del Bellini, le mani sovrapposte della Gioconda, il dito di Dio proteso verso Adamo.
Pauline aveva preso i fogli che riguardavano la preparazione della tela e una serie di schizzi di piedi, braccia, gambe. Ogni due minuti lanciava un'occhiata a Matt, lo trovava non solo bello, ma affascinante. Da quando si era buttato nel Rodano, pur avendola spaventata moltissimo, aveva assunto ai suoi occhi un'aura da eroe, da cavaliere senza macchia. Non l'aveva mai detto a nessuno, ma da sempre sognava di vivere un'avventura come nei film. Mentre si occupava di restauro, recuperando con le pinzette piccolissimi pezzetti di colore, ogni tanto si chiedeva se le sue giornate sarebbero state sempre così uguali, chiuse in antiche chiese e chiostri, a occuparsi di minuscoli frammenti dell'esistenza. Matt era entrato nella sua vita a gamba tesa, come un ciclone che travolge ogni cosa, la sua sicurezza, la sua determinazione la attraevano come una farfalla la luce.

Nonna Marie stava leggendo le indicazioni che riguardavano l'asciugatura e la craquelure della tela, le tecniche per l'invecchiamento e la polvere.

- Beh, però usava sempre tele d'epoca, aveva una bella fortuna a trovarle! - sbottò - Le raschiava e poi le riutilizzava così per la tela era a posto. Poi ci aggiungeva del suo per invecchiare il novo dipinto.
Adèle leggeva fogli di argomento vario, appunti sugli autori, a lei erano toccati schizzi di teste, volti, occhi, nasi, bocche alla maniera di Leonardo, Tiziano, Raffaello, Caravaggio. Non si poteva dire che Jaques non si fosse esercitato.
- Dunque nonno Jaques era il degno allievo di Van Meegeren, però questo a cosa ci porta?
- Non lo so, posso solo affermare che madame Geneviève ci ha indicato questa pista. Forse il quadro rubato è davvero un falso. Però continuiamo a non sapere da chi e perché è stato rubato.
- Già e neanche chi ti spara addosso.
Owen non rispose, tornò nell'angusto ripostiglio dove erano ammonticchiati libri e riviste, ne portò fuori un pacco. Erano tutte pubblicazioni sulla pittura.
Matt li guardò uno ad uno. Solo un testo si distaccava dagli altri: "Storia dell'assedio di Montsegur" di Guillaume Morin.
Nella quarta di copertina scoprì che narrava le vicende di quella roccaforte del Catarismo fino all'assedio e alla sua distruzione nel marzo del 1244.
Sulla prima pagina c'era anche la dedica: "Al mio impareggiabile Jaques: grazie per tutto. Guillaume".
- Beh, almeno abbiamo trovato uno che lo conosceva.
- Troppo poco. Vediamo se è ancora vivo - Matt guardò su internet e trovo che Guillaume Morin, nato nel 1925 e morto nel 1997, era stato un insigne storico del Catarismo. Era nato a Carcassonne e aveva dedicato la sua vita a studiare l'eresia dei buoni uomini, come si chiamavano fra loro gli adepti.

- Non trovo nessun legame fra questo e il nostro quadro. Oggi stesso tornerò a Parigi. Mi spiace avervi portato tanto trambusto e... anche avervi esposto.
- Ma no, hai fatto bene, abbiamo scoperto qualcosa del bisnonno che non sapevamo.
All'improvviso la delusione aveva dipinto occhiaie di stanchezza sui volti dei quattro.
- Adesso andiamo a fare colazione, ci schiarirà le idee - disse nonna Marie, alzandosi e uscendo verso la casa. Pauline e Adèle la seguirono.
Matt si sentiva frustrato, la soffiata di madame Geneviève aveva portato alla scoperta del successore di Meergeren, eppure la donna era stata uccisa. Ci doveva essere qualcosa di più che gli sfuggiva. Cominciò a buttare le sue cose nella valigia. Poi prese il computer e lesse la posta. C'era la lunga mail di Melania, con le varie interpretazioni del quadro di Giorgione. Probabilmente aveva ragione lei, era in quell'ambito che andava cercata la risposta. Interruppe la lettura per una breve mail di Bertolani che da Lisbona gli scriveva: "Caro amico io adoro questa città, così protesa verso l'oceano, ma con quella punta di nostalgia che viene celebrata magistralmente dal suo canto. Sono stato ad una serata di fado e, come sempre, mi sono incantato e commosso. E lei come sta? Come vanno le ricerche?"
Matt non gli rispose, non voleva fargli sapere che aveva seguito fin lì una pista incerta. Gli avrebbe scritto da Parigi. Poi si immerse nella lettura del messaggio di Melania.
L'interpretazione del quadro dei tre filosofi suscitò in lui varie reminiscenze. Prese il libro di Guillaume Morin e guardò l'indice. C'era anche un capitolo sulle credenze catare. Controllò ed ebbe conferma di ricordarsi bene: i Catari credevano nel Demiurgo, un anti-Dio, o

addirittura Satana stesso, che avrebbe creato la materia, la quale, per ciò stesso, era tutta negativa. Infatti i Catari rifiutavano il mondo materiale, non mangiavano carne né uova e rinunciavano al sesso, persino il matrimonio per loro era peccaminoso, perché creava altri figli a Satana. Era quindi proibito ai Catari collaborare in qualsiasi modo alla realizzazione di quelli che essi ritenevano i piani del demonio. La massima vittoria del Bene contro il Male era la morte che liberava lo spirito dalla materia, e la perfezione per il cataro era raggiunta quando ci si lasciava morire di fame, con la pratica dell'endura.

E se il giovane riccioluto del dipinto fosse stato davvero il demiurgo, ci poteva essere un collegamento fra il quadro di Giorgione e il catarismo?

Prese il computer e cercò la figura del demiurgo. Come Matt ricordava, il primo a parlarne era stato Platone nel Timeo, dove però il personaggio, creatore della materia, aveva connotati benevoli. Poi nello gnosticismo il Demiurgo era diventato una figura negativa, che dà origine al problema del male, oltre a creare la materia.

Queste idee erano state riprese dal Neoplatonismo di Plotino, e alla corte di Caterina Cornaro Pietro Bembo aveva scritto "Gli Asolani", in cui si disquisiva delle dottrine neoplatoniche sull'amore, fra gli altri argomenti.

Matt cominciò a vedere dei possibili collegamenti fra tutte queste notizie, non ci vedeva ancora chiaro, tracciò su un foglio una mappa concettuale con tutti i possibili rimandi. Doveva esserci un filo rosso che li legava. Scrisse a Melania di trovargli quello che poteva su Guillaume Morin.

In quel momento venne Pauline a chiamarlo.

- La colazione è pronta. Che fai? Torni a Parigi?

- Non so, forse ho trovato un piccolissimo appiglio.

- Allora resti fino a domani?
- Forse, vedremo dove mi porterà questa ricerca. Ma andiamo a mangiare, ho una fame da morire.
Il tavolo era stato preparato con cura. C'erano tè, caffè, cioccolata calda, succo d'arancia, una crostata coi mirtilli e croissant caldi. Le facce erano pallide, la stanchezza era scesa su tutti
- Chi l'avrebbe detto che nonno Jaques era un falsario. Io me lo ricordo, era una così brava persona, aveva occhi celesti sinceri. Ecco, era quello che pensavo di lui, che era una persona schietta. E invece…
- Non c'è da meravigliarsi, nel mio mestiere non faccio altro che rovistare nei lati oscuri delle persone, quasi tutti hanno degli scheletri negli armadi. Solo i giovanissimi, e non è una regola, non ne hanno. Purtroppo ora anche fra i ragazzi si trovano bruttissimi segreti.
- Sembra che la sua professione non le piaccia - saltò su Adèle
- Bè, diciamo che all'inizio ero più entusiasta, ma poi a forza di scoprire tradimenti, inganni, truffe, il lato peggiore della gente, non so per quanto continuerò.
- Hai già altre prospettive?
- Sì, ho qualche idea, ma devo avere delle risposte. Questo potrebbe essere il mio ultimo caso.
- Ah, mi dispiace che non abbia trovato niente di utile fra le carte di nonno Jaques. Ma chissà come faceva? Dove trovava i clienti? E poi quali quadri avrà copiato? Adesso mi ha scatenato la curiosità. Pensa che scoprire qualcuno di questi elementi potrebbe aiutarla nell'indagine?
- Non è detto, già sapere che è esistito un allievo di Van Meegeren, quindi che la soffiata che ho avuto era credibile ci apre uno scenario nuovo.

- Ma potremmo aiutarla ancora facendo delle altre ricerche, adesso che sappiamo la verità.
- Sì, potrebbe essere una pista da seguire. Devo fare alcune verifiche prima.
Il cibo buono e le bevande calde li consolavano della nottataccia e di tutta l'adrenalina consumata nella ricerca. Nonna Marie portò in tavola anche le sue marmellate di arance e limoni e tutti se ne servirono sui morbidi panini al burro.
- Siete sicura di voler rinunciare a tutto questo? - e Matt indicò la tavola imbandita, il forno, la cucina accogliente.
- Lo so, non sarà facile, ma abbiamo troppi ricordi, siamo rimaste sole e… Pauline vuole vivere a Parigi. Noi staremo con lei.
Matt guardò Pauline, stava spalmando del burro su un piccolo pezzo di pane, la trovò incantevole così intenta, con le lunghe treccine che le scendevano sul maglione bianco e le gambe affusolate avvolte in un fuseau viola.
Quando Matt uscì in giardino trovò la vallata ai suoi piedi già inondata dal sole, del mare si percepiva l'odore e la luminosità, laggiù in fondo, oltre quelle case e quella parte di collina più bassa che ne impediva la vista. Nella dépendance aprì il computer e trovò la risposta di Melania:
"Ciao Matt, non so se ti può servire, ma ho trovato un Emile Morin, che insegna letteratura romanza all'università di Tolosa. E'il figlio dello storico. Ti allego indirizzo, numero di telefono e orario delle lezioni. Vedi tu come avvicinarlo."
Matt era incerto se seguire questa pista. Ma era l'unica che aveva, perciò decise di andare fino in fondo. Aveva presente quante tele erano scomparse per anni, alcune non erano mai state trovate, se anche questa era solo una lieve bava di lumaca traslucida, l'avrebbe seguita.

Lo raggiunse Pauline. Si era cambiata, aveva una maglia verde su jeans strappati in vari punti.
- Allora, che hai saputo?
- Ho trovato il figlio di Giullaume Morin : insegna letteratura romanza all'Università di Tolosa. Suo padre conosceva nonno Jaques, lui ha nascosto un suo libro nel ripostiglio segreto, ci sarà un significato. Forse suo figlio saprà qualcosa.
- Vengo con te.
- No, no, non se ne parla proprio, ti ho già esposto a un rischio ad Avignone.
- No invece, io ti ho salvato quando sei uscito dal fiume. Tu non sai niente della Provenza, io invece sono nata qui. Ti accompagno.
E dicendo questo gli si avvicinò e lo baciò. Matt cedette.

13. Londra

Il 26 febbraio del 1489 io deposi la bandiera di Cipro nelle mani del capitano generale della flotta veneziana, il quale giurava, a nome della Signoria, di difenderla in ogni circostanza e contro qualunque nemico. Il rullo dei tamburi accompagnò l'issarsi del vessillo su tutti i palazzi del governo dell'isola, dopo

duecentonovantasei anni lo stemma dei Lusignano, un leone e una croce, cedeva al leone di San Marco. Io partii da Famagosta, dopo sedici anni e tre mesi. Il popolo mi acclamava in lacrime e anche io piangevo nel mio cuore, pensando a quando ero giunta giovinetta, a quante belle speranze e a quanto dolore quella terra mi aveva causato, laddove solo l'amore dei miei sudditi era stata una ricompensa per tanto soffrire.
Il mare non mi ama, non mi ha mai amato, anche questa traversata fu dolorosa e perigliosa quante altre mai. Invece di due mesi ne impiegammo tre, appena partiti da Cipro la procella ci travolse, la mia nave, la Dalmatina, ebbe l'alberatura spezzata e le vele strappate, per la Tragurina che trasportava una parte dei beni della regina, non si potè fare nulla: si sfasciò presso il golfo di Satalia, perdendo gran parte del suo carico. E certo che il mare non mi ami lo ricorderete anche voi, mio eccellentissimo amico, imperocché il giorno che giunsi a Venezia, il sei giugno 1489, quando mi venne a prendere il Doge col Bucintoro, nel quale sedevate anco voi, vi rammentate certamente che prima che si lasciasse il Lido si alzò un temporale, per cui dovemmo tutti attendere che il tempo si calmasse per poter entrare trionfalmente in Venezia.

Melania aveva fatto grandi piani per il week end, sotto la spinta della conferenza appena udita, aveva progettato di andare ad Hyde Park in mattinata, e riempirsi gli occhi e i polmoni di verde. Per il pomeriggio era prevista una manifestazione contro i mutamenti climatici e pensava anche di partecipare a quella.
Appena alzata guardò dalla finestra e vide la giornata più triste e uggiosa che potesse immaginarsi. Pioveva,

intorno a lei dominava un grigio uniforme. Dov'era finita la primavera? Niente parco. Aprì il computer e trovò una nuova mail di Matt. Il cuore le balzò in gola e si dimenticò del tempo.
"Grazie per i dati. Sto andando a Tolosa. Vedi tutto quello che puoi trovare di connessione fra i Catari e il dipinto. Ho reminiscenze di un libro: L'amore e l'Occidente, di Denis de Rougemont. Vedi se può servire. Un bacio Matt."
Owen non si smentiva. Ma c'erano un grazie e un bacio che facevano la differenza.
Melania rimase in pigiama, si infilò il solito maglione beige enorme e sformato, nel quale si rincattucciò come in un nido, poi con una tazza di caffè bollente in mano, cominciò una ricerca metodica.
Non era come Matt, che aveva una vastissima cultura, e sapeva come muoversi negli ambiti più disparati. Lei avrebbe cominciato dall'inizio, solo così, con un quadro completo, riusciva a farsi delle idee e a trovare delle connessioni. Ma la prima cosa che fece fu controllare il meteo di Mentone e Tolosa. In Provenza splendeva un sole meraviglioso. Si immaginò Matt fra quelle strade fiancheggiate dalla lavanda, col mare da una parte e dolci colline dall'altra... e se ci fosse andata anche quella Pauline? Impossibile, si erano appena conosciuti. Però lei lo aveva portato a casa di sua madre. Matt aveva colpito ancora?
Le venne un attacco di mal di stomaco. Si bloccò, piegandosi in due. Troppo caffè così a digiuno. Si alzò dalla poltrona, e prese dei biscotti integrali dal pensile dell'angolo cottura. Meglio concentrarsi sui Catari e non pensare agli occhi di Matt. Si sedette di nuovo, continuò a sbocconcellare un biscotto dopo l'altro, e cominciò a leggere. La gatta si mise a dormire accanto a lei.

Dunque i Catari, il cui nome deriva dal greco kàtaros (puro), erano apparsi nella Francia meridionale fra il IX e il XII secolo. Le istanze, che si stavano diffondendo in tutta Europa, per una chiesa più povera e più vicina alle origini, si fusero con le idee dei Bogomili, una setta sincretistica derivata dai Pauliciani, in cui si mescolavano gnosticismo, manicheismo, marcionismo.
Melania trovava queste storie assurde. Non si era mai occupata di eresie e rimase colpita nello scoprire che già dal suo inizio il Cristianesimo si era diviso in decine di sette avverse fra di loro e alla chiesa romana, sette che seguivano i vangeli apocrifi e rifiutavano l'antico testamento, che rifiutavano la carne, l'atto sessuale, le immagini, alcune rifiutavano il concetto stesso di incarnazione di Cristo.
E pensare che, nel suo modo razionale, aveva smesso di frequentare la chiesa, l'austera chiesa evangelica, proprio verso i sedici anni, scandalizzata dallo studio delle guerre di religione. Un Dio per cui ci si ammazza per Melania non era ammissibile. Aveva studiato vagamente anche le eresie e le crociate, e certo ricordava quella contro i Catari del 1209, ma le aveva mandate giù così, senza un vero approfondimento.
Ora invece non faceva che aprire pagine su pagine, andando a ritroso: dai catari ai bogomili, dai bogomili ai pauliciani, da questi ai marcioniani, e poi ai messaliani, agli gnostici, ai manichei, e poi c'erano anche i docetisti. Non si finiva più! Per fortuna il concilio di Efeso aveva condannato queste eresie. Da lì era nato il cesaropapismo e l'impero aveva cominciato a influenzare anche la chiesa. Ma era forse meglio prima, quando ogni matto che si alzava al mattino con un'idea nuova cominciava a sproloquiare su Cristo? Melania capiva di

semplificare, ma per la sua severa etica protestante quel fiorire di sette religiose era veramente orribile.
Cercò con la mano un altro biscotto, ma li aveva finiti tutti. Allora si alzò, interruppe la ricerca e salì sul tapis roulant. Matt avrà avuto le sue esigenze, ma anche lei aveva le sue priorità. Corse per un'ora, come se non ci fosse un domani. Poi, sudata ma soddisfatta, si fece una doccia e infine tornò sul divano alle sue ricerche. La gatta, che era balzata via, se ne andò a leccarsi nella sua vaschetta.
Melania si concentrò sui Catari. Da Dragovica, in Bosnia, il pop Niceta, vescovo bogomilo, aveva portato nel 1167 a Carcassonne il Libro di Giovanni Evangelista, un loro vangelo in cui erano presentate le loro idee.
Quando trovava una data, un fatto, Melania tirava un sospiro di sollievo. A lei piacevano i punti fermi, quell'insieme di credenze assurde le davano la nausea.
Il credo dei Catari aveva subito molte influenze dalle precedenti eresie, ma il suo contenuto era semplice, in pratica si trattava di vivere il Vangelo nella sua primitiva purezza: ama il tuo prossimo, non accumulare ricchezze, non fare del male a nessuna creatura, fai pace con tutti, prega Dio nel tuo cuore, soccorri il povero, condividi i tuoi beni con i tuoi fratelli.
Com'era possibile che simili idee avessero attirato su di loro un odio così profondo da scatenare una crociata terribile come quella del 1209? In quegli stessi anni ad Assisi San Francesco aveva predicato le stesse cose. Qual era allora la differenza?
Melania rilesse la vita di Francesco e ben presto le fu evidente che era stato l'atteggiamento nei confronti della chiesa il vero punto di inciampo. Mentre Francesco aveva cercato l'approvazione papale e, nonostante la sua visione radicale della povertà nel movimento, non era

mai uscito dall'ortodossia (cosa di cui furono invece accusati gli spirituali, il ramo del suo ordine che voleva seguire la sua regola alla lettera) uno dei capisaldi del Catarismo era la critica totale alla chiesa ufficiale: bisognava rifiutare ogni cosa che venisse da quel clero corrotto (per i catari i sacramenti amministrati da un prete peccatore non erano validi) e dai vescovi, rifiutare le strutture e i riti. I perfetti, coloro che riuscivano ad essere puri fino in fondo, e i buoni uomini, gli altri fedeli, rifiutavano la chiesa come luogo di culto, perché Dio era in loro.

Questi Catari cominciavano a piacerle, se c'era una cosa che Melania apprezzava era la semplicità e l'essenzialità del culto protestante. Quando entrava nelle chiese cattoliche ammirava sì le opere d'arte, i quadri, le statue, gli organi imponenti, ma non riusciva a pregare. In realtà, a ben pensarci, non riusciva a pregare in nessuna chiesa, ma le poche volte che ne aveva sentito il bisogno, lo aveva fatto nella sua camera, in silenzio o leggendo qualche salmo. Cominciò a sentirsi in profonda sintonia con questi eretici e continuando a fare ricerche sulla loro storia fu presa da una grande indignazione.

Un altro aspetto che divideva lo spirito cataro da quello cattolico era la concezione della materia. Per i puri il mondo era stato creato da un Demiurgo, un Rex Mundi opposto al Re d'amore (cioè Dio). Lo spirito e la materia, la luce e le tenebre, bene e male, sono opposti irriducibili. La carnalità per i puri è il male supremo, da qui il rifiuto dell'atto sessuale, del matrimonio, della carne e di tutti i beni del mondo. Com'era diverso questo spirito dal Cantico delle Creature di San Francesco!

Melania provava una certa delusione nello scoprire come il radicalismo portato all'estremo avesse di fatto straniato completamente il messaggio evangelico. In definitiva nel credo cristiano gli uomini sono fragili, nessuno può farcela da solo, è solo in virtù della grazia di Cristo che noi ci salviamo, e l'incarnazione, il fatto che Cristo abbia preso la nostra carne è uno dei cardini della fede.

Invece secondo i Catari, poiché la carne è negativa, questo era inconcepibile, quindi avevano derivato dal docetismo l'idea che Cristo fosse un eone emanato da Dio e dalla luce. Per i Catari, come per gli altri eretici, l'uomo si poteva salvare solo con le sue forze, seguendo una via complessa di ascesi che lo innalzava verso i cieli, mentre la dottrina cristiana propone l'opposto: è Dio che con suo figlio si china sull'uomo e lo porta a sé.

Ciononostante, dato che fra questi eretici si godeva di una grande libertà, solo coloro che si ritenevano capaci, i perfetti, seguivano questi dettami rigorosamente, per tutti gli altri la vita era più semplice, bastava comportarsi rettamente, non essere avidi, falsi, ipocriti, lussuriosi, e affidarsi alla fede in Dio. Questa essenzialità, e inoltre il rifiuto del giogo della chiesa cattolica, col suo retaggio di decime e doveri, aveva avuto una grande presa sul popolo, come del resto altri movimenti del tempo, come i patarini, i valdesi, i francescani spirituali, i dolciniani. Era stata la corruzione della Chiesa, dopo più di mille anni dalla sua nascita, a far sorgere in diverse parti d'Europa l'esigenza di una vita cristiana più aderente alle sue origini.

Però la chiesa Catara si era strutturata come organismo parallelo alla chiesa di Roma, aiutata in questo anche dai signori delle corti provenzali, che preferivano di gran lunga non dover sottostare al dominio papale.

Anche la letteratura aveva trovato ispirazione nelle credenze catare. Secondo alcuni studiosi fra cui il De Rougemont che gli aveva suggerito Matt, alcuni poeti provenzali avevano nascosto nelle loro liriche significati

religiosi, in particolare l'atto di omaggio verso la dama si potrebbe interpretare come atto d'amore verso Dio.
Dunque, questa fede coi suoi ideali di purezza e castità, aveva influenzato anche l'ambiente raffinato delle corti provenzali, forse ispirato anche l'idea di amore platonico con cui i poeti si struggevano per le dame, sempre distanti, lontane, irraggiungibili come Dio.
E certamente l'eresia era dilagata fra il popolo che odiava le vessazioni del clero avido e corrotto e trovava nel consolamentum, il più importante sacramento cataro, che avveniva con l'imposizione delle mani, un segno più convincente del battesimo (soprattutto quello dato ai bambini) che i catari rifiutavano totalmente.
La lotta all'eresia catara era cominciata con le maniere della persuasione: furono mandati i monaci cistercensi dell'abbazia di Citeaux a predicare in quelle contrade per riconvertire gli animi. Poi furono inviati domenicani e francescani, ma l'esempio del clero corrotto e della ricchezza della chiesa era più potente di qualsiasi predicazione. Le genti di Provenza, appoggiate dai loro signori feudali, preferivano la purezza dei Catari. Urgeva una soluzione più forte e definitiva.
Nel 1208 ci fu l'occasione propizia ad intervenire con le armi. Il 14 gennaio venne ucciso a Saint Gilles il legato papale, il monaco Pietro di Castelnau, probabilmente con la complicità del conte di Tolosa, Raimondo VI, che appoggiava la nuova religione per essere finalmente libero dall'obbedienza a Roma e per potersi impossessare delle terre ecclesiastiche all'interno dei suoi possedimenti. Il papa Innocenzo III chiese aiuto a Filippo II, re di Francia, e dopo solo due mesi iniziò la crociata contro i Catari. Il conte di Tolosa, visto il mal partito, si sottopose a pubblica penitenza e si unì ai crociati. Era la prima volta che i cristiani andavano

contro un ramo della loro stessa fede. Forse da questo punto di non ritorno si sviluppò l'origine delle guerre di religione in Europa.
La crociata durò vent'anni, ma uno degli episodi più efferati accadde nei primi mesi: la presa di Béziers, una cittadina fra Narbonne e Montpellier.
Famosa è la frase attribuita ad Arnaldo Di Citeaux, il quale, a chi gli chiedeva come riconoscere gli eretici dai cristiani fedeli, avrebbe risposto. "Uccideteli tutti. Dio saprà riconoscere i suoi!". Non si sa se la frase sia vera, ma lo stesso Arnaldo così riferì al Papa stesso: "La città di Béziers fu presa e, poiché i nostri non guardarono a dignità, né a sesso, né a età, quasi ventimila uomini morirono di spada. Fatta così una grandissima strage di uomini, la città fu saccheggiata e bruciata: in questo modo la colpì il mirabile castigo divino".
Melania si era così infervorata in questa ricerca, che aveva perso di mira il problema del quadro. Le montava dentro una gran rabbia a leggere queste memorie, anche se poi rifletteva che anche ai nostri giorni orribili atti di terrorismo venivano compiuti in nome della religione. Possibile che da una cosa buona potesse nascere tanto male? Non ci aveva mai riflettuto con attenzione, anche lei, come Matt, immersa comunque negli aspetti più laidi dell'animo umano: tradimenti, falsità, truffe, inganni. Ma queste azioni erano contro persone adulte, per lo più, a volte esse stesse colpevoli o almeno in grado di difendersi. Invece i massacri indiscriminati in nome di Dio la riempivano di orrore.
Si alzò dal divano, dove era sprofondata col computer sulle gambe, si fece un tè forte e caldo, con latte e zucchero, e tornò ad immergersi nella sua ricerca.
La crociata finì nel 1229, dopo aver distrutto la maggior parte dei paesi e delle corti provenzali che aderivano al

catarismo, con un trattato di pace che metteva nelle mani dell'Inquisizione la lotta all'eresia. Questa continuò per altri cento anni circa con episodi altrettanto cruenti: la presa di Montsegur, i cui superstiti preferirono farsi brucare vivi piuttosto che convertirsi nel 1244, e i roghi di Montaillou nel 1321.
Mentre era ancora immersa nella scena degli ultimi abitanti di Montaillou, condannati al rogo dal vescovo Fournier, il futuro papa Benedetto XII, suonò Kusum, la sua amica indiana, che le portava un piatto fumante di riso biryani, profumato di spezie.
- Oh come sei gentile Kusum! Oggi non ho avuto neanche il tempo di pranzare, tanto sono immersa nel lavoro! Sto facendo per Matt una ricerca che mi manda fuori di testa.
Mentre parlava Melania tirò fuori una tovaglietta a scacchi bianchi e rossi, ci appoggiò sopra un bicchiere e una bottiglia d'acqua minerale, porse una tazza di tè a Kusum, poi si tuffò nel riso.
- Uhmm, è squisito, non ti dispiace se ti mangio davanti?
- Ma figurati, te l'ho portato apposta, io ne ho già mangiato due piatti. Ma dimmi questa ricerca che cosa riguarda?
- Guerre di religione, crociate contro i Catari, un'eresia del Medioevo.
- E cosa c'entra col quadro?
- Beh, è quello che dovrei capire. Io le avevo studiate a scuola, ovviamente, ma ora mi sono balzate agli occhi in tutta la loro violenza e negatività, sono scioccata, come si può in nome di una semplice credenza diversa uccidere, torturare, uomini donne e bambini… bambini, ti rendi conto, come potevano essere Catari loro, cosa ne sapevano? Gli uomini sono orribili e fanno cose orrende!

- Ti comprendo benissimo, da noi non è diverso, quando il Pakistan e l'India si sono separati ci sono state stragi terribili da entrambe le parti, e anche da noi hanno massacrato indistintamente uomini, donne e bambini. Secondo te perché proprio in nome della religione si fanno cose così tremende? Tutte le religioni inneggiano alla pace all'armonia, ad amare il tuo prossimo, poi invece possono diventare le peggiori istigatrici dell'odio fra gli uomini.

- Penso che sia una questione di potere - rispose Melania, fra una cucchiaiata di riso e l'altra - lo stesso termine religione deriva da re-ligare, cioè ciò che lega gli uomini agli dei o gli uomini tra loro. Io penso che in questo legare ci sia anche il potere che hanno le religioni di legare le coscienze, e dalle coscienze degli uomini derivano le loro azioni. E qui entriamo già in un fatto politico. Chi domina le coscienze degli uomini ha potere su di loro. E se tu sei diverso da me, se obbedisci a un altro potere, puoi essere un rischio per me, perciò io ti elimino. Se poi sei un libero pensatore ancora peggio, perché potresti instillare negli altri il dubbio, e dal dubbio nasce la disobbedienza. Quindi se ci pensi sempre religione e politica sono andate di pari passo, se ti conformi al pensiero dominante sei sulla strada giusta, se pensi con la tua testa sei un pericolo.

- Hai ragione.

- Penso che sia una interpretazione accettabile. Infatti i Romani non hanno perseguitato i culti dei popoli che conquistavano, ma anzi li hanno inglobati nel loro pantheon di divinità. Solo col Cristianesimo sono sorte le persecuzioni, perché era una religione che non si conformava. Rifiutandosi di fare sacrifici all'imperatore i cristiani commettevano un atto politico e non solo religioso.

- E i Catari in che cosa erano diversi, perché gli hanno scatenato contro una crociata?
- Erano diversi per alcuni aspetti dottrinali, anche importanti, però il vero problema è che avevano cominciato a eleggere vescovi propri, a fare un loro concilio. E questo voleva dire sottrarre territori e anime alla Chiesa e, in definitiva, il controllo e, non ultimo, anche il pagamento delle decime. Anche le corti dei signori provenzali che aderivano a questa fede si slegavano dalla sudditanza alla Chiesa e, quindi, anche al re di Francia, che ne era il difensore. E' sempre una questione di potere.
Melania aveva finito di mangiare il riso, si era così infervorata, che non se ne era neanche accorta. Si alzò per lavare il piatto e ridarlo a Kusum.
- Sì però ancora non mi hai spiegato come questi avvenimenti si colleghino al furto del quadro.
- Non lo so di sicuro, per ora l'unico legame è nella figura del Demiurgo. Secondo i Catari questo essere, creato da Dio ma poi ribellatosi a lui, Satana o Lucifero, sarebbe il vero creatore del mondo, di tutta la materia, che quindi è in toto negativa. Perciò bisogna rifiutarla completamente, per esempio non bisogna compiere l'atto sessuale per non creare altri esseri soggetti a Satana.
- Ma è una religione orribile, si autocondannava all'estinzione!
- Sì, però queste regole le seguivano solo i perfetti, chi se la sentiva, per tutti gli altri era molto più semplice.
- Ok, ma torniamo al Demiurgo: allora?
- Ecco nel quadro c'è un personaggio che potrebbe essere lui, l'Anticristo o il Demiurgo.
- Quindi?

- Ah beh, non so, però forse qualcuno voleva proprio questo dipinto e l'ha fatto rubare. Quello a Vienna era imprendibile, perciò ci hanno provato con questo di Londra e ci sono riusciti, a cosa possa servire o che significato abbia per loro, non lo so. Questo è Matt che lo deve scoprire. Ammesso che sia la pista giusta.
- L'Anticristo? E' una cosa inquietante.
- Infatti, pensa che persino la sua informatrice a Parigi è stata uccisa. Non vorrei che Matt si trovasse coinvolto in una di quelle vicende oscure, sai coi satanisti che fanno le messe nere, rubano le ostie dalle chiese e fanno persino sacrifici umani.
- Credi che queste sette esistano ancora? Io le ho viste solo nei film.
- Esistono, esistono, ogni tanto la polizia ne scopre qualcuna. Non c'è limite all'ingenuità umana.
- Se per questo neanche alla malvagità.
- Già. Matt si è intestardito a seguire fino in fondo questa pista, spero non si metta nei guai. Sai com'è ostinato.
- Ostinato e bello.
- Dai, non mettere il dito nella piaga. Ora è con quella francesina, guarda la foto - e le mostrò la foto di Pauline dal computer - vedrai che si farà una storia con lei. Lo conosco bene.
- Sei proprio una santa.
- Una scema vorrai dire. Matt non mi ha mai preso in considerazione da quel punto di vista, in realtà è stato sempre onesto con me, per lui sono un'amica e basta. Sono io che…
- Eh al cuore non si comanda…
- E ci sono ragioni che il cuore non comprende… vogliamo continuare così?

-Ma certo: se si chiude una porta si apre un portone, il mare è pieno di pesci…
Le due amiche, ridendo, continuarono a ripetere i proverbi più triti sull'amore. Intanto Melania aveva spedito l'esito delle sue ricerche a Matt.

14. Tolosa

Come poi io abbia consegnato Cipro alla Repubblica e come la Serenissima mi abbia dipoi nominata Signora di Asolo, è storia che vi ha visto al mio fianco. E di quelli begli anni e dei nostri lieti conversari io ve ne sarò immensamente riconoscente. Nelli anni trascorsi, fra le piacevolezze e la pace di Asolo e la vita sempre intensa per le feste e le danze e lo Carnovale, ed ogni delizia che vi si trova, io vissi anni da vera regina, non dimenticando i travagli e le pene passate, ma godendo appieno di quella pace e gioia che Nostro Signore volle concedermi a consolazione dei dolori della mia giovinezza.
Stendardi, bandiere, zendadi al vento, e dame e cavalieri in parata e magnifiche giostre e ricevimenti e feste, balli, banchetti, e la notte che accompagnata da migliaia di fiaccole entrai nella mia amata Asolo, e la giostra grandiosa quando vinse il Delfino, e il mio amato nano Zavir, e il viaggio a Brescia, per incontrare il mio adorato fratello Giorgio, con un seguito di decine di dame e cavalieri a cavallo, codeste immagini meravigliose tornano alla mia mente siccome un'unica grande celebrazione che la Serenissima dedicò negli anni alla mia persona, in cambio del potere su Cipro e della mia libertà.

In viaggio Matt discuteva animatamente con Pauline.
- In pratica è lo stesso assassino che ci sta conducendo su questa pista. Se non avesse ucciso madame Gènevieve io non avrei neanche preso troppo sul serio la sua soffiata. Poi col colpo di fucile ad Avignone mi ha convinto ancora di più che questa è la strada buona. L'unica cosa che mi sembra ingiusta è coinvolgere te, farti correre dei rischi.
- Io sono comunque coinvolta, non avresti trovato nulla se non avessi verificato che il mio bisnonno era un falsario.
Matt guardava scorrere il paesaggio, le colline chiare della Provenza tutte fiorite, i campi viola di lavanda, uno scenario da poeti. Potersi fermare e aspirare profondamente l'aria profumata di erbe! Ma l'ansia per l'indagine ormai aveva preso il sopravvento.
Melania gli aveva mandato gli orari delle lezioni del professor Morin, ce ne sarebbe stata una alle 16. Erano partiti all'alba e Matt sperava di arrivare in tempo. Avevano imboccato l'A8 e avevano 591 km da percorrere.
Mentre Pauline guidava, lui cominciò a leggerle i messaggi di Melania con la storia dei Catari.
- Per voi sarà una novità, ma per noi questa storia è arcinota. Qui in Provenza tutti conoscono queste vicende. Fanno parte della nostra memoria collettiva. C'è

anche una canzone di Francis Cabrel. Aspetta te la faccio sentire.
La cercò sul cellulare e gli fece ascoltare la ballata

Les chevaliers Cathares/Pleurent doucement/Au bord de l'autoroute/Quand le soir descend,
Comme une dernière insulte/Comme un dernier tourment/Au milieu du tumulte/En robe de ciment.

La fumée des voitures,/Les cailloux des enfants,/Les yeux sur les champs de torture,
Et les poubelles devant/C'est quelqu'un au-dessus de la Loire/Qui a dû dessiner les plans,
Il a oublié sur la robe/Les tâches de sang.

On les a sculptés dans la pierre/Qui leur a cassé le corps,/Le visage dans la poussière
De leur ancien trésor./Sur le grand panneau de lumière,/Racontez aussi leur mort,
Les chevaliers Cathares/y pensent encore.

N'en déplaise à ceux qui décident/Du passé et du présent,/ils n'ont que sept siècles d'histoire,
Ils sont toujours vivants./J'entends toujours le bruit des armes,/Et je vois encore souvent
Des flammes qui lèchent des murs,/Et des charniers géants.[1]

---

[1] I cavalieri catari/ piangono dolcemente/ sul bordo dell'autostrada/Quando scende la sera/come un ultimo insulto/come un ultimo tormento/nel mezzo del rumore/ in un abito di cemento.
Il fumo delle auto/ i ciottoli dei bambini/Gli occhi sui campi di tortura/e le pattumiere fumanti.

- Perché dice che i cavalieri piangono sul bordo dell'autostrada?
- Lo vedrai fra poco. Prima di Narbonne c'è un monumento ai cavalieri catari, come dice la canzone. Sono tre grandi blocchi di pietra, alti tredici metri, scolpiti da Jaques Tissinier nel 1980. Sono un ricordo e un monito. I cavalieri catari piangono dolcemente sul bordo dell'autostrada, quando scende la sera, come un ultimo insulto, come un ultimo tormento, nel mezzo del rumore, con un abito di cemento. Versi bellissimi.
- Quindi voi qui in Provenza coltivate ancora il culto di quel ricordo?
- Come potremmo non farlo? Siamo stati i primi cristiani contro cui si è scatenata una crociata. Se ci pensi all'inizio le crociate erano solo contro gli infedeli per riconquistare i luoghi santi, qui invece era contro il proprio popolo, e, credimi, hanno fatto massacri mostruosi, senza alcuna pietà per donne e bambini. Facciamo tanto chiasso per gli orrori del Novecento, ma anche qui si cercava un genocidio, si voleva sterminare tutta la gente di questa regione, solo per pretese questioni dottrinali. Quando ci penso mi viene da vomitare. Tu non avrai mai letto le cronache di quei

---

Chi al di là della Loira/ ne ha disegnato il progetto/ha dimenticato sui vestiti/ le macchie di sangue.
Li hanno scolpiti nella pietra/ che ha spezzato il loro corpo/ la faccia nella polvere/ del loro antico tesoro.
Sul grande pannello luminoso/Raccontate anche la loro morte/I Cavalieri Catari/ Ci pensano ancora.
A dispetto di chi decide/ passato e presente/non hanno che sette secoli di storia/Sono ancora vivi.
Io sento sempre il fragore delle armi/e vedo ancora spesso/le fiamme lambire le pareti/ e carnai giganti.

tempi, ma io sì, qui noi la storia la conosciamo bene. Ma guarda, fra poco saremo a Narbonne, ecco guarda qui alla tua destra, e fra un minuto vedrai il monumento.
Matt era stupito che Pauline si sentisse così radicata nella Provenza. La madre di lei era di origine eritrea, ma lui non le aveva chiesto da quanti anni, o generazioni, vivesse qui in Francia. Ora capiva che le due donne si sentivano pienamente francesi, ebbe un brivido constatando come il pregiudizio razzista avesse potuto contagiarlo così subdolamente. Poi guardò Pauline e la trovò deliziosa, con gli occhioni enormi e il piccolo naso dritto, e si disse fortunato di averla incontrata.
Matt si volse verso il bordo dell'autostrada e su una bassa collina vide le tre grandi statue in pietra, cilindri con una inquietante feritoia al posto degli occhi, gli scudi rotondi ai lati. In rosso, su una di quelle, qualcuno aveva scritto: Occitaine libre! La pietra nuda e scarna urlava ancora per la violenza subita.
- Possiamo fermarci se vuoi.
- No purtroppo, se vogliamo arrivare in tempo per la lezione.
Da lontano Matt scorse le imponenti mura di Carcassonne, e immaginò come avrebbero potuto essere quei luoghi allora, costellati di castelli e di corti raffinate, dove si cercava di vivere una vita elegante e colta, con un popolo che cercava solo sincerità e coerenza nei propri pastori religiosi. Da quelle corti era scaturito tutto il codice della cavalleria, dell'amore cortese, tutto l'immaginario di un medioevo ricco di ideali e valori. Forse proprio la ricchezza e la bellezza di quei luoghi aveva scatenato l'invidia, la brama di possesso degli altri che, come spesso avviene, avevano cercato di impadronirsene e di distruggerne la libertà e l'indipendenza.

Il paesaggio era ridente in quel maggio, luminoso e profumato di fiori, ma Matt era assillato dalla ricerca. Se anche la pista che lo portava a Tolosa si fosse rivelata inutile, si sarebbe trovato ad un punto morto e avrebbe dovuto ricominciare. La morte della donna e gli spari sul ponte di Avignone erano reali, però, quindi Matt pensava che doveva solo cercare di unire le tessere del puzzle, che erano ancora scomposte.
Arrivati in città non ebbero nemmeno il tempo di fermarsi a prendere un caffè, seguirono le indicazioni per l'università, e giunsero trafelati al grande complesso in mattoni rosa, il colore dominante della città. Cercarono sui cartelloni la sede della lezione e arrivarono nell'aula un minuto prima che entrasse il professore. L'aula ad anfiteatro era piena di studenti, Matt e Pauline trovarono posto nell'ultima fila in alto.
Il professor Morin era decisamente un bell'uomo: alto, coi capelli brizzolati, occhi neri, un viso spigoloso che aumentava il suo fascino. Indossava una camicia bianca, un gilet grigio e una giacca sportiva sui jeans.
Il professore salutò i ragazzi, poi andò alla lavagna e scrisse i primi versi di una lirica di Jaufré Rudel : *Lanquan li jorn son lonc en mai/ m'es belhs dous chans d'auzelhs de lonh,/ e quan me sui partitz de lai/ remembra·m d'un'amor de lonh./ Vau de talan embroncx e clis,/ si que chans ni flors d'albespis/ no·m platz plus que l'iverns gelatz.*[2]

---

[2] Quando i giorni sono lunghi a maggio,
mi piace il dolce canto degli uccelli di lontano,
e quando mi sono partito di là
mi ricordo di un amor lontano.
Vado per il desiderio imbronciato e a capo chino,
così che né canto né fior di biancospino
mi giovano più dell'inverno gelato.

"Avete questo testo sul vostro libro a pagina 327, ma io ho voluto sottolineare questa prima strofa per farvi notare il topos della primavera e dell'innamorato infelice, che non può godere della gioia della terra. Come dicevamo la volta scorsa, tutta la letteratura europea è debitrice a questi poeti che hanno creato il linguaggio di base della lirica amorosa, ma anche quello di quasi tutte le forme di poesia successive. Ma cominciamo dalle poche notizie che abbiamo sull'autore."

Morin prese il testo che aveva sulla cattedra e lesse ad alta voce:

"*Jaufré Rudel gentiluomo e principe di Blaia, s'innamorò della contessa di Tripoli, senza averla mai vista prima, per il bene che ne sentiva dire dai pellegrini provenienti da Antiochia; ne fece perciò molte canzoni.*

Per vederla prese la croce e il mare, ma si ammalò durante il viaggio. Si fermò in un albergo a Tripoli, moribondo. Ciò fu detto alla contessa, la quale venne da lui prendendolo fra le braccia.

Sapendo che era lei, Jaufré riprese conoscenza lodando Iddio che l'aveva portato fin lì a vederla. Poi morì fra le sue braccia. Lei lo fece seppellire dentro il Tempio con grande onore. E dopo quel giorno, per il dolore della morte di Jaufré Rudel, si fece monaca.

Come voi ben sapete le vidas sono componimenti successivi aggiunti ai canzonieri dei poeti e, molte volte, traggono le notizie dai testi dei poeti, e quindi non sono particolarmente affidabili.

L'amore da lontano si può definire un "paradosso amoroso", che però è un aspetto fondamentale delle tematiche trobadoriche. Nel topos dell'amore cortese l'esperienza dell'amore è una tensione costante verso l'irraggiungibile".

Dopo aver letto e tradotto i versi il professore entrò più approfonditamente nel significato del testo.

"Molti di voi avranno letto il libro di Denis De Rougemont: "L'amore e l'occidente". L'idea di fondo, è che alcuni trovatori catari abbiano usato il linguaggio amoroso e il trobar clus per nascondere nelle loro liriche la loro vera passione: l'amore per Dio. E quindi questo amore irraggiungibile, lontano, che si incontra solo nel momento della morte, potrebbe convalidare una conferma di questa teoria.
D'altro canto il tema della morte, come canta Aimeric De Belenoi: "Più mi è gradito dunque morire /che gioire di gioia volgare/ perché la gioia che volgarmente sazia/non ha potere né diritto di piacermi tanto" ci riconduce in pieno al concetto della morte e della vita nel Catarismo. Ho citato Aimeric, ma ovviamente ci sono molti altri poeti che condividono le sue convinzioni. Il dualismo cataro dà una risposta più semplice al problema del male di quella del Cristianesimo: infatti stabilisce due principi totalmente eterogenei del Bene e del Male. Dio è amore e quindi non può aver creato il male. Il mondo però è malvagio, quindi è stato creato da qualcun altro. L'angelo ribelle, il Demiurgo, il grande arrogante, o Satana, ha convinto le anime che per loro era meglio stare in basso, dove avrebbero potuto fare il bene e il male, piuttosto che con Dio, che avrebbe permesso loro di fare solo il bene.
Alla parola Demiurgo Matt si fece più attento e diede una gomitata a Pauline - Ci siamo, questo è il punto che ci interessa - le bisbigliò all'orecchio.
- Il Demiurgo regnerà sulla terra solo per un tempo relativo, alla fine anche lui rientrerà nell'obbedienza dell'altissimo. Quindi la venuta dell'Anticristo, anche per i Catari, è il primo passaggio verso la fine del mondo. Solo che per loro il regno del male a quel punto finirà e tutti saranno salvati. Perciò la morte per i catari, che

vedono nel mondo solo il regno del male, è veramente una liberazione, e la pratica dell'endura, il digiuno totale fino alla morte, che a volte veniva suggerito ai malati terminali per avvicinare il ricongiungersi a Dio, ha un senso di liberazione e salvezza.
Poiché la donna non si può mai raggiungere, è invece sempre più amata come dice ancora il nostro Aimeric: "Dio come può essere/ che più mi è lontana, più la desidero?" o ancora Arnaut Daniel: "L'amo e la cerco con tanta brama/ che, per eccesso di desiderio/credo mi libererò da ogni desiderio/ se si può perder qualcosa a forza d'amare/ Perché il suo cuore sommerge il mio/ tutt'intero, come un'onda che non svapora più". E 'la metafora dell'anima che cerca Dio.
A ciò si aggiunga il vincolo del segreto, che per il cataro era fondamentale mantenere riguardo alla propria credenza. Infatti, per esempio, Raimbaut d'Orange scrive: "Io intreccio parole rare, oscure e colorite, pensosamente pensose".
Ma, concludendo, quale metafora della fede catara è più evidente della stessa vita di Jaufrè Rudel: egli ama tutta la vita chi non conosce e non può incontrare: Dio. Alla fine riesce a partire per un lungo viaggio che lo porta in terra Santa, forse il cammino della conversione, qui si ammala ma finalmente può vedere la sua amata, forse allude al consolamentum, che molto spesso veniva dato in punto di morte, poi muore felice e raggiunge finalmente, davvero, l'oggetto del suo amore. Questa biografia, che come vi ho detto è postuma e per lo più desunta dai suoi componimenti, potrebbe essere letta totalmente in chiave catara".
Matt era entusiasta, avrebbe battuto le mani al professore se avesse potuto. Gli aveva chiarito molti dubbi, ma soprattutto si era mostrato appassionato

dell'argomento. Seguendo il piano che avevano organizzato Pauline seguì il professore.
- Professsore, mi scusi se la importuno, ma sono venuta da Parigi appositamente per sentire le sue lezioni! - esordì lei raggiungendolo per le scale e sfoderando un sorriso più che seducente.
Morin si bloccò su un gradino.
- Mi fa piacere signorina...
- Picard, Pauline Picard. Mi scusi professore se la importuno, ma vede io mi sto laureando in arte del restauro, e sto facendo una tesi sulle rappresentazioni della figura del Demiurgo, perciò ho pensato che lei avrebbe potuto darmi qualche indicazione utile.
- Ma mia cara - continuò lui mentre uscivano dal fabbricato e si dirigevano verso il parcheggio - a lei servirebbe più un insegnante di storia dell'arte o di storia delle religioni. Forse lei si è confusa, io insegno filologia romanza.
- Sì professore lo so bene, ma proprio seguendo la teoria del De Rougemont, io ho ritenuto che lei, con la sua conoscenza dei testi trobadorici, avrebbe potuto darmi qualche indicazione più specifica, più approfondita.
- Mi dispiace deluderla - rispose lui giunto nei pressi di una Honda Civic grigio metallizzato - ma come le ho già risposto, io non sono un esperto di arte, né di storia. Se vuole la posso indirizzare ad un mio esimio collega dell'università di Aix-Marseille, il professor Dubois, Charles Dubois, è un grande esperto di storia della Provenza, ci vada a mio nome cara e vedrà che otterrà tutte le informazioni che desidera.
Mentre i due parlavano accanto all'auto, Matt era passato e fingendo di allacciarsi una scarpa aveva attaccato un localizzatore GPS calamitato, uno degli strumenti di indagine che portava sempre con sé.

Matt e Pauline aspettarono che l'auto uscisse dal parcheggio, poi si ricongiunsero e entrarono nella loro auto.
- E adesso che facciamo?
- Intanto vediamo dove va. Sei capace di seguirlo?
- Sono nata inseguitrice – rispose Pauline, accodandosi all'auto di Morin, ma lasciando tre auto fra di loro.
Ad un certo punto Morin uscì da Tolosa e imboccò la strada per Blagnac.
- Pensi che stia andando all'aeroporto?- chiese Pauline
- Non ne ho la più pallida idea, ma tieniti più lontana, qui c'è meno traffico e potrebbe accorgersi di essere seguito.
Il professore si diresse verso il paese, ma nella prima periferia si fermò accanto ad una graziosa villetta. Il cancello si aprì e lui scivolò dentro con la sua auto. Matt e Pauline attesero dieci minuti, poi si avvicinarono, Matt scese e controllò il campanello: professor Morin.
-Non mi sembra che l'abbiamo scosso più di tanto, se ne è andato tranquillamente a casa.
- E allora?
- Beh io direi di cercarci un posto per dormire, di farci una doccia e andare a cena, ho una fame da morire, anzi mangerei qualcosa subito.
- Sì, ma e Morin? Non facciamo più niente?
- Non lo so, anche io vado a intuito, per ora tu gli hai solo messo un sassolino nella scarpa citando il Demiurgo. Certo hai parlato di rappresentazione del Demiurgo. Se lui ha il quadro, se c'entra qualcosa con questa storia può darsi che si muova, o anche no. In questo caso andrò io domattina in facoltà e mi presenterò col mio nome gli dirò la verità, più o meno, cioè del legame di amicizia fra suo padre e il tuo

bisnonno e vediamo cosa succede. Se non succede niente, ritorneremo a Parigi.
Tornarono a Tolosa e si fermarono al primo bistrot che trovarono e presero hamburger e patatine fritte, birra e flan di crema.
Intanto Pauline aveva cercato col cellulare un posto per dormire e aveva trovato una camera a Le Merle rose, a meno di un chilometro dal centro.
Caduta la tensione del giorno non vedevano l'ora di farsi una doccia e riposarsi. La città si illuminava al tramonto di un rosa più vivo. Nel loro b&b c'era anche un piccolo giardino dove rose bianche e rosse cedevano all'aria il loro profumo. Pauline entrò nella doccia per prima, ma Matt la raggiunse e rimasero a lungo sotto l'acqua calda.
Poi si cacciarono sotto le coperte dove continuarono a coccolarsi e fare l'amore. Alle dieci Matt si svegliò all'improvviso, c'era ancora luce fuori. Chiamò Pauline e decisero di andare a fare un giro. Il cellulare collegato al GPS restava muto.
Pauline con una maglietta color fucsia e una gonna lunga beige a piccoli fiori dello stesso colore della maglia, sembrava una dama di altri tempi. Matt in camicia blu e jeans, aveva meno l'aria del cavaliere cataro, ma entrambi erano rimasti colpiti dalla lezione di Morin e non facevano che parlare dei vari poeti citati e dei Catari e della Crociata. Matt capiva che erano argomenti che la appassionavano.
- In definitiva voi sareste i discendenti del Catari.
- Lo saremmo se non li avessero massacrati tutti, ma forse qualcuno sarà sopravvissuto, come sempre, e quindi sì siamo i loro discendenti, soprattutto da un punto di vista culturale, la bellezza e la dolcezza di questo paesaggio, di quest'aria, che ha ispirato i poeti è il nostro retaggio e noi ne andiamo fieri.

- Ho visto la scritta Occitaine Libre! Anche voi come i catalani vorreste separarvi.
- C'è anche un movimento così, ma io non sono favorevole, siamo francesi e siamo provenzali, come i bretoni o i normanni.
- Anche i bretoni ho letto che vorrebbero l'indipendenza o una maggiore autonomia!
- Così torniamo al Medioevo, tanti piccoli stati divisi in lotta fra loro. Al tempo della globalizzazione è proprio quello che ci vuole! Voi inglesi piuttosto, cosa mi dici della vostra voglia di uscire dall'Europa?
- Io non sono per niente d'accordo. Odio la Brexit. Se passa, credo che sarei capace di lasciare l'Inghilterra.
- Dici davvero o è solo così per protesta?
- No, no, dico davvero. Ho già un mezzo piano, devo avere delle risposte. Ancora non so, ma se vince il partito del *leave* credo che me ne andrò dall'Inghilterra. Io mi sento cittadino europeo, tra l'altro sono mezzo italiano, e questo chiuderci nella nostra algida Albione mi sembra stupido, egoista e antistorico. Inoltre così cadremmo nelle braccia degli Usa e saremmo obbligati a seguire la loro politica. Pensa se vincesse le elezioni Donald Trump… noi dovremmo assoggettare la nostra politica ad un individuo senza scrupoli, rozzo, antidemocratico, razzista. Wow che mondo orribile ci si prospetta davanti!
Passeggiando erano giunti al Pont Neuf. Sotto le grandi arcate rosa scivolava lentamente la Garonna. Si fermarono a guardare l'acqua illuminata dall'ultimo bagliore della sera, mentre già si alzava una falce di luna crescente e le prime stelle si accendevano nel blu. Era un maggio dolcissimo. - Come diceva Jaufré : quando i giorni sono lunghi a maggio… proprio come stasera.

In quel momento il PS cominciò a vibrare: Morin si era mosso.
- Che facciamo? Magari sta solo andando a cena fuori come noi, oppure va da una donna!
- Lo seguiamo, è l'unica chance che abbiamo. Dubito che le tue parole lo abbiano scosso, però sta andando da qualche parte e noi lo seguiremo.
- Il detective sei tu.
Corsero verso il b&b dove avevano parcheggiato l'auto. Matt seguiva il localizzatore e vide che Morin stava lasciando la città. Qualcosa gli diceva che era giusto seguirlo.
- Ha preso l'A61, la strada che abbiamo fatto noi. Forse va a Narbona.
- Può andare dovunque, ci sono un sacco di paesini, di case, ville.
Partirono a tutta velocità, il GPS gli permetteva di seguire il professore da lontano, ma ormai lui aveva già fatto parecchia strada.
In auto erano tesi, nessuno dei due parlava. Dopo quasi un'ora l'auto di Morin si fermò. Era a Carcassonne. In rue Voltaire 10, dentro la cittadella fortificata.
Lasciarono l'auto fuori dalle mura e si avviarono a piedi nella rocca medievale.
- Ci addentriamo nel mondo dei Catari. Tu vestita così sembri un'antica castellana.
- Matt non scherzare, non so se sia stata una buona idea seguirlo fin qui. Ora che facciamo? Dove staremo tutta la notte? In auto?
- No, no, prendiamo un'altra stanza, peccato che abbiamo già pagato il b&b di Tolosa.
- Ma che spreco, paghiamo due hotel per una notte. E poi abbiamo lasciato là i nostri bagagli

- Il mio mestiere è così, devo cogliere l'attimo ed essere sempre pronto. I bagagli li recupereremo. Per i soldi non ti preoccupare, le trasferte sono a carico del cliente. Vuole che scopra qualcosa, e allora paga. Non è che si può girare la Francia gratis.
- Ma se la pista poi è sbagliata?
- Ci penseremo dopo. Adesso andiamo a vedere cosa c'è scritto sul campanello.
Percorrevano le strette strade illuminate dai lampioni, l'atmosfera era magica. Le mura, il castello, le case di pietra, il profumo delle notti di maggio, sembrava di tornare indietro di secoli. Rue Voltaire era una stradina stretta di case a tre piani, al numero 10 c'era una palazzina grigia con finestre incorniciate di bianco e una porta azzurra. Sul campanello c'era scritto: Centro studi Catari.
Una luce tremolante di candela creava strane ombre al secondo piano. Nel silenzio della notte si udivano delle voci sommesse come stessero salmodiando. Poi ci fu silenzio, le ombre dietro le tende sottili erano immobili.

- Hai visto? Si è precipitato a vedere qualcuno di questo centro. Ma cosa stanno facendo secondo te? - Disse Pauline rabbrividendo nella notte fresca.
- Non so. Ha viaggiato con molta calma, secondo me aveva già un appuntamento con queste persone. Non hai l'impressione che stiano pregando?
- Può darsi. Che sia un rito cataro?
- Non escludo nulla. Forse il professor è così addentro a questo mondo da seguire lui stesso questa antica eresia.
- Ci sono tante sette, tanti fanatici. Il demiurgo in realtà è un Anticristo, per alcuni Satana in persona. Che siano dei satanisti? E se fossero stati loro a spararti?

- Non ti far prendere dal panico, come potevano sapere che sarei venuto qui?
- Se hanno preso loro il quadro per adorarlo nelle loro messe nere, potrebbero averti seguito dall'inizio! Non pensi che siamo in pericolo a star qui?
- Hai una bella fantasia. Penso che sia molto improbabile.

Matt guardò Pauline nel buio della notte, fra quelle case, con quei vestiti, sembrava riportarlo in un'epoca lontana. Per un attimo l'idea di catari che continuavano a riunirsi e a pregare insieme gli parve credibile come pure l'ipotesi che fosse stato qualcuno della setta a rubare il quadro e a spararagli ad Avignone. Forse si erano cacciati da soli nella tana del lupo. Le ombre della finestra gli parvero sinistre e minacciose.

In quell'istante la luce si spense e si udirono delle voci. Pauline si strinse a Matt, eccitata e spaventata. Si nascosero dietro un angolo e rimasero a guardare. Dopo poco il portone si aprì e cominciarono ad uscire delle persone, uomini e donne che portavano tutti quanti felpe col cappuccio e uscendo si coprivano il capo. Saranno stati una decina, a passi svelti ognuno cominciò a prendere una direzione diversa. Tre passarono davanti a Pauline e Matt, che in quell'istante abbracciò la ragazza e la baciò con passione.

- Dovremmo seguirlo - le sussurrò lui all'orecchio.
- Non pensi sia meglio aspettare domani mattina? –
- E se fra loro ci fosse il killer? Perderemmo un'occasione d'oro!
- Si però il killer ha già ucciso tre persone. Perché non cerchiamo una stanza? o dormiamo in auto?
- Bellissima prospettiva.
- E 'quasi mezzanotte. Prendiamo una stanza e vediamo se domattina alle otto il professore è ancora qui. Gli

telefoni e gli chiedi un appuntamento. Vediamo cosa risponde.
Matt intanto, tenendo Pauline per mano e cercando di non far rumore, aveva cominciato a seguire i tre. Ma a un incrocio quelli si separarono, prendendo ognuno una strada diversa. Matt seguì il più alto per qualche altro passo, poi vide che entrava in una casa e chiudeva la porta. Una luce si accese al primo piano, poi, dopo una decina di minuti, si spense. Matt avrebbe voluto affrontare subito quell'uomo che corrispondeva alla descrizione del killer fattagli dal suo amico di Scotland Yard: alto uno e ottanta, robusto. Poteva essere l'assassino.
Ma Pauline aveva paura e lo pregò di lasciar perdere, vedendola pallida e spaventata, si limitò a guardare il nome sul campanello: Roger Laurent.
Dopo aver girato per il centro, trovarono aperto solo l'hotel La Cour Carrée, in una palazzina di quattro piani beige con le imposte azzurre. Pauline agognava ad un letto, si tolse la gonna e la maglia e si cacciò sotto la coperta, rabbrividendo per il freddo e la paura provata. Dopo due minuti dormiva. Matt si affacciò alla finestra. Vedeva le mura della città medievale, le torri e i bastioni illuminati nella notte. La Provenza, i Catari, il professor Morin, la crociata, i massacri: la visione di Carcassonne sembrava riempire di realtà ogni elemento di questa storia. E il Demiurgo e il quadro di Giorgione cominciavano a trovare una vaga collocazione fra i rimpianti, i ricordi, le suggestioni di quei luoghi.
Gli tornarono in mente i versi della canzone sui cavalieri: "I cavalieri catari piangono piano sul bordo dell'autostrada, come un ultimo insulto, un'ultima tortura, in mezzo alla confusione, vestiti di cemento, il fumo delle automobili, il cesto della spazzatura." In

effetti quel monumento lo aveva lasciato perplesso: quei grandi cilindri di pietra buttati così sull'autostrada, come monito ai passanti, o come ultima beffa ad un grande popolo che persino nel ricordo veniva sminuito e sbeffeggiato dal rumore dei tir e dallo sguardo distratto dei turisti.
Rimase a guardare il GPS ogni dieci minuti, e a rimuginare come presentarsi il giorno dopo al professor Morin.

15. Carcassonne

Nel mio castello di Asolo, nello primo tempore, la mia dimora mi parea semplice e modesta, rispetto alla corte di Nicosia, pure quanti giorni, in sul calar del sole, io mi sporgea dalla torre e vedea sotta di me e campi e vigneti e tutta la pianura finché l'occhio non si perdea all'orizzonte. E in quelli momenti una dolcezza, mescolata di lacrime, mi si sciogliea in cuore, ripensando alla mia gioventude, a ciò che mi era stato dato e poi tolto: uno sposo, un figlio, un regno.

Non potei più tornare a Cipro, e neppure visitare Roma, i miei viaggi erano controllati dalla Repubblica che continuamente vegliava sul mio operato. Sì io era libera di sfavillare siccome stella nel firmamento a feste e giostre, ma dovea seguire negli affari della politica le indicazioni del Senato. Al quale io fui sommamente grata, chè mi concesse ottomila ducati l'anno coi quali io beneficiai li miei sudditi e feci anche costruire il Barco, la residenza estiva, siccome lo nomò messer Bembo. Et in questo luogo ameno e raffinato, io potei consolare il mio animo dalle ferite che la sorte mi avea procurato nella mia gioventù, ricevendo et ospitando fra gli più spleldidi spiriti ovverossia persone di grande cultura e nobilissimi atti, con le quali io mi intrattenni si maravigliosamente e dolcemente che Asolo divenne siccome un piccolo faro per tutti li nobili uomini ovverrossia dame che in esso luogo trovavano conforto nello spirito e nutrimento per le loro anime afflitte dalle intemperie della vita.

Matt passò una notte agitata. Aveva pensato a due o tre strategie per riuscire a contattare Morin, ma nessuna gli sembrava convincente. Si addormentò verso le tre di un sonno profondo, con brutti sogni. Si svegliò all'improvviso alle sette, pensava di avere udito il bip del GPS, invece era tutto muto. L'auto di Morin era sempre ferma al parcheggio dove l'aveva lasciata la sera prima. Si alzò, fece la doccia, poi si affacciò alla finestra a fumare.

La nebbia del mattino si stava alzando dai bastioni delle mura di Carcassonne. Le torri galleggiavano su un mare di nulla. Non si sentivano suoni, ogni rumore era attutito dalla nebbia. Era irreale.
Pauline dormiva ancora e lui non voleva svegliarla. Si volse a guardare le sue esili forme sotto il lenzuolo, le treccine nere sul cuscino, il respiro lievissimo, come se non ci fosse. Le si accostò per vedere se respirava davvero. Bastò quel lieve spostamento d'aria per farle aprire gli occhi.
- Ciao, che ore sono?
- Le sette e mezza. Tranquilla è presto.
- Vuoi chiamare il professore alle otto?
- No. Ho pensato di andare direttamente al centro studi e presentarmi come un ricercatore, forse è il modo migliore per farlo parlare. Però tu non puoi venire, ti ha visto. Andrai a fare un giro se vuoi ci ritroviamo dopo.
- Ok, mi sembra un ottimo piano. Io però farei colazione prima.
Si alzò dal letto con la sua maglietta fucsia e i piccoli slip neri, e entrò nel bagno per farsi la doccia. Matt l'avrebbe presa subito, lì com'era. Ma il momento era cruciale, avrebbero avuto tempo dopo. Dopo cinque minuti Pauline era pronta, fresca e radiosa come un mattino di maggio.
Fecero colazione al primo bar che trovarono aperto con cappuccino e croissant caldi. Matt adorava le colazioni francesi.
Poi si avviarono a piedi verso la casa in via Voltaire. Il GPS era muto. La casa aveva ancora le imposte chiuse, immersa nel sonno. Forse era ancora troppo presto. Matt decise di appostarsi poco lontano, avendo bene in vista la porta e le finestre.

Pauline andò a fare un giro e per prima cosa si recò al parcheggio, dove era la macchina del professore, e confermò con un messaggio a Matt che l'auto era ancora lì.
Alle nove meno dieci Matt vide una donna anziana aprire le imposte del primo piano. Aspettò due minuti poi suonò alla porta.
- Sì? -rispose una voce femminile
- E' il centro studi sui Catari? Posso salire?
La donna non rispose, ma aprì il portone.
Matt salì in volata le scale e si trovò davanti una porta mezza aperta che dava su un appartamento. Nell'atrio la donna della finestra era seduta ad una scrivania e stava scrivendo al computer.
- Buongiorno, sono uno scrittore inglese, sto facendo delle ricerche sui Catari per scrivere un romanzo, posso parlare con lei?
- No, io sono solo la segretaria, oggi c'è il professor Morin. Ma lei ha un appuntamento?
- Temo di no, ma se potesse ricevermi non gli farei perdere molto tempo.
- Attenda un attimo.
La donna, una sessantenne dai capelli grigi corti, in carne, con acuti occhi azzurri, aprì una porta e scomparve per alcuni minuti.
Dopo poco ritornò: - Si può accomodare, ma il professore ha un altro appuntamento alle dieci.
- Grazie, è stata gentilissima. Non si preoccupi.
Entrò in una stanza grande, con le pareti completamente ricoperte da librerie alte fino al soffitto, piene di libri messi anche in orizzontale sulle file ordinate in verticale. Un lampadario in ferro battuto pendeva dal soffitto, un sofà a fiori era in angolo, con un tavolino accanto e una

poltrona di pelle. Più che un centro studi pareva lo studio di un professionista.
- Buongiorno signor… -disse Morin alzandosi e andandogli incontro.
Matt gli strinse la mano: - Owen, Matt Owen.
- In cosa posso esserle utile? La segretaria mi ha detto che è uno scrittore.
- Sì, in effetti sto scrivendo un romanzo sui Catari.
- Un altro? - esclamò Morin indicando la stanza colma di libri.
- Mi scusi sa, ma ne hanno già scritti tanti, non vorrei certo smorzare il suo entusiasmo.
- Non si preoccupi, so che la bibliografia su questo argomento è molto vasta, ma io vorrei adottare un approccio diverso. Sono venuto qui in Provenza per studiare i luoghi e appena ho visto che c'era questo istituto ho pensato di approfittarne. Mi scuso per non aver preso appuntamento, non pensavo servisse.
- In effetti per consultare la biblioteca non è necessario, e io sono qui per puro caso, ho un altro appuntamento alle dieci, come le ha detto la mia segretaria. Ma fino a quell'ora sono tutto suo. Mi dica di cosa si tratta.
- Sì, ecco, ma volevo sapere… il centro studi è solo questa stanza?
- No no, venga che glielo mostro.
Aprì un'altra porta e lo introdusse in una vasta sala attrezzata per la ricerca e le conferenze. Anche questa aveva le pareti tappezzate di libri, da un lato c'era una grande scrivania con tre postazioni internet, in fondo un telo per proiezioni con una ventina di sedie di plastica trasparente davanti.
Dalla parte opposta un sofà a fiori con davanti una poltrona di pelle e un tavolino basso. Sul muro era

appeso un quadro con la spiaggia di Etretat. Per terra un tappeto persiano con delicati fiori azzurri.
- Vede, qui in estate facciamo spesso conferenze per i turisti, l'argomento suscita ancora molto interesse.
Morin lo invitò a sedersi sulla poltrona, mentre lui prendeva posto sul sofà, esattamente sotto al quadro. Owen non riusciva a staccare gli occhi dalla tela.
- Bello vero?
- Ma è autentico?
- No, è una copia di un Monet, questo quadro apparteneva già a mio padre, che abitava qui a Carcassonne, non ho mai avuto la forza di spostarlo.
- Però è un'ottima copia
- Sì certo, credo l'abbia fatta un caro amico di mio padre, un pittore che abitava da queste parti.
- E non ricorda il nome? era veramente molto bravo.
- No, mi spiace, del resto, ovviamente non firmava i quadri. Ma abbiamo divagato troppo: dunque questo approccio diverso? - Morin sembrava avere una gran fretta, cominciò a guardare l'orologio.
Matt fece uno sforzo per ricordare il suo copione, e cominciò ad improvvisare.
- Ecco, forse le sembrerà strano, ma fra tutti i testi che ho letto quello che mi ha suscitato la voglia di scrivere una storia è stato "L'amore e l'Occidente" di Denis de Rougemont: mi piacerebbe scrivere la storia di un poeta cataro.
Morin aveva fatto un lieve sobbalzo.
- E' un libro del 1936, anche se poi lo stesso autore ne ha fatto una seconda edizione nel 1976. Sono stati scritti decine di testi dopo e le sue teorie sono state discusse e criticate, come mai tanto interesse per questo libro?
- Ho trovato il testo affascinante, è così intrigante l'idea che alcuni di questi poeti celassero l'idea di Dio nelle

loro frasi d'amore per la presunta donna amata, poi il trobar clus stesso spinge verso questa interpretazione, insomma mi è venuta l'idea di scrivere la storia di un trovatore che viene ucciso nel massacro di Bèziers.
- Capisco, quindi non vuole fare un romanzo storico.
- Al contrario, sono venuto qui proprio per essere il più aderente possibile alla realtà dei fatti. Solo il trovatore e pochi altri personaggi saranno inventati, come nella tradizione dei romanzi storici.
- Bene qui - e con un gesto indicò la libreria - può trovare tutto il materiale che vuole.
- Grazie, ne approfitterò. Ma c'è un aspetto che non mi è chiaro riguardo alla dottrina catara.
- Prego, se posso aiutarla.
- I miei dubbi riguardano la figura del Demiurgo. Sa noi siamo abituati all'idea platonica di un Demiurgo come costruttore del reale, ma nell'eresia catara mi pare di aver capito che esso sia un personaggio negativo.
- In effetti ha ragione, in quanto creatore del reale e transeunte, opposto a Dio e all'eterno, il Demiurgo viene identificato con Satana, a cui appartengono tutti i regni della terra, come si evince in Matteo, al capitolo 4, versetti 8/9. Da qui il rifiuto della sessualità, che porta alla riproduzione di altri schiavi di Satana, o quello delle carni, e comunque di tutti i beni della terra, per vivere in povertà e castità. Ovviamente per i perfetti, per i bonhommes l'adesione richiesta era molto più semplice - Rispose Morin, guardando di sfuggita l'orologio. Erano le dieci meno un quarto.
- Ecco lei mi illumina, pure io vorrei chiederle una cortesia, se non la disturbo troppo, un minuto solo.
Prese il cellulare e mostrò la figura del quadro di Giorgione.

- Vede, io avevo pensato in un primo tempo di usare questa illustrazione per la mia copertina, perché questo giovane ricciuto sarebbe appunto il Demiurgo o l'Anticristo, ma non so se è una cosa appropriata.
Morin, era impallidito, poi era diventato rosso.
-Ah, non direi proprio. Un'opera del 1500 è sicuramente fuori luogo, per un libro sui Catari. Poi non è sicuro di chi sia questa figura, non è detto che sia il Demiurgo, è solo un'ipotesi. Io le suggerirei piuttosto di cercare una qualche miniatura del periodo, ce ne sono di bellissime e molto più adatte di quel quadro di Giorgione.
Si alzò e si avvicinò ad alcuni testi: - Guardi, se leggerà la Canzone della Crociata Albigese… la conosce vero?
- Sì, ma non l'ho mai letta nel testo originale - mentì spudoratamente Matt.
- Ecco qui troverà il testo e anche la sua traduzione, come saprà la prima parte di Guilhèm de Tudèla è filo crociata, mentre la seconda parte attribuita a Gui de Cavalhon è senz'altro dalla parte dei Catari. E'imprescindibile al suo lavoro - Aveva tirato fuori un grosso volume e lo aveva aperto sulla scrivania.
- Vede qui troverà anche delle pregiate miniature, secondo me più consone al suo romanzo. Ma ora mi scusi, ho una trattativa privata, la pregherei di tornare nel pomeriggio. Apriamo alle tre. Io non ci sarò perché devo tornare a Tolosa all'Università, ma la mia segretaria le fornirà tutti i testi che desidera.
- La ringrazio moltissimo, lei è stato veramente gentile, tornerò di sicuro.
Matt uscì ringraziando. Voleva appostarsi di nuovo per vedere chi era la persona attesa, ma lo chiamò Pauline, così si allontanò dietro l'angolo della strada per poterle parlare. Le disse solo che l'avrebbe raggiunta fra poco.

Tornò con un balzo sulla strada ma vide solo chiudersi il portone.
Corse da Pauline che lo aspettava all'entrata del castello.
- Allora?
- Credo che siamo nel posto giusto: ha un quadro del tuo bisnonno nella sala, un falso Monet bellissimo, questo Jacques La Guèpe era un vero genio.
- Ma, questo non dimostra niente. Ha un quadro del mio bisnonno, ma non ha il quadro di Giorgione.
- Sì, però la pista di madame Geneviève mi ha portato da un falsario e poi da uno che ha un suo quadro. C'è un senso che lega tutto questo anche se ancora noi non lo vediamo. Ricordati che lei è stata uccisa per questo, quindi siamo sulla strada giusta. Lo scopriremo presto. Oggi pomeriggio tornerò là e vedrò di capire di più. Comunque parlerò con la segretaria. Morin tornerà a Tolosa.
- Vengo anch'io?
- Meglio di no ancora, con… quei capelli sei troppo riconoscibile, Morin potrebbe insospettirsi, se la segretaria gli dice qualcosa. Meglio mantenere ancora le nostre coperture. Tu puoi rivedere il castello.
- Eh no, l'ho già girato benissimo, sono entrata qui per non farmi vedere da Morin, oggi farò una passeggiata in paese. Certo che hai proprio stravolto la mia vita. Fino a tre giorni fa ero a Parigi e pensavo solo a piccoli frammenti di colore che devo ripulire nel mio affresco, mi dedicavo a un microcosmo, ed ora guardami, sono qui a Carcassonne per risolvere un furto internazionale. Mi hai dilatato le prospettive - disse Pauline prendendolo sottobraccio.
- Già, non vorrei che fosse troppo semplice per essere vero. Comunque Morin bisogna torchiarlo, non diceva la

verità oggi, per lo meno non tutta. Domani a Tolosa cercherò di farlo parlare.

Mentre le parlava all'orecchio la baciò sul collo. Passando davanti al loro albergo, Matt trascinò in camera Pauline. Si abbracciarono per le scale, arrivarono in camera già mezzo spogliati. Rotolarono sul letto insieme.

Matt era affascinato da Pauline. L'esuberanza della sua fiorente gioventù lo incantava. Non pensava più così spesso a Marion, troppo preso dall'inchiesta e dalle grazie della ragazza. Gli aveva raccontato la sua vita di studentessa, le difficoltà che incontrava come donna e nera, nonostante fosse nella Francia emancipata degli anni 2000. Soprattutto quando era piccola, a Mentone, aveva sofferto per uno strisciante razzismo delle sue compagne, che la chiamavano l'eritrea. Solo la sicurezza e l'affetto che le avevano dato il padre e la madre avevano ricucito le piccole ferite crudeli che le altre bambine le avevano inflitto, perché non era come loro, non si uniformava al gruppo.

Matt restava colpito dalla determinazione e dalla forza di volontà di lei. Si era buttata negli studi con l'ardore dei suoi vent'anni e voleva riuscire ad affermarsi nel suo campo. Il restauro le piaceva perché era preciso, e, nello stesso tempo, emozionante: ridava vita, faceva riemergere dall'usura del tempo la bellezza sciupata e dimenticata.

Lei, invece, era presa da un'inquietudine sconosciuta, che non aveva mai provato con gli altri ragazzi. Quando lui le parlava qualcosa le restava sospeso nello stomaco, tremolava e poi si scioglieva: erano forse le famose farfalle di cui parlava sempre la sua amica Louise?

All'una si svegliarono affamati e scesero nella parte nuova del paese. Pauline scelse il bistrot da Alice. Lei

prese del polpo grigliato con insalata, mentre Matt volle provare la bouillabaisses, una zuppa di pesce. Accompagnarono il cibo con uno Chardonnay provenzale. Matt era eccitato, non si aspettava nessun risultato da questa ricerca, l'aver trovato qualche conferma acuiva tutti i suoi sensi.
Morin però non era partito: il rilevatore GPS era rimasto fermo. Qualcosa non era andato come doveva. Matt disse a Pauline di aspettarlo in hotel e di non andare in giro, se Morin era ancora a Carcassonne avrebbe potuto incontrarla per strada e la loro copertura sarebbe saltata. Le chiese di chiamarlo al cellulare se entro mezz'ora non si fosse fatto vivo.
Con una certa apprensione tornò in rue Voltaire. Il portone era accostato, Matt salì le scale di corsa. Anche la porta del centro studi era aperta. Nell'atrio c'era la segretaria, riversa sulla scrivania, in una pozza di sangue. Con un balzo fu nell'altra stanza, Morin non c'era, entrò allora nella sala e vide subito che il falso Monet non c'era più. Solo dopo vide Morin riverso a terra, con un colpo in testa preciso come fosse un bersaglio da tiro, le mani come artigli sui bordi della tela del Giorgione!
Sul tappeto persiano a fiori azzurri si dilatava una macchia di sangue.
Matt si chinò su di lui, gli tastò il collo, poi fu il buio.
Pauline era in ansia, Matt le aveva lasciato il cellulare per seguire il GPS e aveva preso il suo. Dopo mezz'ora chiamò, non ebbe risposta. Uscì dall'albergo e si recò al parcheggio: l'auto era sempre lì. Decise di raggiungere Matt e provò a chiamarlo di nuovo. Giunta in via Voltaire vide il portone spalancato, corse su per le scale, vide la segretaria, corse dentro e trovò Morin morto e Matt per terra vicino a lui.

Entrò trafelata una donna con le borse della spesa, Pauline, in piedi terrorizzata, non si era resa conto di urlare da quando era entrata nel centro. La donna lasciò cadere le borse, si avvicinò ai due stesi a terra, tastò loro il collo, poi si volse verso Pauline, la strinse fra le braccia, dicendole di calmarsi e carezzandole i capelli. Poi prese il cellulare e chiamò polizia e ambulanza.

Pauline si buttò in ginocchio vicino a Matt continuando a urlare: -E' morto, è morto!

La donna, anche lei sotto choc, era stata però invasa da una strana calma e sangue freddo, la confortò: - No, no, si calmi non è morto.

Allora Pauline gli sollevò la testa e lo tenne fra le sue braccia, cullandolo come un bimbo. Non si asciugava le lacrime, non si soffiava il naso, tutto le colava sul viso mentre teneva stretto Matt.

La donna cercò un bagno, tornò con due bicchieri di carta colmi d'acqua, uno lo bevve lei, l'altro lo offrì a Pauline, ma la ragazza non lo prese, non riusciva a staccarsi da Matt.

Giunsero i poliziotti e dissero alle due donne di non toccare nulla, ma tanto avevano già toccato tutto, dopo due minuti giunse l'ambulanza, gli infermieri faticarono a staccare Pauline da Matt, ci riuscirono solo rassicurandola che si sarebbe ripreso. Caricarono entrambi sull'ambulanza e lasciarono posto agli agenti di polizia.

La signora fu interrogata a lungo, poté raccogliere la sua spesa e tornare a casa, sconvolta anche lei, dopo due ore.

16. Londra

E vennero alla mia dimora i duchi di Urbino, et Eleonora d'Aragona, e anco isabella d'Este et Beatrice Sforza, nobilissime dame dalle quali io trassi tanto consolamento e gioia, e poi li maggiori artisti e pittori, siccome messer Bellini e messer Cima da Conegliano, e ancora messer Palladio e messer Sansovino, e lo giovane Giorgione, di cui io mi invaghii per le opere così naturali tanto che mi feci fare un ritratto e anco gli chiesi una copia delli tre filosofi, siccome io volea significare che da ogni persona che io avea ospitato avea ricevuto in cambio, come da corno di cornucopia strabordevole, tanto e tanto più in saggezza, idee et opere maravigliose.

Melania guardava le notizie sul web con crescente apprensione. Aveva un mucchio di giornali sulla scrivania, ma continuava a cercare notizie.
Da quando Matt non ne aveva più date, ci avevano pensato i telegiornali. Matt era diventato un eroe, almeno

per un giorno. Il ritrovamento del quadro rubato di Giorgione a Carcassonne gli aveva riservato tutte le prime pagine della stampa. Il colpo ricevuto in testa, che lo aveva costretto a tre giorni di ricovero, aveva aggiunto pathos alla vicenda. Melania aveva anche cercato di contattare Matt telefonicamente, ma con grande costernazione aveva trovato il cellulare inesorabilmente spento.

C'era un altro particolare che l'angosciava profondamente, più di tutte le vicende, ed erano le foto di Pauline La Guèpe, con le sue treccine rasta e il fisico esile da ragazzina, gli occhioni da cerbiatta, che aveva trovato Matt ferito a Carcassonne, e che veniva indicata come una sua stretta collaboratrice. Il che tradotto significava che ci andava a letto. Anche se da tempo si era ripetuta di lasciare perdere ogni speranza, quando poi Matt si metteva con qualcuna, non riusciva a non struggersi di gelosia.

Melania aveva letto tutti gli articoli, tutte le notizie sul web e ora si accingeva a fare un riassunto per Morgan, che alternava momenti di orgoglio a momenti di ira frustrata: con Owen non si sapeva mai cosa potesse succedere.

Owen si era recato a Carcassonne per parlare col professor Morin, un docente di letteratura romanza all'università di Tolosa. Cosa lo avesse portato lì lo aveva spiegato Pauline: erano alla ricerca di informazioni sul suo bisnonno, falsario seguace di van Meegeren, che era stato amico di Morin. Perché questi poi avesse proprio il vero quadro rubato emerse dalle indagini.

Comunque erano piovute lodi sperticate per il segugio inglese, che, ben prima di Scotland Yard, aveva ritrovato il Giorgione scomparso. I bossoli trovati accanto ai cadaveri erano ancora di calibro nove, con i segni

inconfondibili della Glock. Nessun dubbio che l'assassino fosse lo stesso. Non c'erano testimoni, le telecamere non avevano inquadrato nessun tipo sospetto o simile al killer di Londra. Ancora non si avevano i risultati della scientifica. Ci avrebbe pensato l'Interpol a questo punto.
Dunque, come aveva testimoniato l'odiosa Pauline (e pensare che gliel'aveva trovata lei!) Owen aveva avuto un colloquio al mattino col professore, colloquio dal quale erano emersi elementi interessanti (sic!) per cui nel pomeriggio era tornato alla fondazione sugli studi Catari e qui, evidentemente, si era scontrato con l'assassino, che, dopo averlo colpito, era fuggito.
Cos'era successo in quelle ore fra le undici, ora in cui Matt era uscito dalla fondazione, e le tre e trenta, ora in cui era stato ritrovato?
Pauline aveva riferito che dopo Matt il professore aveva detto di avere una visita. Poteva essere l'assassino? Però la morte del professore risaliva alle 14 circa, possibile che la persona in questione fosse rimasta tanto tempo alla fondazione? Oppure il primo appuntamento non c'entrava per nulla e solo verso le 14 si era presentato il killer che aveva rubato il Giorgione a Londra. Era stato Morin a ordinare il furto? E ora il ladro veniva a consegnarlo, poi non trovando un accordo sul prezzo era fuggito rubando un altro quadro e uccidendo i due testimoni?
Molti di Carcassonne avevano testimoniato della presenza di un Monet nella sala della fondazione, ma perché il ladro non aveva portato via di nuovo anche il Giorgione? Era stato Owen ad interromperlo e a costringerlo a fuggire lasciando la seconda tela?
E perché poi un professore di Tolosa avrebbe voluto il quadro dei tre filosofi?

Molti gli interrogativi che restavano inevasi, si aspettava con ansia che Matt potesse parlare, per ora i medici avevano proibito a chiunque, anche alla polizia di avvicinarlo. Questo il resoconto del primo giorno, ma già dal secondo si erano aggiunti molti particolari: il primo, e più inquietante per Melania, era che Owen soffriva di una leggera forma di amnesia. Leggera forma? E cosa voleva dire? Che si ricordava solo il suo nome e poco altro? Ma quanto poco? Melania si mangiava le unghie fino alla carne per la preoccupazione. E se invece Matt stesse fingendo per non collaborare con la polizia, o per non rivelare ai giornalisti elementi che riteneva utili per lui? Conoscendo Matt, tutto era possibile.
Dal terzo giorno in poi la stampa si era scatenata sulla personalità del professor Morin: a quanto pareva il figlio dell'illustre storico aveva maturato una vera passione maniacale per l'eresia. Non solo aveva aperto il centro studi a Carcassonne, ma addirittura si diceva che seguisse la religione dei perfetti. Non era sposato, era vegetariano, e aveva raccolto attorno a sé una piccola confraternita di bonhommes che seguivano il suo esempio. Lo sdegno per la crociata contro i catari aveva sviluppato in lui un senso di rivalsa, pensava di riabilitare il suo popolo. Per quanto i suoi fedeli avessero le bocche cucite, uno però (c'è sempre un Giuda) si era confidato con un giornalista e aveva rivelato che il Morin era in attesa dell'Anticristo, dopo il trionfo del quale i Catari avrebbero ereditato il regno dei cieli. Spesso inoltre aveva parlato loro del dipinto del Giorgione, ma senza mostralo, perché lo venerava come sacro e lo teneva in cassaforte, dicendo che quello era sicuramente il ritratto dell'Anticristo e che i segni sulle carte dei filosofi indicavano la data del suo ritorno.

Da qui a capire che il professore, abbacinato dalla sua mania, avesse assoldato un ladro per rubare il quadro, che poi il ladro fosse anche un assassino che infine aveva ucciso anche lui, il passo era breve.
L'unica incognita era capire perché il ladro avesse poi lasciato lì il Giorgione per prendere il Monet. Forse non conosceva il valore effettivo del dipinto. E poi Morin l'aveva pagato o no? C'erano stati negli ultimi mesi cospicui prelievi dal suo conto, ma non si arrivava a trentamila euro. Se era il prezzo del killer, probabilmente gli era sembrato troppo poco e si era rifatto col Monet.
Tutti stavano col fiato sospeso, aspettando che Matt rivelasse cosa sapesse. Erano state visionate le telecamere e anche del misterioso visitatore delle dieci non c'era traccia. Pauline La Guèpe era stata intervistata da tutti e aveva fornito sempre la stessa versione.
Owen fu dimesso dopo quattro giorni, fece una breve dichiarazione in cui affermava di essere ancora confuso e non ricordare bene la sequenza dei fatti e volò a Londra.

E quella mattina, finalmente, era atteso in ufficio.
Per l'occasione c'erano tutti: i fratelli Morgan, gli altri due agenti dell'agenzia, Mister Archie Robinson, un cinquantenne brizzolato dall'aria distinta, e Miss Louise Peabody, una signora sui quarantacinque, castana, vestita come una casalinga uscita da casa per fare la spesa. In realtà questi erano i loro travestimenti di quel periodo. La caratteristica di entrambi era quella di non avere caratteristiche particolari, avevano visi e corporature normali, altezza media, peso medio, e in effetti erano bravissimi nel non farsi notare, nel mescolarsi fra la gente, seguendo i loro obiettivi, senza dare nell'occhio. Matt, così alto, con quell'aria da attore di Hollywood, era esattamente il contrario. Ma lui compensava la sua

visibilità col suo intuito e i suoi colpi di genio, con la testardaggine e una certa dose di incoscienza e di fortuna.
C'erano dei giornalisti appostati davanti al 37 di Harrington Garden, in attesa del personaggio del giorno. Ma le ore passavano e di Matt neanche l'ombra. Verso mezzogiorno miss Melania si affacciò alla porta e disse loro che per quel giorno Owen non sarebbe venuto. Delusi i giornalisti attesero ancora un poco, poi, uno alla volta, se ne andarono.
Matt invece era già dentro da due ore. Aveva preso un taxi ed era sceso in Bute Street e, passando da dietro, dai giardini delle case, era entrato dalla porta posteriore.
Melania se lo era visto davanti all'improvviso, bello come il sole, coi suoi ricci castani, le gambe lunghe fasciate in jeans aderenti e una camicia blu aperta sul petto. Si alzò e lo abbracciò, e questa volta era proprio il caso. Subito il suo studio si riempì degli altri che si congratulavano con Matt per il successo dell'operazione: aver trovato un dipinto rubato dopo neanche un mese aveva del miracoloso, confrontandolo con tutti gli altri casi famosi, in cui c'erano voluti anni. Dopo i convenevoli i due agenti andarono al lavoro, si riunirono nello studio del capo i due fratelli Morgan, Owen e Melania.
- Allora Owen ci dica come sta innanzitutto, soffre ancora di amnesia?
- Non ho mai sofferto di amnesia, volevo solo sottrarmi a decine di interrogatori della polizia francese, che mi avrebbe bloccato per chissà quanti giorni, il leggero trauma cranico la giustificava.
L'avevo detto io, pensò Melania, tirando un grosso sospiro di sollievo.

- Comunque è stato veramente straordinario, mi congratulo con lei - aggiunse Joseph Morgan
- E'stata anche fortuna. Anzi devo molto ad una cara amica di Parigi che mi ha presentato un informatore veramente bravo, che purtroppo ha pagato con la vita.
- Dunque per questo quadro sono stati commessi cinque omicidi, è veramente assurdo.
- E un quadro che vale cinque milioni di sterline, non dimentichiamolo - aggiunse ancora Joseph.
- Ciò non toglie nulla all'efferatezza di questo assassino. Ha corso un bel rischio Owen, poteva uccidere anche lei, chissà perché lo ha risparmiato.
- Questo me lo chiedo anche io. Ci sono poi altre grosse incongruenze. Per esempio il Monet. Non sapendo che era un falso, il ladro lo ha preso, forse in pagamento, ma allora perché ha lasciato lì il Giorgione? Perché sono arrivato io e allora mi ha colpito ed è scappato? Mi sembra debole come spiegazione.
- E questo lo ha detto alla polizia francese?
- No, non ho detto niente, avevo l'amnesia. In realtà noi andavamo in caccia di un falsario e invece abbiamo trovato il quadro autentico.
- Cioè, si spieghi meglio.
Matt raccontò della soffiata di Madame Geneviève che lo aveva indirizzato su Van Meegeren, poi dell'idea che gli era venuta di cercare un suo allievo, di aver trovato ad Amsterdam fra gli atti del processo il nome di La Guèpe, di averne rintracciato la pronipote, grazie all'aiuto di Melania (per fortuna si ricorda anche del mio apporto), e di aver seguito questa pista proprio perché nel frattempo madame Geneviève era morta nel metrò, secondo lui uccisa, quindi questo lo aveva fatto continuare su quella strada.

Nella casa della nonna di Pauline La Guèpe aveva trovato gli elementi che confermavano che il bisnonno era stato effettivamente un falsario. Ma non si sapeva quali quadri avesse falsificato e ancora non si vedeva un legame col Giorgione. Poi però aveva trovato un libro sui Catari con una dedica del padre del professor Morin, Guillaume, illustre storico. Quindi si era recato da Morin solo per sapere qualcosa su questo legame, che era l'unico elemento che aveva e intendeva seguirlo fino in fondo.
Ma nel frattempo miss Melania era riuscita a trovare un collegamento, seppur labile, fra il quadro e gli interessi di Morin: la figura del Demiurgo, uno dei probabili tre filosofi. Melania gongolò intimamente e continuò a fissare Matt con occhi adoranti.
- Ascoltando una sua lezione mi sono convinto che fosse veramente appassionato alla materia quindi ho deciso di seguirlo. E' stato lui a portarci a Carcassonne, qui avevo pensato di affrontarlo direttamente, ma poi ho scelto un approccio più semplice e mi sono finto uno scrittore in cerca di elementi sui Catari. Quello che nessuno sapeva, neanche la signorina Pauline, è che il Monet, che il professore aveva nella sala, era un falso, era stato realizzato proprio dal nonno di Pauline, me lo ha detto lo stesso Morin. Per questo ero tornato alla fondazione speranzoso, avevo trovato finalmente un aggancio con la soffiata che avevo avuto. Però anche io non pensavo affatto di ritrovare il Giorgione così all'improvviso.
- E come mai non l'ha detto alla polizia francese?
- Perché ho pensato che se il ladro pensava che il dipinto fosse vero forse si sarebbe ritenuto ripagato e avrebbe smesso di ammazzare, pensiero ingenuo, se volete, ma appena risvegliato dal trauma cranico mi era sembrata una buona idea.

- E quindi? - incalzò Morgan
- Beh come dire: io sono partito alla ricerca di un dipinto di Giorgione autentico, poi sono stato dirottato verso un falsario, il che indicava che il quadro potesse essere un falso, nonostante tutte le prove e le analisi, alla fine mi ritrovo con un Giorgione vero, per il quale sono state ammazzate tre persone, e un Monet falso, per il quale ne sono state ammazzate altre due. In questa storia c'è qualcosa che non torna. E poi l'assassino è ancora in libertà.
- Lei ha perfettamente ragione - intervenne Joseph Morgan, che si occupava della contabilità - però il quadro è stato ritrovato, anzi credo sia già in viaggio verso Londra, il nostro cliente è soddisfattissimo, direi felice, e ci ha pagato profumatamente, quindi per lei le indagini sono finite, la caccia all'assassino è compito della polizia.
- Ecco proprio così - aggiunse Morgan I - perciò non faccia come al solito di testa sua, lei ha risolto brillantemente il suo incarico. Si riposi. E'stato ferito, si prenda una vacanza, poi quando si sarà ristabilito, riprenderà il lavoro.
Matt si aspettava questa conclusione, eppure ebbe un moto di stizza, perché a questi due interessava solo risolvere il caso per "il cliente", della verità, per non parlare della giustizia, non gliene importava niente.
- Sì certo, penso che tornerò in Italia, prima della Brexit.
Lo disse apposta perché sapeva benissimo che i due fratelli erano a favore del "leave" mentre lui e Melania erano decisamente per il "remain".
Continuarono per un'altra ora a chiedere delucidazioni sull'accaduto, anche se era evidente che il ritrovamento della tela aveva tolto mordente a qualunque aspetto dubbio dell'indagine.

Matt invece di dubbi ne aveva moltissimi, quindi, finita la riunione, ricevuto il compenso ed entrato ufficialmente in ferie, andò nel suo ufficio a scrivere la relazione dell'accaduto e aspettò miss Melania per tornare a casa con lei.
Era la seconda volta in meno di un mese che Matt andava a casa sua. Melania era in sollucchero. Tutte le promesse che si era fatta si erano dileguate nell'istante in cui lui, chinandosi verso di lei, l'aveva guardata con i suoi occhioni scuri e le aveva chiesto se poteva passare da lei per discutere.
- Ma figurati! - aveva risposto lei, pentendosi poco dopo di avere risposte così banali.
Ora però erano in taxi insieme, lui aveva voluto evitare la metro per timore che qualcuno lo riconoscesse, e lei ne avvertiva incombente la presenza fisica. Con la coda dell'occhio vedeva la sua barba scura di alcuni giorni, i ricci castani sempre spettinati, e, sentendolo appoggiarsi pesantemente contro i cuscini, ne percepiva la stanchezza e nello stesso tempo si sentiva rimescolare dentro. Avrebbe voluto prenderlo lì in taxi, come aveva visto in certi film. Invece si limitò a tacere, vedendo che Matt aveva chiuso gli occhi e forse si era anche appisolato un minuto.
Fortunatamente la casa era in ordine (in realtà la teneva sempre ordinata e pulita) solo il frigo, pensava, era piuttosto vuoto. Ricordava del latte, dell'insalata, dello yogurt, delle uova. Poteva fargli una frittata? Avrebbero ordinato una pizza.
Appena entrati Matt si tolse la giacca e si gettò sul sofà, mentre lei ordinava due pizze Domino's ai peperoni.
- Guarda, sono contento che hai seguito così dall'interno la vicenda, i Morgan pensano solo al denaro.

- Mi sembrava di avertelo già detto varie volte: non siamo un ente statale, né tanto meno un ente religioso, non ci interessa la verità. Siamo dei venditori di informazioni segrete, quello che la gente non vuole che sia scoperto, noi lo scopriamo.
- Bleah, che orrore, se la metti giù così siamo solo degli spioni prezzolati. Tu non ti stomachi a fare questo lavoro?
- Io non faccio lavoro sul campo, mi limito alle ricerche sul web, è diverso.
- Però anche tu alla fine contribuisci a sbugiardare e smascherare la gente.
- A volte qualcuno se lo merita.
- Ma a volte no.
- Già, ma adesso non credo volessi parlarmi dei massimi sistemi, ma dei problemi irrisolti dell'indagine.
- Infatti: punto primo perché Morin voleva quel quadro? E poi aveva davvero tanti soldi da pagare un killer? E poi perché il killer ha lasciato il Giorgione, se voleva una ricompensa più abbondante poteva anche riprenderselo, dato che aveva ucciso Morin. Ma soprattutto perché Madame Geneviève mi ha indirizzato proprio verso un falsario se poi il quadro è risultato vero?
- Forse sapeva dell'amicizia di Morin con la Guèpe e voleva indirizzarti là.
- Uhmm, mi sembra improbabile, eppure da qualche elemento deve pur essere partita questa informazione.
Giunsero le pizze e mentre Melania la trovò deliziosa, Matt storse la bocca: lo sapeva che non doveva mai, mai, comprare pizze fuori dall'Italia!
Continuarono a parlare e ad analizzare tutti i particolari dell'avvenuto fino a notte fonda. Melania era così felice che avrebbe potuto andare avanti senza dormire per

tutta la vita. Ma alle tre Matt disse che era stanco, chiamò un taxi e tornò a casa.
Il giorno dopo l'attenzione dei media si spostò da Owen al Giorgione: finalmente il dipinto era rientrato a Londra e il proprietario lo aveva concesso alla National Gallery per organizzare una mostra. Ovviamente a pagamento. Probabilmente il figlio di mister Baker aveva pensato ad un altro modo di sfruttare il dipinto invece di venderlo.

17. Venezia

Senza togliere che la compagnia di sì illustri e nobili personaggi avea ancora più elevato lo mio animo, per distaccarlo dalle brutture di violenze e crudeltà, che io avea dovuto subire e puranco vedere con li miei stessi occhi nella mia gioventù, laddove le parole e le immagini del bello e del buono e delle loro raffinatezze, furono siccome miele che scorre sulla barba di Aronne, siccome ci dicono le sacre scritture.

Ciononostante io passai anche molti mesi in Venezia, colle mie sorelle e il mio adorato Giorgio e li altri parenti et amici, siccome Asolo fu luogo di pace e consolazione, ma Venezia essendo la mia patria, et essendo l'unica cosa, insieme alli parenti et amici che in essa dimoravano, che mi mancarono mentre io era in Cipro, io nutriva ancora in cuore voglia di stare con essi loro e di riempirmi gli occhi con la visione magnifica della laguna e dello Canal Grande dove la mia famiglia avea lo palagio, et anco non posso negare che il destarsi il mattino e nello aprire le imposte vedere l'acqua chiara della laguna, siccome io solea da bambina, riempie, come allora, il mio cuore di lietissima gioia.

Matt si crogiolava al sole, seduto al Florian con un aperitivo sul tavolino. Tra un'ora sarebbe giunta Pauline ed era ansioso di rivederla per verificare se era stata solo attrazione momentanea, o se fra lui e lei era nato qualcosa di più profondo.
Prima di partire gli era giunta a casa la notizia che aveva vinto il concorso come lettore di inglese alla Ca' Foscari. Era venuto a Venezia ed aveva accettato. I dubbi che aveva sulla conclusione del caso, il fatto che anche la Regina, come del resto voleva il protocollo, non pareva appoggiasse particolarmente il remain, né il leave per altro, nonostante un suo tiepido discorso in cui aveva ammonito i sudditi sui rischi di un'uscita dall'UE, la delusione per Marion e anche per il bambino, che ora pensava non essere assolutamente suo, lo avevano spinto ad accettare il cambiamento. A parte i due casi di Zanzibar e del Giorgione, il suo lavoro consisteva nel pedinare gente dubbia, che aveva sempre qualcosa di losco da nascondere. Se in un primo momento l'aspetto investigativo lo aveva entusiasmato, la difficoltà di assicurare alla giustizia il vero colpevole o anche le conseguenze, a volte devastanti, delle sue indagini lo avevano demotivato sempre più dal proseguire quel lavoro.

Inoltre restavano aperti in lui tutti i dubbi sul caso del Giorgione e lo tormentavano.
Prese il vaporetto per la stazione. Pauline scese dal treno radiosa in quel mattino di maggio. Si era tolta le treccine e aveva lasciato i capelli ricci incorniciarle il viso. Solo allora Matt si accorse che le treccine erano posticce. Ma così, al naturale, con un paio di jeans attillati e una maglietta azzurra, Pauline era bellissima. Gli corse incontro e lo baciò, Matt le voleva prendere il piccolo zaino che portava sulle spalle, ma lei rifiutò. SI poteva fermare solo due giorni e aveva poca roba. Attraversarono il ponte dell'Accademia, l'acqua brillante sotto, l'aria chiara e piena di sole, e si avviarono verso l'appartamento di Matt.
Questo era uno degli altri motivi che avevano spinto Matt a scegliere Venezia. Sua nonna gli aveva intestato un appartamento in calle San Bernardo 2, a due passi da Ca' Foscari; questi motivi lo avevano spinto a ritenere che la sua decisione fosse giusta. Era una palazzina rosa con le imposte verdi. Al piano terra, sui davanzali, c'erano vasi di gerani rossi. Sopra, dove abitava Matt, erano stese una camicia a righe, una tuta e dei calzini in bell'ordine. Corsero su per le scale e si precipitarono dentro. Si spogliarono con ansia e si gettarono l'uno nelle braccia dell'altra. L'amore, dopo tanta attesa, era frenetico e urgente. Poi, la seconda volta, fu più dolce e tenero. Matt aprì le finestre e fece entrare l'aria calda di giugno.
- Allora hai proprio deciso, rimani qui? Anche prima del risultato della Brexit?
- Sì, comunque non voglio più fare il detective, ho trovato un lavoro che mi piace, la paga non è granché, ma affittando il mio appartamento a Londra, direi che dovrei star bene. E poi come si fa a non amare Venezia?

- Uhmm, non so, non vorrei che avessi preso una decisione affrettata, non credo che sia facile vivere qui per uno come te, pensa agli spostamenti…i traghetti invece della metro. Poi lasci tutti gli amici, i tuoi genitori.
-Ti ricordo che ho trentatré anni. E comunque qui a Venezia i parenti non mi mancano di sicuro, c'è mia nonna che ha 80 anni, pensa un po', poi due mie zie con mariti e tre figli a testa, quindi sei cugini, di diversa età. Ho più parenti qui che a Londra! E anche amici d'infanzia. Non credo proprio che avrò problemi di adattamento. Se non c'è la metro, uscirò prima di casa. Del resto l'università è a due passi!
- Beh, se lo dici tu sono solo felice, anche io adoro Venezia, sarà bello venire a trovarti! - e lo baciò con trasporto.
Quindi lei pensava che sarebbe durata fra di loro, mentre Matt, pur trovandola incantevole, non sapeva se era veramente innamorato. Anche ora dopo l'amore, si intrometteva, amara come il fiele, l'immagine di Marion.
- Guarda cosa ti ho portato!
E gli mostrò un vecchio quaderno a quadretti, pieno di appunti fitti.
- L'ho trovato nel sottoscala, ci sono ancora appunti di mio nonno, e anche nomi e indirizzi qui in fondo, ho pensato che ti avrebbe fatto piacere averlo, anche se l'indagine è finita, magari in futuro ti potrebbe servire per scovare un qualche altro falso.
- Come lettore di inglese dubito che mi capitino situazioni simili, ma grazie lo leggerò di sicuro - disse appoggiando il quaderno sul comodino, su una pila di libri che Matt stava già leggendo.
Uscirono perché avevano fame. Si accontentarono di un panino prosciutto, formaggio e insalata, mandato giù con una coca ghiacciata. Poi si persero per i vicoli e le calli

della città, fino a quando giunsero all'Accademia e filarono dritto a guardare La Tempesta di Giorgione. Quel dipinto era magico, non si riusciva a staccarne gli occhi, manteneva intatto il suo mistero: chi erano il cavaliere e la donna? E quell'unico lampo che saettava nel cielo carico di nubi?
Matt guardando il quadro ripensò a tutta la vicenda del dipinto rubato, e ricominciò a parlarne con Pauline. Anche lei trovava grossi buchi nella ricostruzione fatta dalla polizia. Prima di lasciare Londra Matt era andato a trovare il suo amico poliziotto, il quale gli aveva detto che erano sulle tracce del killer e che presto lo avrebbero incastrato.
Eppure, eppure.
La sera illuminò la città di luci tremolanti nel riverbero della laguna, in un'osteria mangiarono baccalà mantecato, spaghetti alle vongole e orata al cartoccio. Con due bottiglie di pinot grigio.
A casa, a letto, Matt cercò di ricacciare Marion giù nel profondo. Pauline lo attirava per la sua sensualità disarmante, per la leggerezza della camminata, per i baci fuggevoli che a volte gli dava mentre parlavano. Era una ragazza che stava sbocciando alla vita e all'amore e questo la rendeva irresistibile. Ma Marion, Marion era qualcosa di viscerale. Non riusciva neanche a pensare il suo nome senza che gli si torcessero le budella. Quando la vedeva gli faceva l'effetto della criptonite su superman: gli toglieva tutte le forze. Eppure sapeva che era una storia impossibile, chissà forse era quello il vero motivo del suo richiamo ineluttabile.

Il giorno dopo Pauline volle visitare San Marco, l'oratorio di San Rocco, e la chiesa dei Frari. Matt si sentiva una guida turistica, ma gli piaceva lasciarsi contagiare dall'entusiasmo di lei, che sfarfalleggiava fra le calli, i dipinti e i mosaici dorati. Come un'ape volava di fiore in fiore. L'amore che vedeva negli occhi di Pauline lo inteneriva. Come se piccoli pezzi del suo cuore infranto si riappiccicassero fra di loro. Appena ebbe formulato questo pensiero si vergognò della sua stessa sdolcinatezza. Poi si disse chi se ne frega, e si abbandonò completamente all'effervescenza della ragazza.

Alla sera Matt la accompagnò al treno promettendole di andarla a trovare a Parigi, tornando da Londra, dopo aver votato per la Brexit.

Finalmente solo, Matt si buttò sul letto e prese in mano il quaderno di La Guèpe.

C'erano ancora appunti su come preparare la tela, i colori, su come asciugare e invecchiare i dipinti. Vari disegni di insetti, un ragno, una mosca, una vespa. Poi c'era un elenco di nomi stranissimi, con delle cifre accanto. I nomi, forse in codice, dovevano essere quelli degli acquirenti, dato che le cifre erano sicuramente dollari. I prezzi andavano dai quarantamila ai centomila. Di fianco a ogni cifra c'era una lettera maiuscola. Sembravano messe a casaccio, poi Matt vide che la G era vicina ad un nome chiaramente anagrammato: Fibrel Kawed. Wilfred Baker! Che aveva sborsato 50 mila dollari per una copia di G, chiaramente il Giorgione! Comimnciò a supporre che le lettere potessero essere le iniziali dei pittori: T per Tiziano, E per van Eick. Ma la I per chi stava: Ingres? E la O? non ricordava pittori famosi con la O come iniziale, almeno del periodo fra Cinquecento e Seicento, che sembrava quello scelto dal falsario. Lo stesso Ingres era un pittore del'Ottocento.

Ricopiò tutte le lettere: E T A U P O I N T D E F U I T E U N E P E T I TE G U E P E.

Se T era davvero Tiziano e E van Eick, La Guèpe aveva copiato sette volte van Eick, e questo era plausibile, visto che era l'allievo di van Meegeren, cinque volte Tiziano Vecellio, se la P stava per Piero della Francesca, tre volte anche quello. E la U poteva stare per Paolo Uccello? la A per Antonello da Messina? Restava sempre insolubile il riferimento della I e della O, perché i pittori più recenti (per la O forse Wlliam Osborne?) esulavano dalle sue competenze, o almeno così pensava Matt, ma c'era il falso Monet.

Mentre leggeva e rileggeva le lettere improvvisamente le vide in tutt'altra prospettiva: "Et au point de fuite une petite guèpe". E al punto di fuga una piccola vespa! Era questo il significato della frase, la chiave di accesso per scoprire il falso. La piccola vespa disegnata così perfettamente era forse la firma di La Guèpe? Avrebbe voluto saperlo prima, magari avrebbe potuto verificarlo sul Monet. E il Giorgione che aveva ritrovato in casa di Morin era lo stesso rubato a Londra o era un falso che possedeva Morin? La situazione si complicava ulteriormente. Doveva tornare a Londra per controllare. Chiamò Bertolani perché voleva confrontarsi con lui sulla sua scoperta, ma il critico era ancora via per le sue conferenze, c'era solo un messaggio sulla segreteria telefonica e il cellulare era spento. Lo avrebbe cercato al suo ritorno. Prima di tornare a Londra, però, il suo intuito gli suggeriva di fare un'ulteriore ricerca.

18. Asolo

Pure nello ultimo anno da quando le truppe dello imperatore Massimiliano sono calate in Italia, io ho ricominciato a soffrire per li tempi mutati e la grande incertezza che ora di nuovo sconvolge le nostre vite imperocchè la sorte non lasciò di infierire contra di me e li miei sudditi.

Ora siccome parve bene a nostro Signore di allontanare il terribile flagello delle armate che ci hanno invaso e come procella tempestosa hanno travolto le nostre povere vite, e benché io abbia trovato rifugio in Venezia, dove anche la vostra compagnia ci ha consolato grandemente, pare ora tempo di ritornare ad Asolo, dai miei amati sudditi, tanto provati da questa terribile invasione. Torneremo dunque negli amatissimi luoghi, dove pace e serenità hanno regnato a lungo fra dolci conversari con uomini illustrissimi e dame di elevata virtù. Pure, dopo tante ambasce provate, io comincio a temere che la mia esistenza in questo luogo sia troppo esposta alle sorti della fortuna, che, come capitano capriccioso, guida la mia picciola barca ora in mari calmi e tranquilli et ora in mari tempestosi, dove io tremo et vengo portata a temere per la mia stessa vita, tra tanti pesanti dubbi et angosce, pensai che forse tornare a Cipro, fra i miei amatissimi sudditi, che abbandonai con grandissimo rammarico, potrebbe offrire una via di salvezza per la mia vita, nondimanco, le angustie della mia salute e del mio stato attuale, mi spingono ad una prudentia totale, et a non potermi fidare per la mia sicurtà di alcuno che mi circondi.

Maggio, quella mattina, si mostrava nel suo splendore. Matt era soddisfatto della sua scelta di recarsi ad Asolo. Non che sperasse, vedendo i luoghi, di essere fulminato sulla via di Damasco da qualche brillante intuizione, ma era curioso di vedere il luogo da cui si era generata tutta la faccenda. Quasi un omaggio doveroso, o il recupero di un tassello mancante. I campi, gli alberi che fiancheggiavano le strade, tutto era in fiore. Il verde tenero, il bianco e il rosa lo avvolgevano in un tripudio di luce e profumi. Aveva affittato una moto, per muoversi più agilmente, e si sentiva totalmente immerso nel paesaggio. Due volte si era fermato e tolto il casco per annusare l'aria. La primavera gli piaceva vederla e sentirla.
Mentre si stava avvicinando ad Asolo fu colpito da un improvviso aumento del traffico. I paesi erano ricoperti di nastri e ghirlande rosa, dovunque. Si fermò in un bar e chiese che stesse succedendo. Il barista lo guardò come un alieno: - Ma è il Giro d'Italia! - e gli indicò un enorme striscione, che lui non aveva notato, su cui campeggiava la scritta: Benvenuto al 99° Giro d'Italia.

Matt rimase basito. Non se l'aspettava proprio. Perché non aveva guardato un qualunque notiziario prima di partire? E chissà che confusione avrebbe trovato? Tutta la sua baldanza esplorativa si sgonfiò in un attimo. Non sarebbe riuscito a vedere nulla, come avrebbe potuto trovare segni e tracce della regina Cornaro nella confusione di un evento del genere?

Ma ormai era quasi arrivato, la giornata era bella, lui non aveva mai visto l'arrivo di una tappa, così decise di proseguire.

Giunto ad Asolo ringraziò il cielo di avere scelto la moto: in auto non si sarebbe neanche potuto avvicinare al paese. Lungo i bordi delle strade già centinaia di persone erano in postazione in attesa del passaggio dei corridori. Matt parcheggiò la moto e si avvicinò a piedi verso il centro. La torre dell'orologio del castello dominava il paesaggio. Matt percepì il paese chiaro e luminoso, ma le centinaia di persone gli impedivano di riconoscere il luogo in cui era stato tante volte da bambino. Aveva pensato di fermarsi a pranzare in uno dei locali del luogo e già aveva pregustato le delizie della cucina veneta, ma ora questo imprevisto cambiava i suoi piani. Senza aver prenotato non avrebbe trovato un posto.

Erano quasi le due, i corridori sarebbero arrivati tra poco. La gente aveva invaso ogni angolo. Trovò a stento posto in un bar dove ordinò un prosecco e un panino al prosciutto.

All'improvviso un fremito percorse la folla che aveva ormai riempito la piazza. Il giro stava per arrivare. Ci fu un movimento generale verso le transenne che delimitavano la strada, passarono le prime moto dei carabinieri, le prime auto della stampa, la folla stava col fiato sospeso, poi si alzarono urla di incoraggiamento e applausi. Ed eccolo il primo, la gente urlava il suo nome: - Diego Ulissi! - arrivare in volata e alzare le braccia dal manubrio al traguardo. Dopo di lui il gruppetto degli inseguitori, cinque o sei ancora in volata, infine, a qualche minuto di distanza il gruppone e poi ancora gli ultimi. Matt era salito sulla sedia del bar per vedere meglio. Anche lui aveva applaudito il primo arrivato. L'entusiasmo lo aveva contagiato.

Stava per scendere dalla sedia quando vide una cosa che non si aspettava minimamente: dall'altra parte della strada Luigi Bertolani guardava il giro come lui. Subito Matt cercò di fargli un cenno, ma non appena incrociarono gli sguardi, quello si girò di scatto e si allontanò in fretta dalla piazza. Forse non lo aveva riconosciuto, pensò Matt. Per fortuna aveva un vestito di lino chiaro, così che la sua sagoma luminosa si poteva seguire facilmente fra tutta quella gente. Matt scese dalla sedia con un salto, lasciò i soldi del conto e tentò di attraversare la strada. Dovette scostare le transenne e un vigile da lontano gli fischiò dietro, ma ormai lui era dall'altra parte, in mezzo alla folla, a cercare di vedere se poteva raggiungere Bertolani. Per quanto fosse alto tutta quella gente gli impediva la vista, si alzò sulle punte e finalmente lo vide che camminava veloce.

Matt si districò tra la calca e cercò di chiamarlo, ma era impossibile farsi sentire. Allora lo seguì di corsa, ma non riuscì a raggiungerlo prima che quello entrasse in una vecchia palazzina con torretta. Matt arrivò trafelato, non c'era nessun nome sul campanello, il giardino era abbandonato e pieno di erbacce. Matt lo attraversò e bussò forte alla porta. Dopo un tempo piuttosto lungo finalmente venne ad aprire Bertolani.

- Ma qual buon vento? E' venuto anche lei per il Giro?

- No, veramente io neanche lo sapevo, ero venuto qui per Caterina Cornaro, sa ormai…
- Ah capisco. Lei è uno che non molla, allora. Io invece sono un appassionato e anche un cultore, vede… -e gli indicò una bicicletta da corsa appoggiata al muro del giardino - Ho ereditato questa vecchia villa, ormai disabitata, e quando posso, lascio la mia casa a Venezia, torno qui e faccio anche qualche salitina.
- Complimenti, lei è in ottima forma - Matt gli aveva stretto la mano.

Bertolani, dopo un attimo di esitazione, gli aveva fatto cenno di entrare: -Allora mi dica come mai le sue ricerche l'hanno portata qui. Il quadro l'ha già ritrovato! E' stato su tutti i giornali.
- Alla fine ero curioso di vedere il luogo da cui tutto era cominciato.

Il critico lo introdusse in una grande sala che occupava il piano terra. La stanza era in penombra, gli scuri erano chiusi e il sole primaverile entrando si faceva largo a strisce polverose sui mobili. Divani fiorati, tavolini da tè, statuine, vasi colmi di fiori secchi. L'ambiente era ingombro di oggetti antichi, alcune poltrone erano coperte con dei lenzuoli bianchi. Due candelabri d'argento illuminavano fiocamente un tavolo rotondo, colmo di fotografie incorniciate. Altre candele erano sparse in vari punti della stanza. Un pulviscolo dorato danzava nell'aria.

Matt rimase stupito, non si aspettava affatto un luogo del genere, ma quello che lo lasciò di stucco fu vedere il dipinto di Giorgione troneggiare su un cavalletto, nel bel mezzo della stanza.

Intercettando il suo sguardo Bertolani si affrettò a spiegare:

- Ah… vedo che la mia copia la colpisce! In effetti è quasi perfetta, io stesso guardandola mi lascio trascinare dalla bravura del copista e ho l'impressione di trovarmi davanti quello vero.
Matt si avvicinò al quadro e lo scrutò con attenzione. Aveva visto quel dipinto così da vicino solo una volta, ma fu subito certo di trovarsi davanti l'originale. Cercò con gli occhi la piccola vespa di La Guèpe e non la trovò. Non ebbe più alcun dubbio.
- Ha ragione Bertolani, è veramente perfetta, trarrebbe in inganno anche un espertissimo come lei. E pensare che io ho cercato una copia come questa per due mesi… dove l'ha trovata?
- Lei non ci crederà, ma me l'hanno praticamente offerta. Dopo tutto il clamore suscitato dal caso, un nobile veneto, di cui non posso farle per riservatezza il nome, mi ha chiamato per una consulenza del suo dipinto. Una volta accertato che era un falso mi ha offerto di comprarlo… e io, che vuole, ormai mi ero talmente affezionato al dipinto… è una copia pregevole non trova?
- Quindi secondo lei questa sarebbe la famosa copia di La Guèpe?
- Può essere, lei sa che il falsario non firmava le sue opere, come del resto Giorgione, quindi io posso solo supporlo, ma mi fa piacere pensarlo
- E non pensa di fare ricerche in merito?
- La Guèpe è morto da molti anni, era un falsario, non credo di poter trovare molti documenti sulle sue opere.
- Si stupirebbe se io le svelassi il contrario?
Matt, a un cenno di Bertolani, si era seduto su un sofà, di fronte al cavalletto col quadro.
- Ah, sono curiosissimo, mi racconti la prego. Gradirebbe un bicchiere di prosecco? Mi spiace non ho

altro da offrirle, sa questa era la casa di mia madre, la apro solo in occasioni particolari. Ma un prosecco fresco non può mai mancare.
Matt si accorse solo allora che sul tavolo, dietro ai candelabri vi era un secchiello col ghiaccio e una bottiglia. Bertolani prese due calici di cristallo da una vetrina contro la parete, piena di piatti e bicchieri, stappò il vino, ne versò un po' per sé, lo annusò, annuì, poi riempì il secondo calice che porse a Owen.
Matt assaggiò il vino e lo trovò delizioso, migliore di quello che aveva preso al bar.
- Ottimo, veramente.
- Eh questo viene dalla tenuta di un mio caro amico, è un prosecco doc millesimato - rispose Bertolani sorseggiando il vino - Ma mi dica, non sto nella pelle dal sentire quali cose ha scoperto su La Guèpe
- Devo ammettere che sono stato fortunato, quando sono andato a cercare le sue tracce, ho trovato una nipote ancora vivente, che mi ha rivelato vari particolari sulla vita di suo nonno. E' stata lei che mi ha condotto nel suo studio segreto a Mentone e poi a Carcassonne dove, come lei sa benissimo, è stato poi trovato l'originale.
Mentre diceva queste parole Matt guardò dritto negli occhi Bertolani poi si alzò e andò vicino al quadro, osservandolo minutamente.
- In effetti, proprio a Mentone, nello studio segreto di La Guèpe ho scoperto il suo diario. Centinaia di appunti straordinari sui metodi che seguiva per fare i suoi falsi d'autore. Pensi che si vantava di fare opere talmente perfette, che lui stesso diceva di non riuscire a distinguere il vero dall'originale. Perciò inseriva in ogni suo dipinto un minuscolo particolare, una piccola vespa, sempre nel punto di fuga di ogni dipinto, in modo da

poter riconoscere la sua opera. Eppure qui, guardi lei stesso, non c'è nessuna vespa. Io non credo affatto che questa sia la copia di La Guèpe, credo invece che sia l'originale e lei lo sa meglio di me, ma allora quella ritrovata a Carcassonne e che lei ha riconosciuto?
Matt era così intento a guardare il quadro che non si era accorto che anche Bertolani si era alzato in piedi e che ora gli puntava contro una pistola.
- Lo sapevo che lei era troppo intelligente, la sua aria distratta non mi ha mai tratto in inganno, Owen. Bene, visto che ammiro il suo acume e solo perché è lei, credo sia giusto svelarle la verità, prima di ucciderla. Perché lei capirà bene che non mi lascia alternativa.
Sempre tenendolo sotto tiro Bertolani tirò fuori una cartelletta trasparente in cui era contenuta una carta sottile e la porse a Owen.
- Legga, legga, così capirà. Questa è quella parte della lettera di Caterina Cornaro che io non ho pubblicato. Si concentri sulla fine. Capirà che questa faccenda è partita da lontano.
"*Per mano di messere Antonio Rosso quindi mando a voi questa missiva affidandovi un segreto di cui voi solo siete il e sarete il custode, perché qualora i miei disegni non possano andare a buon fine, siccome io ardentemente spero, ma non sappiendo la sorte e la volontà di Dio quali accadimenti possano portare, io vi confido che al sentire delle truppe dello imperatore che stavano sopraggiungendo, prima di partire per Venezia, io feci seppellire da uno mio servo anziano e fidatissimo, un mio piccolo scrigno di gioielli preziosissimi, e una cassa di ducati d'oro che aveva raccolto nella mia vita, e che io serbava per il suddetto ritorno in Cipro, qualora Dio me lo avesse concesso, e che non furono mentionati nel mio testamento, nel quale io lasciava tutti i miei beni a mio fratello e agli amatissimi sudditi di Asolo. Ma qualora il mio progetto avesse trovato la grazia di Dio avrei avuto il sostentamento*

necessario per attuarlo. Conciossiacosaché, costretta dal timore ed avendo io nascosto il tesoro e non sappiendo a chi confidare il luogo del seppellimento, disegnai col succo di limone il luogo dove era nascosto il tesoro, sul retro del quadro delli tre filosofi di messere Giorgione, che io ho ammirato ciascun giorno della mia esistenza. Portai poi il quadro con me a Venezia et ora lo riporto con me ad Asolo. Qualora i miei progetti non avessero seguito, ma da avversa fortuna mi fosse impedito ogni possibilità di rientro nella mia amata Cipro e qualora la mia salute declinasse a causa del dispiacere di ciò e delle coliche biliari che mi affliggono, io vi affido suddetto dipinto e suddetto tesoro, perché voi facciate del bene ai miei amati sudditi ciprioti, ai quali la regina rimase sempre fedele e che, non potendo tornare da viva, volle che fossero beneficati in morte. Messere ho conosciuto in voi un animo gentile nobile e disposto al bene e alla fedeltà e non nutro alcun dubbio che voi saprete accostumavi fedelmente ai desideri che io con animo così fiducioso affidai alle vostre mani. Caterina Cornaro, domina Acoeli".

- Caterina purtroppo, dopo essere tornata ad Asolo nell'aprile del 1510 si aggravò e morì nella notte fra il 9 e il 10 luglio 1510 e non ebbe tempo di realizzare il suo agognato ritorno a Cipro. Ma già prima il Consiglio dei Dieci, che controllava ogni suo contatto, aveva intercettato e fatto prigioniero il Rosso. Di Giorgione, benché avesse una relazione con una dama di compagnia di Caterina, non si sa nulla se non che morì poco dopo la regina, il 17 settembre 1510. E' lecito pensare che il quadro sia rimasto a Giorgio, il fratello di Caterina, che però non sapeva nulla del tesoro. Purtroppo non c'è il nome dell'intestatario della lettera, anche se io ho supposto che potesse essere Pandolfaccio Malatesta, un figlio naturale di Roberto Malatesta il Magnifico, figlio del più famoso Sigismondo, signore di Rimini. Questo Pandolfaccio era stato molto vicino alla regina, alcuni

pensavano che avrebbe anche voluto sposarlo, pur essendo più giovane di lei.
Bertolani parlava col suo solito tono da professore, come se non gli stesse puntando addosso la ormai famigerata Glock 17.
Owen era rimasto stupefatto: - E dopo tanti secoli lei pensava che il tesoro fosse ancora lì? E i Catari allora? e il demiurgo?
Ma Bertolani non lo ascoltò. Ormai inseguiva il suo sogno: - Ah i Catari erano l'ossessione di Morin padre e di Morin figlio poi. Madame Geneviève mi aveva rivelato tutto, quella sera se lei le avesse fatto una degna offerta forse lo avrebbe raccontato a lei. Ma certo pensava che ricattandomi per il mio riconoscimento del dipinto falso avrebbe ottenuto molto di più. Mi è dispiaciuto buttarla sotto il treno, ma non potevo usare la solita arma, non volevo che la polizia collegasse subito i tre omicidi. Ma per tornare al Demiurgo, Morin non teneva il quadro esposto, ma chiuso in cassaforte. Per questo son dovuto tornare più tardi. All'inizio non me lo voleva neanche mostrare, solo quando gli ho detto che avevo un falso e volevo confrontarlo si è deciso a darmi un appuntamento più tardi. Ovviamente ho dovuto eliminarlo per prendere questo, che sì è quello vero. Come lei ha notato non c'è nessuna piccola vespa: questo è l'autentico Giorgione. E se lei non si fosse messo fra i piedi, ora, io avrei cercato il modo di farlo ritrovare e me ne sarei attribuito il merito e tutta la mia opera sarebbe stata rivalutata e apprezzata.
- Parla come se fosse solo una questione di opere! È completamente fuori dalla realtà, lei ha ucciso cinque persone! Il maggiordomo di Baker e la segretaria di Morin perché? Non c'entravano nulla.

- Purtroppo sono stati incidenti collaterali, mi avrebbero potuto riconoscere. E' lei che non capisce Owen, quando io pubblicai il mio libro, dopo il ritrovamento della prima lettera di Caterina, che rivelava l'esistenza di questa seconda composizione del dipinto, fui criticato dai miei stessi colleghi. Molti ritennero che la mia tesi fosse azzardata e che comunque il quadro fosse andato distrutto o disperso. La mia credibilità, la mia competenza era stata messa in discussione. Ora invece il ritrovamento del quadro a Londra riabilitava completamente la mia opera!
- E per questo lei ha ucciso!
- Lei continua a non capire: il quadro era falso, un falso perfetto direi, che avrebbe ingannato chiunque, anche me… che l'ho preso e poi ho dovuto constatare che il vecchio Baker ci aveva imbrogliati tutti quanti!
- Ma se era un falso perché rubarlo, perché uccidere?
- Per trovare la mappa no? Mica potevo permettere che coi raggi x qualcun altro vedesse la mia mappa. Solo che non c'era, non c'era niente.
- Quindi lei l'ha rubato e ucciso credendo che fosse vero. Ha ucciso per un quadro falso!

Bertolani fece una smorfia di dolore, il rievocare gli eventi gli aveva trasformato i connotati, dal viso mite e intelligente dello studioso era apparsa la maschera invecchiata di un folle roso dall'odio
-Ho ucciso per un quadro falso? Lei continua a non capire, Owen. Quel mister Baker era un bastardo e un assassino, non è vero che avesse avuto il quadro in cambio del salvamento di un partigiano. Era invece un ladro, penetrato di notte nella villa Vendramin, di cui mio padre era il custode, e non aveva esitato a sparare per rubare. Mio padre era rimasto ferito gravemente e

dopo due giorni era morto, ma prima aveva avuto tempo di raccontare la verità a mia madre. Ho studiato arte per questo, mi sono specializzato su Giorgione per questo. Sapevo con certezza che il quadro esisteva, ma non ero riuscito a risalire al ladro. Non sapevo nemmeno se fosse inglese o americano. Era tutta la vita che aspettavo quel momento. Baker mi aveva ucciso il padre e io ho ucciso suo figlio. Una vita per una vita. Purtroppo io ho scoperto che il quadro era falso solo dopo che ho scaldato la tela e verificato che non c'era nessuna mappa.
- Quindi era tutta una messinscena. Il killer più alto e più grosso... ad alzarsi di cinque centimetri, bastano le scarpe, ad ingrossarsi basta imbottirsi, … e poi ha usato una bicicletta per tornare nella casa! Ecco perché non l'ha visto nessuno, né un tassista, né nella metro. Era in bici, veloce, silenzioso, e sapeva dove erano le telecamere, le ha evitate tutte fuorché una per far vedere l'immagine gonfiata del killer.
Bertolani taceva, aveva ripreso la sua calma e non poteva non ammirare la sagacia di Matt, in fin dei conti quel giovane gli era simpatico, era quasi dispiaciuto di doverlo uccidere. Eppure.
- E' tornato in hotel in taxi, come ha detto alla polizia, ma poi sarà sgusciato fuori non visto dal portiere e con la bici sarà tornato indietro. Sarà stato lo stesso maggiordomo ad aprirle la porta e lei lo ha freddato subito col silenziatore. Poi è salito su e ha ucciso Baker. Durante la serata avrà avuto l'agio di staccare l'allarme, lo stesso Baker, tronfio, aveva mostrato a tutti come funzionava! Poi per le impronte… non doveva preoccuparsi, ce n'erano già di sue in tutta la casa. Vede, tutto semplice, niente serial killer, solo una seria programmazione. E poi c'è madame Geneviève. C'è arrivato seguendo me?

- Ah sì, devo ammettere che è stato lei a guidarmi, anche se io la conoscevo da tempo, ma non pensavo fosse implicata. Così ho preso un appuntamento, la stessa sera che lei l'ha incontrata, volevo sapere cosa le aveva rivelato. Madame era furba, l'aveva solo instradata, ma era con me che voleva trattare. A lei, Owen, non aveva rivelato ancora nulla di importante, come fece con me. A me rivelò che in gioventù, quando aveva solo quindici anni, era stata l'amante di la Guèpe e quindi sapeva benissimo che il Giorgione che io avevo riconosciuto era un falso, perché quello vero lo aveva comprato Morin da mister Baker tanti anni prima, per questo voleva ricattarmi. Così ho dovuto eliminarla.
- E ad Avignone voleva uccidere anche me. Dopo che mi ha visto con Pauline la Guèpe ha capito che ero sulla strada giusta. Mi ha seguito col cellulare?
- Ma benedetto ragazzo! Lo sa che seguire lei è la cosa più facile del mondo? Lei se ne va fiero della sua bellezza e della sua giovinezza e non si guarda mai indietro! A parte questo, sì, avevo il suo cellulare e l'ho seguita con quello. Non volevo ucciderla, o forse sì, se si fosse avvicinato troppo alla verità, mi bastava spaventarla. Non pensavo che sarebbe arrivato a Morin così presto. Io avevo già un appuntamento con lui, volevo solo rallentarla.
Dunque Morin era andato a Carcassonne per l'appuntamento con Bertolani.
- E poi ha ucciso anche Morin e la povera segretaria e ha rubato il Monet per confondere le idee.
Un silenzio nervoso era sceso fra i due. Matt sentiva la tensione della mano che stringeva la Glock.
- Ma ora il quadro vero ce l'ha... e la mappa l'ha trovata?

Qui Bertolani scoppiò in una risata stridula: -Sì, sì venga, venga su con me - e facendogli cenno con l'arma lo spinse verso la scala che portava alla torretta.
Owen salì i gradini, guardandosi intorno e cercando uno spiraglio per tirarsi fuori da quella situazione. Quando furono su Bertolani gli mostrò la pianura ai loro piedi.
- Ecco guardi, guardi là - e gli indicò un grande supermercato Esselunga ai piedi del paese. - Lo vede? Ecco il luogo è esattamente quello. Guardi, guardi: la vede quella grande quercia sì? E poi quell'edicoletta con la Madonna? Bene quei due elementi erano nella mappa, identici, giusto l'albero ora è molto più grande, eppure sono rimasti intatti nel tempo, ma Caterina non poteva certo pensare che la sua bella campagna sarebbe stata deturpata da questi mostri del moderno consumismo!
E con una risata amara fece cenno a Owen di scendere. In quel momento Matt mise un a gamba indietro e fece inciampare Bertolani, che rotolò giù per le scale e perse la pistola. Nel cadere il critico rovesciò una candela che cadde su una tenda vecchia e sottilissima che subito prese fuoco. Matt si era precipitato sull'arma, ma Bertolani, ancora sdraiato a terra, lo afferrò per le gambe facendolo cadere a sua volta.

Entrambi erano stesi sul pavimento mentre il fuoco si stava diffondendo rapidamente fra gli oggetti vecchi della sala. Un mazzo di fiori secchi prese fuoco e propagò le fiamme all'altra tenda. C'era il quadro, c'era l'arma. Matt scalciava alla cieca, ma Bertolani si era già rialzato e cercava di prendere la pistola finita sotto il tavolo. Matt, essendo più lontano, gettò un libro contro l'arma, allontanandola da Bertolani, e con un balzo gli fu addosso e i due rotolarono ancora per terra. Bertolani afferrò un candelabro cercando di colpire Owen in faccia. Matt si ritrasse e quello riuscì a divincolarsi dalla

sua presa, afferrò il quadro, ma non poté raggiungere la porta, perché le fiamme l'avevano avvolta completamente. Allora si gettò verso la scala. Owen lo abbrancò di nuovo per una gamba per farlo scivolare. Ma Bertolani con una forza incedibile cominciò a trascinarselo dietro, su per le scale, tenendo il quadro come scudo contro le fiamme. Matt sudava, piangeva e tossiva, ma non lo lasciava e quello continuava a cercare di salire, mentre tra un passo e l'altro gli calpestava la testa.
All'improvviso la scala cedette ed entrami precipitarono. Una scheggia si infilò di traverso nel collo di Bertolani, che cominciò a sanguinare come un animale al macello, lasciando cadere il quadro e cercando di tamponarsi il collo. Owen, tiratosi su dalle macerie della scala, tra il fumo, che non lo faceva respirare e gli offuscava la vista, si precipitò su Bertolani, si tolse la giacca e cercò di tamponare la ferita. Bertolani, con gli occhi terrorizzati, cercò di parlare ma non gli riuscì. Dalla bocca uscì solo schiuma sanguinolenta. Roteò gli occhi verso il quadro e morì.
Owen ormai non riusciva quasi più a respirare, con la giacca sporca di sangue afferrò una sedia incandescente e la gettò contro una finestra, vide che il quadro aveva preso fuoco, provò ad afferrarlo ma si bruciò subito le mani e lo gettò fuori dalla finestra. Poi con un grande salto si lanciò anche lui.
Atterò rotolando sul prato, il quadro continuava ad ardere poco lontano. Si alzò e cercò di spegnere le fiamme con la giacca sporca di sangue. Nel frattempo vide alcune persone avvicinarsi al giardino. Un fumo denso usciva dalla torretta e dalla finestra rotta, insieme a lingue di fiamme rosse, si sentiva la sirena dei pompieri. Owen faceva fatica a riprendere fiato, e non riusciva a

parlare. Guardò il quadro, completamente distrutto, e si accorse che ne stava ancora stringendo fra le mani un piccolo frammento.
Le sirene dei pompieri lo distolsero dal quadro, si alzò tossendo e, prima che la folla del Giro si avvicinasse alla palazzina, gettò la sua giacca tra le fiamme, uscì fuori dal giardino, e si allontanò. In quel momento la torretta sprofondò con un boato, seppellendo sotto di sé Bertolani, la pistola, la lettera e ogni prova. Matt non aveva più nulla per fare accettare la sua versione dei fatti. Bertolani era famoso. Il quadro che aveva cercato di salvare Matt era completamente bruciato, quindi la prova principale della colpevolezza era scomparsa. Owen era stremato, zoppicando e tossendo, facendosi largo tra la folla che stava accorrendo verso la casa in fiamme, giunse fino alla sua moto. Le mani, mezze ustionate, gli tremavano, non riusciva ad infilarsi il casco. Vide da lontano l'insegna di una farmacia e a fatica vi arrivò, comprò una pomata per le bruciature e delle bende, la farmacista, una signora ben messa sui cinquanta anni, gli suggerì di andare all'ospedale.
- Prima devo riuscire a guidare la moto.
- Ma benedeto figliolo venga qua che la aiuto a fasciarsi. Era meglio se aspetava l'ambulanza ciò.
Così dicendo la donna prese la pomata e gliela spalmò delicatamente, poi gli disse:
-Vada all'ospedale di Treviso, dia retta, si faccia curare. Al pronto soccorso.
Matt prese la moto e lentamente si avviò verso Treviso. Questa volta avrebbe seguito il consiglio.
In sala d'attesa gli turbinavano davanti agli occhi le immagini della lotta con Bertolani e continuava a chiedersi se non sarebbe stato meglio andare a raccontare l'intera storia alla polizia. Era stanco e deluso

e soddisfatto nello stesso tempo. Aveva risolto il caso, anche se gli dispiaceva per Bertolani, era stato un grande critico d'arte, nonostante tutto.
Rimuginava sugli ultimi fatti e si chiedeva quanto sarebbe stato credibile. Mister Baker aveva rubato il Giorgione e ucciso il padre di Bertolani, ma giunto in patria non aveva potuto venderlo nei canali ordinari, dato che era rubato.
Così aveva trovato, chissà come, il professor Morin che era un fanatico del Catarismo e, come il figlio poi, aspettava la venuta dell'anticristo. Ma siccome aveva raccontato a tutti la bugia del dipinto regalatogli per riconoscenza, Baker si era fatto fare un falso da La Guèpe, e per questo motivo non aveva mai voluto mettere la tela in vendita. Non aveva detto nulla al figlio, però questi, appena morto il padre, non aveva visto l'ora di mettere le mani su quei milioni di sterline. Aveva messo in giro la notizia dell'esistenza del dipinto di Giorgione e così Bertolani si era attivato: era tutta la vita che aspettava quel momento. Avrebbe vendicato il padre, confermato la sua fama e si sarebbe impossessato di un immenso tesoro. Era andato a Londra e aveva calcolato le distanze e i tempi dal suo hotel alla casa di Baker, si era procurato i travestimenti e la pistola col silenziatore. Quello che non aveva calcolato era che il quadro fosse un falso.
Quindi, seguendo il percorso di Owen, era arrivato alla stessa madame Geneviève, che avrebbe fatto meglio a raccontare la verità al giovane, piuttosto che al vecchio. Quindi, sapendo già che il quadro vero l'aveva Morin, aveva cercato di spaventare e rallentare Owen ad Avignone ed era corso a Carcassonne per cercare di convincere Morin a vendergli il quadro in cambio della copia, o forse aveva già deciso di ucciderlo. Quando era

sopraggiunto Owen, Bertolani aveva appena preso la tela autentica, così aveva lasciato il falso nelle mani di Morin per far credere che ci fosse un solo dipinto e far cessare, quindi, le ricerche.
Più se la ripeteva più la storia gli sembrava assurda, come spesso sono assurde le storie vere. Decise che non avrebbe neanche provato a convincere la polizia. Bertolani era morto, aveva già avuto la sua punizione. D'altro canto non sempre la legge e la giustizia andavano di pari passo. E il falso Giorgione? Ebbene: la Guèpe era stato un grande falsario, forse meritava un posto in un museo.

19. Londra

La morte di Bertolani aveva di nuovo portato il Giorgione in primo piano, i giornali ne avevano approfittato per grandi titoloni che andavano da: "Un grande critico ci ha lasciato" a "La maledizione di Giorgione", per i tabloid più scandalistici.
L'incendio era risultato una disgraziata coincidenza, molti sapevano della passione del critico per il ciclismo e che avesse una vecchia casa ad Asolo era notizia conosciuta dai suoi amici. Matt Owen non disse a nessuno di essersi trovato lì, ma decise che questo era sicuramente il suo ultimo caso.
Nei giornali inglesi la notizia aveva sottratto posto alla discussione sulle Brexit.
Ma poi la campagna elettorale aveva rialzato i toni, le attese erano altissime da entrambe le parti.
Persino lady Marion era tornata da Nizza per votare. Matt l'aveva chiamata e questa volta lei aveva risposto subito, non solo, aveva anche accettato di vederlo il giorno dopo.

Matt aspettava quell'ultimo incontro, o almeno così pensava, come un condannato a morte e anche come uno che sta per essere liberato dalla prigione. I due stati d'animo lottavano dentro di lui. Eppure aveva fatto liberamente la sua scelta, non era certo Marion che gli aveva detto, ma neanche suggerito, di lasciare Londra.
Quella mattina il bimbo era sveglio e lo trovò nel salone con la madre e la baby sitter che lo faceva giocare sul tappeto. Il piccolo John ora assomigliava decisamente a Marion.
Sua madre gli aveva detto tante volte che i figli maschi assomigliano alle madri: - Guarda, per esempio, noi due - quindi in un certo senso Matt se lo aspettava.

Marion era ancora più bella, indossava un abito beige, un tubino semplice con una cintura di pelle marrone, che ne sottolineava la vita sottile riacquistata dopo il parto. Sul vestito spiccava la catena d'oro col ciondolo di tanzanite blu, da cui lei non si separava mai. Matt se ne riinnamorò all'istante.

- Come sono felice di vederti! Hai ritrovato il Giorgione rubato, ormai sei una celebrità - gli disse lei andandogli incontro con un sorriso e baciandolo su una guancia. Un brivido gli percorse la schiena.

- Mah, una fama transitoria. La gente se ne è già dimenticata. Vedrai che il voto di domani cancellerà ogni traccia di questo episodio.

- Comunque sei stato fenomenale come sempre, sei uno che va fino in fondo.

- Diciamo anche che ho avuto fortuna. Ad ogni modo mi convinco sempre più che non ci si può fidare di nessuno.

- Neanche di me? – chiese lei, civettuola e sorridente

- Soprattutto di te, e di tutte le donne, direi.

- Esagerato, e come mai sei diventato così pessimista?

- Ma no, scherzavo, ci sono persone di cui ci si può fidare, certo il mio lavoro finora mi ha portato a credere il contrario. Ma per fortuna ora ho chiuso con tutti questi inganni.

- Che vuoi dire? Che al massimo della fama abbandoni?

- Sì, faccio il Cincinnato della situazione. Mi trasferisco a Venezia, per questo sono venuto a salutarti.

- Lasci Londra? - chiese lei. Un'ombra le oscurò viso.

- Pensavo che… avrei potuto contare su di te – aggiunse indicando con gli occhi il bambino.

Ah, quindi sperava che lui le sarebbe stato vicino mentre cresceva il figlio? Lo voleva come padre putativo o sapeva che era il vero padre del bimbo?

Il cuore di Matt precipitò sulle scarpe, deglutì, la guardò negli occhi.
- Hai tutto quello che ti serve per te e per John, non credo che ti possa mancare nulla.
- Forse un amico? - rispose lei abbassando gli occhi. Il silenzio divenne pesante.
- Ti sarò sempre amico.
- Grazie, so che posso contare su di te… E del resto vai a vivere a Venezia, la città più bella del mondo, un po' ti invidio.
- Si, sono consapevole di aver fatto una buona scelta.
Ma era poi vero? Mentre le pronunciava quelle parole gli sembrarono false e prive di significato.
Il piccolo improvvisamente si mise a piangere, Marion si alzò dal divano e lo prese in braccio per consolarlo. Matt non ne poteva più. Voleva andare via o restare lì per sempre.
Marion porse il bambino alla baby sitter e lo abbracciò. Matt sentì il suo profumo, il suo seno che si stringeva a lui, in un attimo immaginò un futuro diverso, la strinse a sè, poi la salutò e uscì.
Scese le scale lentamente, incerto se tornare indietro.
L'ambiguità di Marion lo faceva ammattire. Lo voleva solo come amico? Forse lei desiderava che le fosse vicino nel crescere il bimbo, che avrebbe potuto essere suo figlio, senza mai dirlo apertamente. Lei certamente conosceva la verità, ma non gliel'avrebbe mai detta. Marion era come una droga, una dipendenza, sempre inaccessibile, anche quando gli si era data. Appena la vedeva sentiva di non poter vivere senza di lei. Ma alle sue regole, ai suoi patti inespressi, sempre un passo dietro la Lady e il piccolo lord Sinclair. E questo era inaccettabile.

Lasciare Londra, lo capiva solo ora, era un tentativo per sottrarsi a questa fascinazione, a un amore che gli procurava un dolore, in cui non trovava pace. Camminava attraverso la folla rimpiangendo i giorni passati. Non capiva se il cambiamento che aveva scelto era una liberazione o una fuga. Per scoprirlo non c'era altro da fare che andare avanti.

Lungo la riva del Tamigi, guardava i barconi scendere il fiume e si sentiva come una zattera che s'allontana e va oltre il passato.

Una ragazza in bicicletta gli passò accanto, aveva il cestino pieno di albicocche, per un attimo ne colse il profumo e gli portò la visione di Pauline. La schiettezza e la sincerità di lei gli balzarono agli occhi come un'oasi rassicurante. Era leale e aperta. Si potevano forse sognare lieti giorni futuri con lei?

Il 23 giugno Matt era già andato a votare in mattinata, ora sarebbe andato a salutare i suoi, il giorno dopo, nel pomeriggio, aveva il volo per Venezia.

C'era solo una persona con cui avrebbe voluto attendere i risultati della Brexit.

- Ciao Melania, ti va di commentare insieme gli esiti stasera?

- Certo, vieni a cena da me. Stavolta ordiniamo messicano.

Verso le otto di sera Matt era ancora una volta a casa di Melania. Al pomeriggio i saluti coi suoi genitori e suo fratello, tornato per votare, erano stati affettuosi ma non tristi. Sua madre aveva già prenotato una lunga vacanza a Venezia per quell'estate e, entro due anni, il tempo di andare in pensione, Matt era sicuro che sia suo padre che sua madre avrebbero trascorso parecchio tempo nella

città lagunare, a meno che non si trasferissero tout court come lui.
Melania lo aspettava col solito batticuore, sapeva che era l'ultima volta che lo avrebbe visto fino a quando... non lo sapeva. Si era provata dieci mises sotto l'occhio critico di Kusum, e alla fine aveva deciso per un vestito in folk, di seta nero con piccoli fiorellini, dalla linea morbida e la gonna lunga, un abito che aveva trovato usato a Camden Town e le dava un'aria vagamente preraffaellita. Avrebbe voluto lunghi capelli ricci da sciogliere, invece aveva solo un caschetto corto e castano, che incorniciava i suoi begli occhi azzurri, però, l'aveva rincuorata Kusum.
Ordinarono chili con carne di maiale, fagioli e patate bravas e tanta birra per innaffiare il cibo.
Melania si mangiava Matt con gli occhi, mentre le farfalle nello stomaco le ripetevano "*Nevermore, nevermore*" come un oscuro corvaccio.
In un primo tempo sembrava che vincesse il remain, poi i dati erano andati sempre più verso il leave. Matt raccontò a Melania la verità su Bertolani.
- Quindi lui avrebbe avuto ben tre motivi per uccidere? Non ti sembra un movente ipertrofico?
- Già, hai ragione. Ma penso che l'ossessione di Bertolani sia cresciuta negli anni. All'inizio ha studiato storia dell'arte e Giorgione perché voleva disperatamente trovare il quadro e l'assassino di suo padre, poi il caso ha voluto che invece scoprisse le due lettere di Caterina Cornaro con la notizia del favoloso tesoro.
- Già Caterina Cornaro alla fine ti ha portato sulla strada giusta. Se non fossi andato ad Asolo non avresti mai scoperto niente.
- Infatti, le tue ricerche sulla regina e il significato del quadro mi avevano stuzzicato. Mancava il finale nella lettera che Bertolani aveva pubblicato in calce al suo

libro. Avrei potuto pensarci prima. A rifletterci ci siamo scontrati con tanti sogni infranti.
- E cioè?
- Caterina aveva coltivato il suo sogno segreto di tornare a Cipro. Bertolani i ducati d'oro.
- E Morin allora?
- Morin pure, credeva alla complessa simbologia del quadro, era a metà strada fra un cataro e un satanista. Infatti aspettava l'avvento dell'Anticristo perché in quel momento i catari avrebbero trionfato sulla terra.
- Quante illusioni. In fin dei conti, a parte Caterina che è morta naturalmente, gli altri le hanno pagate con la vita.
- Non essere così tenera. Bertolani ha anche ucciso cinque persone. In lui, benché ricco e famoso, c'erano anche spirito di rivalsa e lucida follia. Quando ha pubblicato il libro su Giorgione, i colleghi lo hanno criticato proprio riguardo all'esistenza di quel fantomatico dipinto. Sete di vendetta, frustrazione, cupidigia, troppe emozioni per un uomo solo, qualcosa nel suo intimo è saltato e l'ha portato ad ideare un piano così pazzesco, anche se molto lucido.
- E tu non hai detto niente alla polizia? Ma sei impazzito? Cercano ancora un killer terribile e invece quello è già morto.
- Non mi avrebbero creduto, non avevo niente in mano se non questo – e tirò fuori dalla tasca un piccolo frammento laterale del quadro con un pezzo del piede del filosofo più vecchio - Un po' poco non ti pare.
- Ma non puoi, non puoi ingannare la giustizia!
- Io non inganno nessuno, loro si sono convinti di aver trovato il quadro vero, d'altro canto il vero killer non ucciderà più nessuno. Penso che anche Scotland Yard ad un certo punto archivi il caso e smetta di cercare.

- Io non ti capisco. E il quadro falso allora? Lascerai che tanta gente venga ingannata?
- E perché no? In fin dei conti La Guèpe era veramente bravo, non mi dispiace affatto che si riconosca il suo valore e, inconsapevolmente, abbiano organizzato una mostra per lui!
- Sei terribile, sei amorale, sei un cinico! - disse lei tirandogli un cuscino addosso e ridendo.
- Sono solo realistico. Guarda il frammento te lo regalo: lo puoi incorniciare, hai un frammento di un quadro che vale cinque milioni di sterline in casa.
Melania prese il piccolo pezzetto di tela e lo posò con reverenza sulla sua scrivania.
La gatta, dopo essersi strusciata contro le gambe di Matt, gli era balzata in grembo e si era accoccolata, mentre lui la carezzava piano. Melania la invidiava.
Continuarono a commentare i fatti e tutti i casi strani e fortuiti che avevano portato Matt fino ad Asolo, mangiarono il cibo piccante, ridendo e bevendo birra, mentre una leggera nostalgia aleggiava già nell'aria.
Alle due di notte, quando il risultato era ormai quasi certo e la Brexit cominciava ad essere una realtà e non solo un incubo, Matt si alzò, e la abbracciò.
- Non ci crederai, ma sei la persona che mi dispiace di più lasciare qui a Londra.
Melania avrebbe urlato dalla gioia e dalla disperazione.
Quando fu sulla porta lei gli disse.
- Puoi sempre ripensarci.
Matt si volse indietro, come nei migliori film di James Bond.
- Non lo so, miss Moneypenny. Però ti assicuro che se mi stufassi di fare l'insegnante e volessi tornare sui miei passi, la prima che chiamerei sei tu!
- Agli ordini capo, come sempre.

In una mattina di giugno che sembrava novembre, con pioggia fitta e cielo grigio sporco, Matt entrò alla National Gallery, dove il quadro era stato esposto in una mostra ad hoc con altri dipinti di autori del cinquecento, opere che appartenevano al museo ed erano state spostate lì per dare un'idea complessiva dell'epoca. Il titolo della mostra era stato adeguato alle sue recenti scoperte: "Il Giorgione ritrovato". Dopo aver attraversato i sontuosi saloni della galleria, ed essere passato sotto gli occhi dei coniugi Arnolfini di Jan van Eyk e degli Ambasciatori di Hans Holbein, si ritrovò nella sala dove erano state spostate la Venere delle rocce di Leonardo, Marte e Venere di Botticelli, il ritratto di Botticelli di Lorenzo Lotto, il ritratto di Giulio II e la crocifissione Gavari di Raffaello, il ritratto del Doge e l'orazione nell'orto di Giovanni Bellini, e, in una parete, da solo, il Giorgione. La grande rinomanza della vicenda attirava moltissima gente, che era più attratta dal falso che dai veri dipinti, ma questo lo sapeva solo Matt.

Eppure tutti quei capolavori visti insieme potevano farti prendere dalla sindrome di Stendhal. Matt li conosceva bene, ma al vederli riuniti ebbe un sussulto. Se si poteva mai pensare ad un'idea di perfezione ognuna di quelle tele ne era la dimostrazione. O al concetto del Bello assoluto. La sala era piena di gente estasiata, Matt sapeva che non sarebbe stato facile. Si concentrò sul dipinto dei tre filosofi e guardò con attenzione. All'incrocio di vari punti di fuga individuò ciò che cercava: estrasse velocemente da una tasca il cellulare, inquadrò, ingrandì, si avvicinò di più al quadro e scattò. Fu un attimo, prima che il custode lo richiamasse, pure aveva fotografato chiaramente, sulle foglie dell'alberello centrale, una piccolissima vespa.

Ringraziamenti

Ringrazio prima di tutto mia sorella Viana, che mi ha sostenuto e incoraggiato e ha letto e corretto il libro più volte, poi mia nuora Elisa, senza la quale non riuscirei a pubblicare neanche un rigo. Ringrazio mio figlio Michele, col quale è cominciata questa avventura, in una bellissima giornata ad Asolo, e lo ringrazio anche per la pazienza con la quale ha ascoltato le mie elucubrazioni e le mie moltiplicazioni dei quadri. Ringrazio mio figlio Andrea, per i suoi preziosi suggerimenti, e mia figlia Maria Teresa per avermi supportata in tutto! Ringrazio i miei nipoti, rigorosamente in ordine di età: Giovanni, Davide, Giuseppe, Filippo e Anita: sono la gioia della mia vita. In definitiva ringrazio tutta la mia famiglia che mi sostiene e mi sopporta, anche quando mi perdo dietro le mie storie.

Il mio ringraziamento va anche alla mia amica Bianca Rita, con la quale ho fatto un fantastico viaggio in Provenza, che mi ha fornito moltissimi e fondamentali spunti per lo sviluppo di questa storia, e alla mia amica Francesca, con la quale condivido il tormento e l'estasi della scrittura.

Ringrazio mio cugino Alessandro, che ho disturbato fino a Maastricht, e Marco Tibaldi, che mi ha prestato preziosi libri, quasi tutti restituiti.

Ringrazio Nando per la sua precisa e puntuale opera di correzione del testo.

Un pensiero di gratitudine va anche a tutti i miei parenti ed amici sparsi per l'Italia, il loro affetto e la loro amicizia sono la vera ricchezza della mia esistenza.

Un grazie infinito a Massimo, l'amore della mia vita.

Sommario

Finito di stampare nel mese di maggio 2020

I tre filosofi, (1506) Giorgione. (1478-1510)
Kunsthistorisches Museum Wien

Printed by Amazon Italia Logistica S.r.l.
Torrazza Piemonte (TO), Italy

16239622R00155